나의 요리사 마은숙

나의 요리사 마은숙

김설원 장편소설

나무옆의자

:: 차례

나는 이제부터 첫사랑에 대해 숨김없이 써볼 생각입니다. 지난 3월 7일부터 4월 둘째 주까지 이어진 우리의 끈끈한 인연에 대해 서요. 정확히 말하면 그건 '첫사랑'이 아닙니다. 내 마음속에 쑥갓처럼 싱그러운 향기를 피워올린 사람은 남자가 아니라 여자니까요. 하지만 첫사랑이 남녀 관계를 떠나서 국어사전의 풀이처럼 '맨 처음 맺은 사랑'이라면 나는 첫사랑을 경험한 게 맞습니다. 일주일에 한 번씩 찾아와 함께 밥을 먹고, 잠을 자고, 서로 머리를 감겨주고, 비밀 이야기를 나누고…… 그래서 날마다 보고 싶고, 기다려지고, 그립던 나의 첫사랑. 이제 그녀는 내게서 멀어졌습니다. 앞으로 종종 놀러 오겠다고, 자주 전화하겠다고 말했지만 그게 빈말인 것을 나는 잘 알고 있습니다. 이만큼 나이를 먹으면 뭐가 참말이고 거짓말인지 재깍 알아챌 수 있으니까요. 오늘 아침 앞마당을 구석구석 쓸지 말았어야 했어요. 봄볕에 이끌려 나갔다가 나도 모르게 빗자루를 손에 쥐었는데, 일을 마치고 나니까 시멘트로 바른 앞마당이 눈부시게 환했습니다. 커다란 흰색 도화지를 펼쳐놓은 것처럼 말이에요. 불현듯 그곳에 발자국을 남기고 싶은 욕구가 솟구치더니 첫사랑의 얼굴이 둥실 떠올랐어요. 그녀의 이목구비며 팔다리가 앞마당에 선명히 새겨지자 지난 일들이 내 머릿속에 액자처럼 걸렸습니다. 이게 무슨 청승인가 싶어 억지로 그 액자들을 떼어내려 했으나 접착력이 강해서 별수 없이 손을 놓고 말았지요.

누구에게든 나는 속마음을 쉽사리, 아니 함부로 드러내지 않습니다. 가족이라고 해서 예외는 아닙니다. 오히려 피붙이 앞에서 내 마음의 창문은 더욱 굳게 닫힙니다. 나도 모르게 그래요. 우리 가족 또는 일가친척과 한데 어울려 있거나 어디선가 그들이 눈에 띌라치면 대번 마음의 문이 '철컥'하고 잠기는 소리가 들립니다. 이러지 말아야지, 하고 다짐하지만 매번 내 마음이 그렇게 반응하는 걸 어쩌겠습니까. 열 길 물속은 알아도 한 길 사람 속은 모른다는 옛말은 나를 두고 하는 소리예요. 예전에 이런 일도 있었어요. 집안사람들이 나를 도둑으로 몰았습니다. 쌀 도둑. 내가 식구들 몰래 쌀을 훔쳐다가 팔아서 어딘가에 돈을 쟁여뒀다는 거예요. 기회가 오면 도망치려는 심산으로요. 쌀이 귀하고 그게 돈이 되던 시절이었기에 집안이 발칵 뒤집혔습니다. 쌀 세 가마니가 없어졌으니 시끌시끌할 만도 했지요. 그 당시에는 쌀 세 가마니를 팔면 큰돈을 챙길 수 있었으니까요. 그때도 나는 마냥 잠자코 있었습니다. 집안의 쌀을 팔아먹다니요, 나는 쌀 한 톨도 수챗구멍에 버린 일이 없습니다. 물론 억울했죠. 혼자 있을 때면 분한 마음에 옷소매가 흠씬 젖도록 울었습니다. 하지만 무슨 말이든 마음속에 담아둬야 편하고, 나만 정직하고 바르게 살면 된다는 생각이 단단히 박혀 있는데 어쩝니까. 타고난 성격을 고치기가 어디 쉽던가요? 성질머리가 그 모양이라 나는 계절이 숱하게 바뀌는 동안 입은 닫아놓고 손만 부지런히 움직이며 살았습니다. 방금 털어놓은 도둑 누명의 진실은 그로부터 두 해가 지난 후에야 밝혀졌어요.

이렇듯 목석이나 다름없는 내가 생면부지의 그 처녀 앞에서만은 입을 다물 줄 몰랐어요. 그 여자가 나타나야만 내 입이 열리는 마법에 걸린 것처럼 시도 때도 없이 쨍쨍쨍쨍. 한마디로 마음을 송두리째 빼앗겨버린 것이죠. 마음이 열리면 자연히 입도 눈을 뜨기 마련이니까요. 내 감정의 변화가 그저 신기할 뿐이었습니다. 흰머리로 뒤덮인 정수리에서 검은 머리카락이 싹을 틔우고 있는 듯한 경이로움까지 느껴졌지요.

1

나의 첫사랑은 올봄 3월 7일에 우리 집 대문으로 들어섰습니다. 초면인 처지에 빈손으로 오기가 섭섭했는지 뭔가를 들고서요. 나중에 보니 그건 모양도 다양한 예쁜 도넛 선물 세트였습니다. 나는 그 빵을 며칠 동안 본체만체했어요. 그때만 해도 '마은숙'이라는 여자가 내겐 눈엣가시였으니까요. 나는 그날 마루에서 시금치를 다듬고 있었습니다. 식전 댓바람부터 아들이 전화해서는 오늘 귀한 손님이 방문할 거라고 말했지만 나는 듣는 둥 마는 둥 했어요. 제 잇속을 챙기느라고 어미의 인생까지 팔아먹으려는 망할 종자가 생각할수록 괘씸해서였습니다. 그러니 마은숙이 곱게 보일리가 없었지요. 나는 후줄근한 차림에 머리도 감지 않고, 발꿈치가 닳은 양말을 신은 채로 밭에서 갓 캐 온 시금치의 꼭지를 따고 있었습니다.

아들이 보낸 여자는 '귀한 손님' 같지 않았어요. 길을 가다가 때마침 대문이 열려 있어서 광고 전단을 주려고 들어선 화장품이나 보험, 학습지, 정수기 따위를 파는 여자 같았습니다. 그래도 아들 체면이 있으니 입으로야 그녀를 반겼지요. 마은숙의 얼굴에도 미소가 어렸으나 마지못해 짓는 표정이라는 걸 내가 모를 리가 없죠.

살아온 시간의 골이 깊으면 시력은 뚝뚝 떨어져도 사람 보는 눈만큼은 밝아지니까요. 그런 면에서 우리는 이심전심이었습니다. 도무지 내키지는 않으나 자의든 타의든 필요에 따라 의무적으로 만나야 하는 관계.

"어머님, 반갑습니다."

우리는 악연이라고 생각하면서 자리를 내주려는데 불청객이 낭랑한 목소리로 말을 걸었습니다. 그 애교스러운 말투도 한껏 꾸민 것이라 귀에 거슬렸지요. '어머님이라니, 자기가 나를 언제 봤다고 어머님이래? 넉살이 몸에 밴 여자로구먼.' 나는 속으로 구시렁대며 머리를 아래위로 살살 흔들었어요. 나도 반갑다는 뜻으로요. 수돗가가 있는 마당이 운치 있다, 시금치가 먹음직스럽다, 마루에 앉아 하늘을 보고 있으니 어린 시절의 추억이 떠오른다, 어머님은 동화 속 집 같은 곳에서 사니까 좋으시겠다……. 내가 믹서로 즉석에서 만든 두유를 마시면서 마은숙은 계속 주절거렸어요. 어린 시절의 추억이 떠오른다는 말은 진심인 것 같았습니다. 머리를 뒤로 꺾고서 새파란 하늘을 응시하는 마은숙의 눈빛이 오래전 그때를 더듬고 있는 듯 몽롱했거든요.

그날 마은숙은 두유 한 잔을 천천히 마시고서 자리를 떴습니다. 이 집에 누가 살고 있는지 살펴려고 업무상 들른 여자처럼 다소 사무적인 얼굴로 집 안을 훑어보고서 서둘러 굽이 낮은 구두를 신었습니다. 그이는 내게 정중히 인사하면서 악담을 입에 올렸습니다. 앞으로 두 달 동안 매주 목요일에 오겠다, 상황에 따라서 하룻밤 묵어도 되겠느냐……. 첫 번째 말은 통보였고, 뒷말은 의향을 물어보는 것이었는데 어떻게 면전에 대고 거절합니까. 어차피 나는 아들놈의 손에 놀아나는 처지였으므로 아가씨 마음대로 하시라고 무심히 대꾸했습니다. 매주 목요일마다 오겠다, 어떤 날은 하룻밤 자고 가기도 할 것이다. 내게는 마은숙의 이 일방적인 약속이 마른하늘에 날벼락이었습니다.

2

　나보다 나이가 훨씬 많은 집을 나는 오늘도 홀로 지키고 있습니다. 무려 백 살이 넘은 집이에요. 물론 예전에는 대식구의 보금자리였죠. 군식구뿐만 아니라 동냥아치까지 무람없이 드나들어서 눈만 뜨면 시끌벅적했어요. 사람이 백 살을 먹으면 신체 마디마디마다 녹이 슬어서 초라한 몰골이겠으나 이 집은 아직까지 거뜬합니다. 건강한 사람이 어쩌다 독감이나 장염을 앓듯 중간중간에 보수 작업이야 했지만 원래부터 뼈대가 튼실했어요. 평생 일밖에 몰랐던 시아버지와 남편이 밤잠 설쳐가며 한 칸 한 칸 늘린, 말하자면 그 양반들의 땀방울로 지어 올린 둥지라서 질긴 생명줄을 타고났을 겁니다. 간절히 원하는 무언가를 위해 하염없이 흘린 땀방울은 절대 헛되지 않아요. 어떤 식으로든 반드시 보답을 받게 마련이지요. 쭉쭉 뻗은 고층 아파트들 사이에서 다부지게 서 있는 백 년 묵은 집이 그걸 말해주고 있습니다. 이런, 말이 곁길로 샜네요. 늙으면 이게 병입니다. 이 말 했다가 저 말 했다가. 아무튼 까마득한 옛날에는 부엌이든 방이든 마당이든 발 디딜 틈이 없었던 이 집에서 나는 혼자 밥을 해 먹고 잠이 듭니다. 두 딸이 이웃에 살고 있지만 바쁘다는 말을 입에 달고 사는 애들이라 전화로나 종종 어미를 찾습니다. 돈에 미친 자식이 제 부모한테 칼을 들이대는 세상인데 전화로나마 안부를 물어주니 나로서는 감지덕지지요.

우리 집에 효자는 따로 있습니다. 내가 딸 다섯을 내리 낳고서 천신만고 끝에 출산한 아들입니다. 그런 만큼 애지중지 키우고 싶었으나 속으로만 떠받들고 살았던 외동아들, 식구보다 동네 사람들이 더 인정하는 효자. 대학교에 다닐 때부터 일주일에 한 번씩 내려와 자고 가는 효행을 어긴 적이 없으니 어느 부모가 부럽지 않겠어요. 제 아버지가 세상을 뜨면 그 착한 발걸음도 뜸해지려니 생각했는데 오십 줄에 들어선 지금까지 매주 얼굴을 보여주고 있습니다. 설령 아들의 꾸준한 발걸음이 계산적인 행동이면 어떻습니까. 수십 명의 밥을 해대던 시절, 내게 살아야 할 이유를 알려준 금쪽같은 아들인데요. 그래서 내 몫의 재산은 물론이고 원한다면 몸의 장기를 죄다 내주어도 아깝지 않지만 그날 아들이 걸쭉한 가래처럼 불쑥 내뱉은 말을 듣고 있자니 영원히 식지 않을 것 같던 모정이 대번 차가워졌습니다.

"엄마, 내가 책 만들어줄게."

"무신 책을 맹글어?"

"엄마의 인생을 책으로 엮어줄 테니까 한풀이하시라고."

아들이 닭죽을 두 그릇이나 먹고서 단감으로 입가심을 하며 말했습니다.

"꼴같잖은 인생, 뭐 자랑할 게 있다고 책을 맹그냐? 동네방네 망신시키려고 작정했구먼. 별 개떡 같은 소리를 다 듣겠네."

아들이 단감을 씹으면서 떫은 표정으로 나를 쳐다봤습니다. 앙칼진 반응이 어이없다는 듯이요.

"망신시키다니, 나 참. 그리고 엄마 인생이 왜 꼴같잖어? 오늘날 우리가 누구 때문에 호의호식하고 사는데."

"야야, 헛소리 그만 지껄여라. 바보천치니께 여즉 이 집에서 살았지. 니 에미가 소실을 주렁주렁 매단 남자랑 살았다고 광고할래?"

"그거야 동네 사람들이 다 아는데, 뭐."

내가 눈을 흘겼습니다. 아들이 고개를 획 돌리더니 뒤통수를 긁적이데요. 느닷없이 치민 울화가 좀체 가시지 않아서 나는 마구 퍼부어댔습니다. 조바심까지 엉겨 붙어 더 왕왕거렸죠. 한번 계획한 일은 끝장을 보고야 마는 아들이라서 내 마음이 급했습니다. 아들도 뜻밖의 반응에 움찔하는 눈치였으나 '없던 일'로 할 태도는 아

14

니었어요.

"엄마는 내가 시키는 대로만 해. 소실이니 뭐니 그딴 얘기를 왜 써. 나 못 믿어? 엄마 가슴에 맺힌 응어리를 내가 풀어줄게."

속으로는 좋으면서 공연히 튕긴다는 듯 아들이 단감씨를 접시에 퉤 뱉고서 헬스장에 간다며 집을 나섰습니다. 나는 갑자기 찬물을 뒤집어쓴 기분으로 멍하니 앉아 있었어요. 찬물을 닦아낼 엄두도 나지 않았습니다. 늙은이들이 빨리 죽어야 한다, 죽어야 한다, 고 말하면 사실은 더 오래 살고 싶으면서 괜히 엄살을 부리는 거라고 비아냥대지만 나는 진짜 그렇습니다. 요즘 들어 빨리 죽어야 한다는 생각이 부쩍 짙어져요. 내년에 눈을 감을 수 있다면 금상첨화이겠고, 늦어도 이 년 후에는 저승으로 가고 싶어요. 아들이 만들어준다는 책도 그래요. 마음속으로는 한없이 기쁘면서 부끄러우니까 한번 뻗대는 거라고 생각하는 모양인데, 나는 참말로 그런 낯 뜨거운 짓을 하고 싶지 않습니다. 사람들 앞에서 내 알몸을 보여주는 것과 마찬가지니까요. 내가 여자인 몸으로 독립운동에 뛰어들었거나 유식해서 무슨 공을 세운 것도 아니잖아요. 나는 애만 줄줄이 낳고서 부엌에 갇혀 밥만 하다가 폭삭 늙어버린 여자예요. 나는 평생 최씨 집안의 소로 살았습니다. 밤낮 일만 하는, 게다가 입까지 무거운 소 말입니다. 늙어서 식량이나 축내면 도살장으로 끌고 가든가, 아니면 죽기를 기다렸다가 양지바른 곳에 묻어주면 그만이지 어쩌자고 소의 인생을 책으로 만든대요?

아들이 자기 집으로 돌아간 후 허구한 날 전화로 실랑이를 벌였습니다. 아들한테 전화가 오면 퉁퉁 부은 목소리로 잔소리를 퍼붓고, 어떤 날은 협박도 했습니다. 내가 어디로 없어지든가 죽어야 정신을 차리겠냐고요. 먹혀들지 않았습니다. 작가가 묻는 말에 기억이 나는 대로 대답해주면 된다면서 나중에는 오히려 지가 짜증을 냅디다. 결국 엄마가 '우리 집안을 위해 마지막으로 할 일'이라는 말로 나를 꼼짝 못 하게 했어요. 뼈가 으스러져도 밥을 해 먹여야 한다는 책임감 때문에 이러지도 저러지도 못한 답답한 인생. 나를 평생 옭아맸던 그 원망스러운 책임감이 다시 고개를 드는 순간이었습니다. 그래도 나를 속속들이 보여줄 수 없다고 단단히 맞섰는데 그날 새벽 일이 벌어지고 말았어요.

"엄마, 오늘 작가가 집에 방문할 거야. 어디 가지 말고 기다려."

아들이 용건만 내뱉고 후다닥 전화를 끊었습니다. 뭔가가 머릿속에 반짝 떠오르면 기어이 밀어붙이는 아들의 고집을 눌러보겠다고 설친 게 어리석었습니다.

예나 지금이나 우리 집에서 내 말을 귀담아듣는 사람이 어디 있었던가. 나는 어차피 소니까 그 우직한 가축의 본분을 다하면 된다. 소의 본분이란 일 잘하고 주인 말씀을 잘 따르는 것. 아무리 늙었어도 여물만 축낸 소는 아니었으니까 주인의 뜻대로 도축장에 끌려가 몸값이나 욕심껏 받게 해주자. 나는 그런 심정으로 아들과의 말싸움에서 물러섰습니다.

3

　며칠 동안 비가 내리고 강풍이 불더니 대번 햇살의 감촉이 달라졌습니다. 봄과 여름의 자리가 바뀐 것 같아요. 햇살이 아주 따갑습니다. 엊그제 5월의 달력을 넘겼는데 날씨는 한여름입니다. 반소매 옷을 진작 꺼내 입었고, 선풍기도 안방에서 이리저리 머리를 내두르고 있어요. 이러다 또 금세 가을이 찾아오겠지요. 이쯤에서 조용히 눈을 감고 싶다는 소망이 머릿속에서 나부끼고 있는데도 냅다 달려가는 시간이 섭섭한 건 무슨 마음일까요.

　천지에 가득한 햇빛을 보니까 탄성이 저절로 터져 나옵니다. 바람까지 불어와 우리 동네가 살랑살랑 흔들리는 것 같습니다. 나도 모르게 허리가 꼿꼿이 세워지면서 스르르 눈이 감깁니다. 정수리, 이마, 입술, 어깨, 가슴, 허리에 햇살이 스며듭니다. 손가락도 생기롭게 움직입니다. 오늘의 햇빛은 보약 같아요. 메마른 논이나 다름없는 할망구의 몸에 이렇듯 물길을 터주니 말입니다. 나는 지금 한결 가벼워진 몸으로 마당을 거닐고 있습니다. 누군가가 뒤에서 밀어주는 기분입니다. 경적을 울리며 집 앞 도로를 연신 오가는 자동차들이 오늘은 어째 눈에 거슬리지 않습니다. 세상이 정말 놀랍게 탈바꿈했어요. 소달구지가 지나다니던 흙길이 아스팔트로 바뀌고, 우리 동네를 포근히 감싸주던 산이 아파트촌으로 변했으니 말입니다. 하긴 헤아릴 수 없는 백사장의 모래알만큼이나 시간이 흘렀는데 뭔들 온전히 남아 있을까요. 그래도 내가 수십 년 동안 몸담고 살았던 집과 텃밭이 세월의 물살에 씻기지 않았으니 얼마나 고마운 일입니까. 긴긴 세월을 하루도 빠짐없이 붙어 지내서 집과 텃밭이 내 몸의 일부 같습니다. 우리는 한결같은 마음으로 늙어가는 동기간입니다. 나의 고독과 번민을 보듬어주는 유일한 피붙이. 우리가 올해도 무사히 새로운 계절을 함께 맞고 있어요. 축복입니다.

텃밭에 왔습니다. 여름이 성큼 찾아온 만큼 양파며 마늘, 깻잎이 부적 자랐습니다.

'나도 너희들과 같은 시절이 있었겠지. 엄마 배 속에서 태어나 뽀얀 젖을 빨아 먹고 자라면서 걸음마를 하던 시절이……'

나는 밭고랑에 그대로 앉아버립니다. 흙이 따스하네요. 평소에도 나는 밭일을 하다가 일손을 놓고서 상념에 잠깁니다. 요즘에는 그 횟수가 잦아졌습니다. 무릎을 세우고 앉아서 눈을 감고 있노라면 우리 친정어머니의 목소리가 아련히 들려와요. '명자야, 밥 먹어라.' '명자야, 읍내 가자.' 아버지가 몰고 오는 손수레 소리도 귓가에 맴돕니다. 어머니의 음성이 하도 생생히 들려서 대문 밖까지 나간 적도 있어요. 어머니 대신 승용차들만 오가는 도로를 우두커니 바라보고 있으면 천지 사방에 나 혼자뿐인 것 같고 사는 게 뭔가 싶어 허무해집니다.

"거기서 뭐 하세유?"

수시로 드나드는 이웃이 성큼성큼 걸어옵니다.

"햇빛 쬐고 있네. 햇빛을 적당히 쬐면 몸에 좋대여. 모자까지 쓰고 어디 가남?"

"복지 회관으로 노래 배우러 가유. 서울에서 유명한 노래 강사가 온대유. 날도 더운데 저랑 같이 가서 노래나 부를래유?"

"가서 실컷 부르고 와. 나는 잡초나 뽑을라네. 이불도 빨아야 허고, 장독도 닦아야 허고, 할 일이 늘어섰어."

"근데 그 아가씨는 요즘 통 안 보이데유? 제집처럼 들락거리드만."

"늙은이랑 노는 게 뭐 재밌다고 줄창 내려오겄어. 돈도 벌고 여행도 가고 남자도 만나야지. 뭐든 때가 되면 다 떠나는 겨."

"그렇지유. 자식도 사랑도 다 떠나는 거지유. 그러고 보면 인생이 참 쓸쓸허고 서글퍼유. 나는 노래나 부르러 가야겄다."

입이 가벼워서 탈인 이웃 아낙이 손을 휘휘 내저으며 대문을 나섭니다. 그이가 불쑥 마은숙의 안부를 물으니 마음이 이내 스산해집니다. 누구에게나 정을 떼는 일은 고역이지요. 늙은이에게 스며든 정은 유독 짙어서 그걸 지우기가 여간 어렵지 않아요. 사람들에게 곡식이나 푸성귀 따위는 퍼 줘도 정은 주지 말자는 다짐을 품고 살았는데 그만 실수를 하고 말았어요. 시금치쌈이 화근이었습니다.

4

3월 7일 오후 두시 사십분쯤 마은숙이 나타났습니다. 시간을 또렷이 기억해요. 그날은 목요일이었고, 경로당에서 오후 한시부터 시작하는 '훌라댄스' 수업을 듣고 귀가하면 그 시간이 되니까요. 노인들이 모이는 자리에서는 흔히 춤과 노래를 가르칩니다. 노래를 부르면 정신 건강에 좋고, 춤을 추면 활기차게 생활할 수 있다나요. 노래 선생님이 하라는 대로 한 소절 한 소절 따라 부르면 잠시나마 흥이 일기는 해요. 손을 들었다 놨다, 다리를 오므렸다 폈다 하면 장작 같은 몸이 부드러워지는 것 같고요. 댄스 선생님한테 배운 대로 춤을 춘답시고 리듬도 순서도 무시한 채 몸을 흔들어대는 노인들을 보면 헛웃음이 나옵니다. 사실은 나도 그러고 있으니까요. 춤과 노래가 아무래도 마뜩지 않으나 결석하지 않고 열심히 배우러 다닙니다. 부질없이 명줄만 길어지는 노인들을 위해서 공짜로 먹여주고, 구경시켜주고, 가르쳐주는 마음이 고마워서요. 텔레비전에서 고령화 어쩌고저쩌고하며 떠드는 말을 들으면 사는 것이 죄스러워져요. 그러니까 뭐든 시키면 고분고분 따라야지요.

경로당에서 돌아와 옷을 갈아입는데 밖에서 "어머님" 하는 소리가 들렸습니다. 딸애 친구가 지나가다 들렀나 싶어 창밖을 내다봤더니 마당 한가운데 마은숙이 서 있었습니다. '저이가 왜 또 왔댜.' 대뜸 짜증부터 일었습니다.

"어쩐 일이시랴."

"어머님, 어디 다녀오셨어요? 아까 왔는데 대문이 잠겨 있더라고요. 저기 벚꽃나무 아래서 계속 기다렸어요."

마은숙이 손부채질을 하면서 창가로 다가왔습니다. 분명 마은숙인데 처음 마주했을 때의 얼굴과 좀 달랐습니다. 어두침침한 공간에서만 보다가 환한 거리에서 대면한 것처럼 이목구비가 새로웠어요. 마냥 거리감이 느껴지던 첫인상보다야 한결 나았지요.

"내가 집만 지키는 늙은이 줄 아남. 미리 전화를 했어야지……."

"당연히 집에 계실 줄 알았죠. 벚꽃 구경하느라 시간 가는 줄 몰랐어요. 공기가 맑아서 그런지 서울 벚꽃이랑 달라 보여요. 집에서 기른 콩나물과 마트에서 파는 콩나물이 다르듯이요."

"그 벚꽃나무, 우리 집 양반이 심은 거라우. 동네 사람들 오며 가며 구경하라구. 정작 자기는 벚꽃 피는 것도 못 보고 죽었으니 불쌍허지."

"그게 아버님 작품이에요?"

'어머님' '아버님' 소리를 불쑥불쑥 잘도 내뱉는 마은숙이 눈을 동그랗게 뜨면서 대문 쪽으로 고개를 돌렸습니다. 마치 그곳에 벚나무가 있어 그 고운 맵시를 다시 보려는 듯이요. 나는 안방, 마은숙은 마당, 이렇게 창문을 사이에 두고 말을 주고받던 우리는 마루에 함께 앉았습니다. 이번에도 뭔가 사 들고 왔데요. 종이 가방에 '새벽마을 홍삼절편'이라고 써 있었습니다. 올 때마다 부담스럽게 이런 걸 왜 들고 오느냐고 내가 부드럽게 타박하니까 같이 먹으려 고 샀다면서 생글생글 웃더군요. '댁이야 돈 받고 하는 일이니까 좋을 테지만 나는 귀찮고 피곤하다. 제발 내 집에 오지 마라.' 이런 나의 진심을 어떻게 전달하면 통할까, 머릿속 가득 한숨이 차올랐 습니다.

"커피 줄까, 아니면 과일을 잡술텨?"

"밥을 좀 먹을 수 있을까요?"

뜻밖의 대답에 나는 조금 놀랐습니다. 마은숙이 넉살 좋은 여자 라는 사실을 진작 간파했지만 아무리 앞뒤가 확 트인 성격이라도 고작 두 번 만난 사람한테 밥을 달라고 하다니, 정말 의외였습니 다. 나는 서둘러 밥상을 차렸습니다. 그게 누구든 우리 집에 들어 오면 반드시 밥을 먹여 보내라는 시아버님의 뜻을 떠받들고 살아 서 밥상 차리는 것이 내게는 일도 아닙니다. 때문에 나는 우리 집 에 누가 오면 때를 가리지 않고 '밥은 자셨슈?'라고 물어봅니다. 그 런 내가 왜 마은숙한테는 밥이 아닌 차나 과일을 권했는지 알다가 도 모를 일이었습니다.

대식구의 '밥'을 책임지는 큰며느리였기에 나는 지금도 김치를 종류별로 담고, 밑반찬이며 국을 항상 준비해둡니다. 반찬을 죄다 꺼내놓고 혼자 식사하다 보면 청승도 이런 청승이 없다 싶어 앞으로는 식탁에 김치 하나, 밑반찬 두 개만 놓자고 다짐하지만 냉장고 속은 언제나 푸짐합니다. 내 경우 습관은 고질병입니다. 젊은 시절에는 그 습관 덕분에 살림을 야무지게 한다는 말을 들었는데 노인이 되니까 고독만 잔뜩 안겨줍니다.

아침에 끓인 북엇국을 가스레인지 위에 올려놓고 나는 텃밭으로 시금치를 뜯으러 갔습니다. 싱싱한 제철 채소를 밥상에 올리고 싶어서요. 소쿠리에 시금치를 넉넉히 담아 집 안으로 들어섰더니 마은숙이 식탁에 수저를 놓고 있었습니다. 어느새 추리닝 차림을 하고는 안방과 주방을 오가며 스스럼없이 굴었습니다. 원래 성격이 그렇다면 지나치게 붙임성이 좋고, 노인네랑 빨리 친해지려고 일부러 유들유들하게 구는 거라면 가식적이고, 어쨌든 나는 마은숙이 눈에 거슬렸습니다. 왜 나한테 이런 물건을 보내서 귀찮게 하나, 수시로 눈앞에 아른거리는 아들놈이 원망스러울 뿐이었습니다.

"시금치도 상추처럼 싸서 먹어도 돼요?"

"되고 안 되고가 어딨남, 그냥 입맛대로 먹는 거지."

우리 집 텃밭에서 뜯은 시금치를 나는 곧잘 쌈으로 내놓습니다. 시금치 두세 장을 포개서 그 위에 밥과 고추장을 얹어 먹으면 고기반찬이 필요 없어요. 독거노인 신세가 되고 나서야 비로소 내 입맛대로 밥상을 차리는 편리를 누리고 있는데, 봄이 오면 우리 집 식탁의 대표 메뉴가 바로 시금치쌈입니다.

몇 날 며칠 배를 곯은 사람처럼 마은숙은 밥그릇을 순식간에 비웠어요. 다른 음식은 놔두고 시금치쌈만 우걱우걱 먹습디다. 시금치쌈을 씹어 먹는 소리가 어찌나 경쾌하던지 덩달아 입안에 침이 고이데요. 시금치쌈을 처음 먹어본다고, 향긋한 흙냄새까지 입안에 가득 풍겨서 자꾸 먹힌다고, 이게 어머님이 키운 시금치냐는 말을 쏟아내면서 마은숙은 밥을 두 그릇이나 먹었어요. 그 모습을 보고 있자니 남편의 얼굴이 환하게 떠오릅디다.

그해 봄, 남편이 늦은 점심을 먹고 대청마루에 누웠습니다. 꼭두새벽에 일어나 사방팔방 휘젓고 다니다 보면 남편은 끼니때를 놓치기가 일쑤였어요. 남편이 시금치쌈을 좋아해서라기보다 빠르고 간편해서 봄에는 노상 그 푸른 채소만 입에 넣었습니다. 그날도 남편은 시금치쌈으로 배를 채우고 대청마루에서 잠시 눈을 붙였습니다. 그 단잠을 방해하면 집 안이 들썩거릴 정도로 악악거렸지요.

"형님, 얼른 피해유! 인민군들이 지금 형님을 찾고 있대유!"

첫째 시동생이 눈을 휘둥그레 뜨고서 뛰어 들어왔습니다. 그와 동시에 남편이 용수철처럼 튀어 올라 잽싸게 대문 밖으로 나갔어요.

"삼촌, 이게 무슨 일이래유? 인민군이 형님을 찾고 있다니유. 저이가 무슨 죽을죄라도 졌슈?"

나는 시동생에게 자초지종을 캐물었습니다. 다리가 후들거렸어요.

"누가 빨갱이를 죽였는데, 형님이 그 빨갱이 시체를 구경하러 갔다는구만요. 형님 말고 네 명이 더 있었대유. 빨갱이 가족이 범인을 찾고 있는데 그때 구경한 사람들을 의심한대유. 네 사람이 자수하러 갔는데 인민군이 죽여버렸대유. 큰일 났슈, 형님도 붙잡히면 끝장일 텐데 말유."

"노상 일에 치여 사는 양반이 무슨 바람이 불어서 빨갱이 시체를 구경하러 다녔대유? 그나저나 이 일을 어쩐댜."

시동생은 이런 내 말은 아랑곳 않고 허둥지둥 시아버지를 찾으러 나갔습니다. 남편이 물린 밥상 위에서 시금치가 여전히 푸릇푸릇한 빛깔로 나를 쳐다보고 있었어요. '저걸 왜 남겼댜. 시금치나 다 먹고 가지.' 내 안에서 뭔가 폭삭 무너지는 소리가 들렸고 동시에 머릿속이 하얘졌습니다.

"어머님 존함이……."

"내 이름? …… 심명자. 이름을 말해본 지도 까마득허네."

마은숙이 손바닥만 한 수첩에 내 이름을 적었습니다. 내가 손사래를 쳤는데도 군이 밥값은 하겠다면서 마은숙이 설거지를 마치고 난 뒤끝이었죠. 이제 본격적으로 일을 하자는 듯 마은숙이 가방에서 공책이며 필통 따위를 주섬주섬 꺼냈습니다.

"제가 앞으로 일주일에 한 번씩 올 거예요. 어떤 날은 자고 갈 수도 있고요. 제가 질문하면 부담 갖지 마시고 머리에 떠오르는 대로 대답해주세요. 명절 때 가족이 모여서 옛날이야기를 하는 것처럼요. 저를 막내딸로 생각하시고 편하게, 아셨죠? 이게 녹음긴데 어머님이 들려주는 말들이 여기에 담길 거예요."

어리둥절했습니다. 마은숙이 수첩에 내 이름을 쓰고, 눈에 잘 뵈지도 않는 녹음기를 들이대니까 어깨가 저절로 움츠러들었어요. 마은숙이 시키는 대로 하면 나름대로 정직하게 살아온 나의 생애가 말짱 헛것으로 변질될 것 같은 불쾌감도 밀려들었습니다. 내가 왜 아무 연관도 없는 여자한테 평생 겪은 일을 주절주절 말해야합니까? 막내딸이 아닌데, 아니 막내딸이라도 그렇지 내가 죽어도하기 싫은 이야기를 편하게 토해내라니요? 여기저기 얼룩지고 곰아터진 지난 세월을 나는 고스란히 마음속에 품고 싶단 말입니다. 남이 알면 아는 대로 모르면 모르는 대로, 내가 심고 가꾼 텃밭의채소 같은 이야기들을 고이 간직하고 싶어요. 그리고 자서전을 쓰면 내가 직접 써야 하는 거 아닙니까. 내가 무식해도 자서전이 뭔지는 알아요. 굽이굽이 넘어온 나의 일생을 생판 모르는 남이 쓰겠다고 설치고 있으니 도대체 뭐가 뭔지 알 수가 없었습니다.

"아가씨, 나 이거 진짜 못 하겠네. 우리 아들은 내 말을 당최 들어먹지 않으니 아가씨가 나 좀 도와주지 않을라남?"

마은숙이 뜨악한 표정으로 나를 쳐다봤습니다.

"자서전 못 쓰겠다고 아가씨가 내 아들한테 말 좀 해주우. 매주여기 내려오는 것도 힘들고, 할머니가 입을 처닫고 있어서 글을 쓰기가 고역이라고 말이우."

"이미 계약금을 받았어요. 제가 먼저 못 하겠다고 말하면 계약금의 두 배를 물어야 해요. 계약금도 이미 다 써버렸고 물어낼 돈도 없어요."

아들이 단단히 일렀는지 마은숙은 꿈쩍하지 않았습니다. 내가 해준 시금치쌈을 실컷 먹고 아들 편에서 나불대는 마은숙이 밉살스러웠어요.

"그러니까 어머님과 저는 당분간 찢어질 수 없어요. 함께 배를 탔으니 순항이든 난항이든 노를 저어야 해요. 자, 밥도 배불리 먹었으니 슬슬 일을 시작할까요. 오늘은 어머님 어린 시절 이야기를 들려주세요. 언제 태어나셨고, 부모님은 무슨 일을 하셨고, 집안 형편은 어땠는지 기억나는 대로 말씀해주세요."

5

나는 당진군 송악면 전대리의 유복한 집에서 태어났습니다. 지금은 '당진군'이 '당진시'로 바뀌었어요. 우리 친정어머니가 구 남매를 낳았는데 나는 넷째 딸입니다. 어디서든 나이를 밝히려면 참말로 입이 안 떨어져요. 근근이 살아가는 남의 집에서 밥을 얻어먹는 기분이 들어서요. 그 넉넉지 않은 집안의 주인은 마지못해 밥상을 차려야 하고, 나는 그 밥을 먹지 않을 수 없고…… 눈치는 보이나 어쩔 수 없이 얹혀살아야 하는 군식구처럼 느껴진단 말이죠. 젊을 때는 산더미처럼 쌓여 있는 일에 파묻혀 사느라고 내가 몇 살인지 까맣게 잊고 지냈는데 이제 좀 마음의 여유가 생기고 보니까 내 묵직한 나이가 짐스럽고 거추장스럽게 느껴집디다. 그래서 내 나이를 그냥 호배추처럼 속이 꽉 찼다고만 밝히겠습니다. 심명자라는 인간이 그렇게 여물었다는 뜻이 아니라 나이만 잔뜩 먹었다는 뜻이에요. 세월이 흐를수록 나이는 깊어지는 반면 속은 헐렁헐렁해집니다. 그래서 다들 나이가 들면 어린애 같아진다고 말하나 봐요.

우리 부모님은 니 것 내 것 따지지 말고 동기간에 우애로이 지내라고 가르쳤습니다. 부모님은 헐벗고 굶주린 이웃에게 꾸준히 온정을 베풀었어요. 자녀의 혼사를 앞둔 집이나 초상집에는 나무 두 지게와 쌀보리 두 말을 보냈습니다. 집집마다 돌아다니며 생선이나 고무신, 화장품 따위를 파는 봇짐장수들에게는 따뜻한 밥을 꼭 먹여 보냈어요. 지금이야 먹을 것이 남아돌아서 음식물 쓰레기 처리에 골머리를 앓는다지만 그때는 굶는 사람들이 허다했어요. 궁핍한 살림살이에 혼사나 초상을 치르려면 얼마나 폭폭하겠습니까. 우리 아버지가 그런 심정을 헤아려 이웃의 애경사에 요긴히 쓸 양식을 보낸 거지요. 그 시절에는 쌀과 보리, 그리고 군불을 지필 나무가 돈이나 마찬가지였으니까요.

중풍으로 드러누운 할머니의 똥오줌을 우리 친정어머니가 무려

십사 년이나 받아냈습니다. 친정어머니는 병석의 할머니를 마치 자식 돌보듯 했어요. 나 같으면 어머니처럼 그렇듯 불평 없이 늙은 병자의 똥오줌을 받아내지 못했을 겁니다. 우리 아버지는 착실한 농부였습니다. 내가 태어난 전대리 일대에 당신 소유의 전답이 많 있는데 그곳을 손수 공들여 가꿨어요. 우리 가족은 눈만 뜨면 일터 로 나갔던 아버지 덕분에 궁핍했던 시절에도 배를 곯지 않았습니 다. 아버지가 농사 말고도 소중히 여기는 일이 있었는데 그건 바로 의료 행위였어요. 그 당시 당진에는 의사가 흔치 않았습니다. 하긴 의사가 있었던들 죽으로 끼니를 때우는 사람들인데 아프다고 선 뜻 치료를 받을 수 있었겠습니까. 아버지는 당숙한테 침놓는 기술 을 배웠다고 합니다. 그 어른의 성격이 워낙 깐깐해서 침술을 제대 로 가르쳤나 봐요. 나이 든 조카를 삼 년 동안이나 붙잡아놓고 기 술을 익히게 했다니 말입니다. 당숙 밑에서 침놓는 기술을 배운 아 버지는 전대리의 유일한 의사로 활동했어요. 아버지가 침을 잘 놓 는다는 소문이 이웃 동네까지 퍼져서 한밤중에도 불려 가기 일쑤 였습니다. 시도 때도 없이 찾아오는 환자들을 아버지는 기꺼이 받 아주었고, 병자가 있는 곳이면 달구지를 타고 어디든 달려갔습니 다. 아버지는 환자를 포기하는 법이 없었어요. 지금 생각해보면 아 버지의 침술이 뛰어났다기보다 지성이면 감천이라고, 꺼져가는 생명을 기필코 살리겠다는 간절한 마음이 통했던 것 같아요. 침술 사 아버지를 생각하면 어김없이 떠오르는 장면이 있습니다.

어느 날 학교에서 수업을 마치고 돌아왔는데 우리 집 댓돌에 신발 여러 켤레가 산만하게 놓여 있었어요. 그때 안방에서 고통스러운 신음 소리가 새어 나왔습니다. 나는 잽싸게 안방으로 들어갔어요. 그런데 이게 웬일입니까. 어린 눈에 비친 광경은 경악 그 자체였습니다.

"대식이 할머니, 내 팔 붙잡고 조금만 더 참으세유."

"아이고 세상에나, 이 고름 좀 보게."

"명자 아버지가 사람 살리네."

동네 아주머니들이 아버지와 늙은 환자를 둘러싸고 앉아서 한마디씩 했습니다. 단단히 성이 올라 빨갛게 부어오른 이웃집 할머니의 젖가슴을 아버지가 입으로 빨아대자 누런 고름이 쏟아져 나왔어요. 그날 아버지의 입은 고름을 짜내는 기구였습니다. 아버지가 땀을 뻘뻘 흘리면서 종기의 뿌리를 완전히 뽑겠다는 듯 입을 집요하게 움직였어요. 아버지가 방바닥에 연신 고름을 뱉어냈습니다. 피가 섞인 고름이 바닥에 흥건했어요. 나는 구역질이 나서 냉큼 고개를 돌렸습니다.

그날 이후 동네 사람들이 '병을 잘 고치는 사람'으로 아버지를 떠받들었습니다. 처음에는 이웃 할머니의 젖가슴을 빨아대던 아버지의 행동이 수치스러웠지만 필사적으로 환자를 대하던 당신의 모습만은 뇌리에 또렷이 박혔습니다. 아버지는 짬을 내어 여기저기로 왕진을 다니며 사람들의 상한 몸을 어루만져줬으나 치료비는 일절 받지 않았어요. 치료비 대신 곡식이나 생선 따위를 받아가지고 오는 법도 없었습니다.

아버지의 '무료 의료 활동'이 영영 중단될 뻔한 적이 있었습니다. 우리 둘째 언니가 시집간 지 사 년 만에 병으로 저승길을 밟았어요. 자식을 잃어버린 슬픔에 곡기마저 끊고 시름시름 앓던 어머니가 "다른 사람은 잘도 고쳐주면서 어째 우리 새끼 병은 고치지 못하느냐"며 남우세스럽다고 아버지의 침통을 산에 묻어버렸습니다. 아버지는 그 단호한 처분을 군소리 없이 받아들였어요. 어머니의 침술 금지 명령은 그로부터 삼 년 만에 풀렸습니다.

어린 시절로 돌아가면 달콤한 추억이 그려지는 반면 공포스러운 기억도 살아납니다. 내가 초등학교 5학년 때 어머니가 부황이 들어 한 달 가까이 앓았어요. 부기가 얼마나 심했는지 방문으로 들락거리지 못할 정도였습니다. 침을 잘 놓는다고 소문이 자자했던 아버지도 부황 앞에서는 꼼짝 못 했어요. 어머니가 병석에 누워 있으니 이상하게 새들도 우리 집을 멀리하고, 마당에 꽃도 피지 않았어요. 마지못해 등교는 했지만 떵떵 부은 어머니의 모습만 칠판에 아른거려 나는 툭하면 화장실에 쭈그리고 앉아 눈물을 흘렸어요. "시어머니 똥오줌 받아내며 지지리 고생만 하다가 죽는다"는 동네 아주머니들의 동정 어린 목소리까지 나를 괴롭혔습니다. 병이 점점 깊어 무슨 괴물처럼 변해가는 어머니. 동네 사람들은 벌써부터 우리 어머니의 죽음을 애도하는 분위기였습니다. 나는 뚝방이나

들판을 걸으면서 하염없이 울었습니다. 어머니가 죽으면 우리 아버지는 어떡하나, 나는 밥이나 겨우 할 줄 아는데 동생들을 뭘 먹여 키울까, 어머니가 보살피던 닭이며 토끼도 죄다 굶어 죽겠구나, 이런 생각들을 이어가다 보면 어둠이 내린 산속에 홀로 남겨진 듯이 두려움이 파도처럼 밀려왔습니다.

그러던 어느 날 백발의 외할머니가 우리 집에 나타났어요. 당신 큰딸이 위독하다는 소식을 전해 듣고 부랴부랴 나선 걸음일 터였습니다. 외할머니는 노쇠한 데다 딸에 대한 근심까지 겹쳐서 마치 송장이 걸어 다니는 것 같았습니다. 외할머니의 쭈글쭈글한 손에는 무슨 보따리가 들려 있었습니다.

"명자야, 이리 와보니라."

사방으로 퍼지는 굵직한 목소리를 들으니 꼬부랑 할머니가 구세주처럼 느껴졌습니다.

"이게 오 년 묵은 쌀보리야. 이걸 절구통에 찧어서 개떡을 맹글어봐. 할 수 있겄쟈? 니 에미한테 멕일 약을 맹글 거니께 정성을 다 해야 헌다."

나는 쌀보리를 들고 냉큼 부엌으로 들어갔습니다. 일찍부터 어머니한테 부엌살림을 배웠기에 쌀보리를 찧어서 개떡을 만드는 일쯤이야 식은 죽 먹기였지요.

오 년이나 묵었다는 쌀보리로 개떡 세 쪽이 만들어졌습니다. 외할머니는 그 개떡을 등걸불에 구웠어요. 그러고는 물을 팔팔 끓여서 거뭇하게 구워진 개떡에 부었습니다. 외할머니의 손놀림은 무척 조심스러웠습니다. 개떡이 담긴 그릇을 부뚜막 위에 정성스레 올려놓은 외할머니는 두 손을 모으고 서서 무슨 말인가를 읊조렸습니다. 꺼져가는 우리 딸의 생명에 제발 불을 붙여달라는 기도였겠지요. 외할머니는 개떡에서 우러난 뜨거운 물을 당신 딸에게 먹였습니다. 퉁퉁 부은 시체나 다름없던 어머니는 그 개떡 물을 목구멍으로 간신히 넘겼어요.

그런데 이게 무슨 일입니까. 하룻밤 자고 일어나자 어머니의 목숨을 야금야금 갉아먹고 있던 부기가 가라앉은 겁니다. 부기가 빠진 만큼 기력을 되찾은 어머니와 마주한 우리 가족은 하나같이 어리둥절한 표정이었습니다. 그렇지 않겠습니까. 어제까지만 해도 사경을 헤매던 어머니가 스스로 일어나 앉아서 우리 형제자매의 이름을 부르고 있으니 말입니다. 마치 내가 죽음의 늪에서 어머니를 건져낸 것 같던 그날의 감격! 수십 년이 지난 지금도 그날을 떠올리면 눈시울이 뜨거워집니다. 말할 것도 없이 어머니를 지옥에서 구한 장본인은 외할머니입니다. 누군가에게 민간요법을 전해 듣고 오 년 묵은 쌀보리를 어렵사리 구해 품에 안고 오셨으니까요. 그 시절 외할머니 집은 당진에서 멀리 떨어진 성산이었는데 우리 집까지 오려면 삼십 리 길을 걸어야 했어요. 그 까마득한 거리를 걸어오는 내내 고통에 신음하는 딸의 얼굴이 눈앞에 물결쳤을 테니 한마디로 고행길이었겠지요.

어머니는 기적의 생명수나 다름없던 개떡 물을 몇 번 더 마시고 건강을 회복했습니다. 어머니가 병석에서 일어나 몸을 움직이니까 우리 집 마당에 까치도 날아오고 채송화도 피었습니다. 나는 평상에 누워 점심밥도 거른 채 모처럼 오래도록 잠을 잤습니다. 그만 일어나라고 소리치는 어머니의 꾸중이 조청처럼 달콤했어요. 나는 지금도 오 년 묵은 쌀보리의 어떤 성분이 부황을 가라앉혔는지 고개가 갸우뚱거려집니다. 외할머니가 삼십 리 길을 걸어오며 하염없이 흘렸을 모정의 눈물이 오 년 묵은 쌀보리에 신비한 기운을 불어넣었을까요. 내 어린 시절에 커다란 발자국을 남긴 '쌀보리 개떡'의 일화를 그리면 슬픔과 환희가 동시에 밀려옵니다.

6

'내가 지금 무슨 말을 지껄이고 있나.'

무엇에 홀린 듯 나도 모르게 입을 놀리다가 어느 순간 정신이 번쩍 들었습니다. 아차 싶었지요. 마은숙은 느긋한 자세로 키위를 먹고 있었습니다. 안도감이 얼굴 전체에 퍼져 있었어요. 왜 그렇지 않겠습니까. 자서전을 내기 싫다고 투덜대던 노인네가 마치 기다렸다는 듯 묻는 말에 술술 대답을 하니까요. 게다가 할망구의 총기가 오죽 밝습니까? 옛날 옛적의 일들을 척척 재현시켜주니 마은숙이 속으로 콧노래를 불렀겠지요. 그녀한테 꼼짝없이 걸려들었다는 생각에 나는 한숨이나 길게 내뱉을 뿐이었습니다. '이 푼수야, 말 못하고 죽은 귀신이 붙었나, 어쩌자고 그렇게 주둥이를 놀려쌓냐.' 나는 오른손을 오므렸다 폈다 하면서 스스로를 책망했습니다. 마은숙이 수첩에 뭔가를 적고 있는 모습이 눈에 들어오자 짜증이 더 솟구쳤습니다.

입에 곰팡이가 슬겠다고 지인들에게 놀림을 받곤 하는데 이상하게도 어린 시절을 기웃거리다 보면 자동적으로 말이 나와요. 부모님을 떠올리면 더 그렇습니다. 미친 여자 널뛰듯 집안일을 할 때야 어디 추억에 잠길 쯤이 있나요. 그 많던 식구들이 외지나 저승으로 떠나 홀로 집을 지키면서부터는 과거의 일들이 수시로 눈앞을 가려요. 이제는 머리맡에 없으면 허전한 리모컨이 추억을 되살리는 기기인 셈이죠. 집에 들어앉아 딱히 할 일이 없을 때 이 방송 저 방송 틀다 보면 추억을 불러일으키는 프로그램을 자주 접해요. 농촌이나 어촌을 배경으로 하는 여행 프로그램이랄지 시골을 찾아다니며 일손을 덜어주고 밥을 얻어먹는 프로그램 따위를 시청하다 보면 입이 근질거려요. 티브이 속 오래된 풍경이 낯익어서요. 근데 내 옆에 누가 있어야 노닥거리죠. 나이가 들면 눈과 귀가 어두워지는 만큼 기억도 희미해질 줄 알았는데 오히려 점점 또렷해집니다. 엊그제 만들어놓은 식혜는 까먹기 일쑤인데 아득히 멀리 있는 일들은 생생해서 홀로 견뎌야 하는 하루하루가 마냥 길기만 해요.

"말씀을 정말 재미나게 잘하시네요. 옛날 일을 어쩜 그렇게 날짜까지 세세히 기억하세요? 저희 외할머니는 자기가 언제 셋째 딸을 낳았는지도 잘 몰라요."

노인네가 되고 보니까 기억력이 좋다는 말만큼 듣기 좋은 소리가 없는데 그날은 욕을 얻어먹는 기분이었습니다. 어머니의 입담이 좋아서 시간 가는 줄 모르겠다, 기억을 잘하셔서 자서전 작업이 수월하겠다, 이런 속도라면 인터뷰도 금방 끝낼 수 있겠다, 마은숙은 무슨 잉어라도 낚은 것처럼 호들갑을 떨었습니다. 자서전 작업에 속도를 내기 위해 치켜세우는 말이 아니라 진심인 것 같았습니다. 매사에 삐딱한 늙은이라고 생각했는데 웬일로 적극 협조하니까 흐뭇해하는 표정. 그날 우리는 주로 명절에 사용하는 네모난 밥상을 사이에 두고 앉았습니다. 마은숙이 생글거리면서 친근하게 군답시고 장난하듯 내 손을 잡곤 했는데 그때마다 나는 깜짝 놀라 반사적으로 손을 뿌리쳤어요. 그 감촉이 싸늘히 식어버린 망자의 손처럼 느껴져서요. 그때 처음으로 마은숙의 얼굴을 자세히 봤는데 나보다 더 오래 세상을 산 듯한, 뭐랄까요, 노을마저 사라지고 난 뒤의 짙은 적막이 까무잡잡한 피부에 배어 있었습니다. 미소가 그 적막을 어설프게 감추고 있었지요.

"그 개떡 물에 무슨 성분이 있어서 부기를 가라앉혔을까요. 참 신기하네요."

"신기하다마다. 그 비법을 모르고 우리 친정 어메가 생고생을 했어.”

“근데 어린애가 어떻게 개떡을 만들 줄 알아요?”

“그때 어린애랑 지금 어린애랑 어디 같간디? 옛날의 딸들은 누구나 당연히 집안일을 배웠어유. 더군다나 나는 동네 아저씨들을 따라댕기면서 나무도 베고 칡뿌리도 캤어유. 우리 언니가 일찍 시집을 가서 장녀 노릇까지 해야 했으니께. 그때 우리나라가 일본놈들 손에 있었잖우. 남자들은 징용 가고 여자들은 정신대로 끌려가고. 그 험한 꼴을 당할까 봐 우리 아부지가 언니에게 일찍 짝을 맺어준 게지.”

나는 또 마은숙이 묻는 말에 착실히 대답하고 말았습니다. 한마디 물어보면 열 마디를 쏟아내니까 마은숙이 계속 말꼬리를 이어갔어요. 그때마다 나도 맞장구를 치듯 입을 부지런히 움직였습니다. 이제 그만 말하자, 하면서도 마은숙이 우리 부모나 형제를 입에 올리면 냉큼 말문이 열렸습니다.

“나는 우리 이모할머니가 중신을 서서 혼인했어요. 우리나라가 해방되고 한참 후에 시집갔으니께 정신대랑은 무관혀. 우리 어메가 부황이 들어서 저승 문턱까지 갔을 때 내가 부엌살림을 도맡아 했거든. 열두 살짜리 쬐그만 애가 밥도 하고 빨래도 하고. 옛날에는 밥을 하려면 보리쌀을 여러 번 찧어야 했거든. 어린애가 조막손으로 보리를 찧으려니 얼매나 힘들었겄어. 우리 어메가 병석에서 일어나 보니 어린 딸이 식구들을 굶기지 않은 것만 해도 대견한데,

곡식 일곱 말이 들어가는 항아리에 보리쌀을 찧어서 담아났더랴."

"아유, 착해라."

"어메가 병이 나아서 다시 집안일을 할 때 조금이라고 편하라고 절구통에 붙어 서서 보리쌀을 찧었네. 그때 우리 이모할머니가 나를 눈여겨봤나 봐. 보리쌀 찧는 손끝이 야무져서 당장 시집보내도 되겠다고 우리 부모한테 말하는 걸 내가 엿들었지. 이모할머니가 중신을 서겠다고 나서는데 어찌나 부끄럽던지. 쬐그만 애가 무슨 시집을 가냐고 아버지한테 막 골을 부리고……."

철없는 딸자식을 어르고 달래던 아버지의 얼굴이 아른거려 저절로 입이 다물어졌습니다. 지난 일들을 떠올리다 보니까 식구들이 사무치게 보고 싶데요. 죽은 목숨이나 산 목숨이나 당장 볼 수가 없으니 마음속으로 눈물을 삼킬밖에요.

어느 날 행색이 반반한 중년 여자가 찾아와 내 행동거지를 유심히 살피고 가더니, 나의 어느 구석이 마음에 들었는지 기별이 왔어요. 모본단 빨간 저고리에 신랑 될 남자의 생일을 적어 인편에 보냈는데, 그게 지금으로 말하면 청혼을 받은 겁니다. 알고 보니 그 중년 여자가 예비 시어머니였어요. 그해 2월 20일로 혼인 날짜가 잡히고, 부자라고 소문난 시댁의 널따란 마당에서 혼례를 올린 이야기를 마흔숙에게 조목조목 들려주었습니다.

추억에 푹 잠긴 나는 묻지도 않은 말까지 불쑥불쑥 내뱉었어요. 설탕, 우유, 고무신, 광목, 비누 등등을 배급받아 쓰던 시절이라 애지중지 키운 딸을 부잣집으로 시집보내는 우리 부모님의 얼굴이 해사했습니다. 우리 집도 궁한 살림은 아니었지만 열 집이면 여덟 집이 가난에 맥을 못 추던 시절이었으니까요.

"명자야, 이것만 명심해라. 시집살이를 하다 보면 넘어야 할 고비가 많을 거여. 참고 또 참아야 헌다. 그게 맏며느리의 도리여. 맏며느리가 묵묵히 중심을 잡고 있어야 집안이 흔들리지 않는 법이다. 우리가 고추를 심을 때 대를 세워주잖여. 그러면 고추 줄기가 대를 따라서 꼿꼿이 자라지 않던. 맏며느리는 그런 고추 대나 마찬가지여. 그리고 항상 베풀어라. 욕심 사납게 내 것만 챙기지 말고. 알아듣겠지?"

혼사를 치르기 전날 아버지가 나를 사랑방으로 불러 차근차근 일렀습니다. 울컥 설움이 치밀어 올라 온몸이 뜨거워졌어요.

"명자야, 이거 넣어둬."

"이게 뭐래요?"

"아무한테도 말허지 말고 고이 간직해뒀다가 필요할 때 써라. 여자가 돈을 가지고 있어야 시집살이가 좀 편치."

아버지가 내 손에 누런 봉투를 쥐여주었습니다. 그것이 지금으로 말하면 일종의 비자금이었는데 그 당시 여자가 남몰래 지니는 돈치고는 금액이 꽤 컸어요. 아버지는 그렇게 정신적으로 물질적으로 단단히 무장시켜서 딸을 시집보냈습니다.

그날 밤 부녀가 나눈 애틋한 대화를 들려주자 웬일인지 마은숙이 녹음기를 껐습니다.

"녹음 시간이 두 시간 이십칠 분이에요. 어머님이 두 시간 이십칠 분 동안 말씀하신 거예요. 갈증 나실 텐데 과일 좀 드시고 하세요."

마은숙이 키위 접시를 내 앞으로 내밀었습니다. 후식으로 내놓은 키위가 반쯤 말라 있었습니다. 어느새 두 시간 이십칠 분이나 지났으니까요. 마은숙이 말한 '녹음 시간이 두 시간 이십칠 분이에요'가 내 귀에는 '흥! 말하기 싫다더니, 수다쟁이 노인네'라고 들려서 뒷목이 화끈거렸습니다.

"제가 질문도 하겠지만 저랑 함께 있을 때는 생각나는 일들을 아무 때나 말씀해주세요. 오늘은 결혼한 이야기까지 했으니까 다음에는 어머님의 신혼 시절을 들을 수 있겠네요."

눈과 귀를 활짝 열어놓고 있던 마은숙이 갑자기 서두르는 기색을 보이며 가방을 챙겼습니다. 마은숙이 시간을 지체하면 저녁을 챙겨 먹여야 했기에 잘됐다 싶었죠. 녹음기며 필통, 노트를 가방에 넣고서 반듯하게 앉아 있는 마은숙을 보니까 다시금 거리감이 느껴졌습니다. 무엇에 홀린 것처럼 말할 때는 몰랐는데, 나갈 채비를 하고 앉아 있는 마은숙을 보니 다시 어떤 물건을 팔려고 내 집에 들어온 영업 사원처럼 느껴지데요. 그런 여자한테 미주알고주알 떠들었던 것 같아 후회가 밀려왔어요. 마은숙이 약 올리듯 "어머니 목소리가 어떤지 한번 들어보실래요?" 하면서 녹음기를 틀어줬는데, 혼자 흥에 겨워 나불대는 목소리를 듣고 있자니 창피스러워서 몸 둘 바를 모르겠더이다. 내 음성이 그렇게 투박하고 촌스러운지는 그때 처음 알았어요. 내게는 불청객이 분명한 마은숙이 집을 나서자 마음속에서 거친 물살이 일었습니다.

7

'자서전'을 앞세운 나에 대한 소문이 순식간에 퍼졌습니다. 딸들을 불러놓고 진작 입단속을 시켰어도 결과는 마찬가지였을 겁니다. 요즘 들어 부쩍 남동생 '최기태'의 일거수일투족을 살피고 있는 딸들이 그 놀라운 사건을 입안에 숨기고 있을 리 만무하지요. 마은숙이 돌아가고 다음 날 서울에 사는 셋째 딸한테서 전화가 왔어요. 새벽 예배를 드리고 와서 눈을 붙이려는데 전화벨이 울렸어요. 셋째 딸년인 줄 알았습니다. 셋째는 봉사 활동이다 뭐다로 새벽 댓바람부터 싸돌아다니는데 저녁에는 만사가 귀찮다면서 꼭 날이 새자마자 전화를 걸어요. 혼자 사는 노모의 안위가 궁금해서라기보다 뭘 부탁하려는 수작인데, 그래도 새벽의 전화벨 소리가 감감무소식보다야 낫지요. 셋째 딸은 대개 돈이 궁하거나 마늘, 고춧가루, 된장 따위의 양식일 필요할 때 늙은 어미를 찾습니다.

"엄마, 자서전 출간한다며?"

셋째가 다짜고짜 물었습니다. 가늘고 방방 뜨는 목소리가 그날 따라 신경을 건드렸습니다. 내가 무슨 큰 잘못이라도 저지른 것처럼 따지는 목소리여서요.

"너는 꼭 이 시간에 단잠을 깨우냐? 하여간 뭐든 지 편한 대로여. 자서전이라니, 뭔 소리여 대체."

"벌써 집안에 소문 다 났어. 발뺌은……. 하여간 엄마는 아닌 척하는 게 병이야."

"무신 소문이 났다는 겨?"

"정말 몰라서 물어? 집에 작가까지 다녀갔으면서 끝까지 우기네. 어제 큰언니한테 전화 왔었는데 내가 바자회 준비 때문에 바빠서 지금 연락한 거야."

입이 가볍기로 둘째가라면 서러워할 큰딸이 알고 있다면 이미 엎질러진 물입니다. 집안에 소문이 나고말고요. 어디 집안뿐입니까. 사돈에 팔촌으로까지 자서전 이야기가 흘러갔을 텐데요. 망신살이 제대로 뻗쳤습니다. 큰딸은 교통사고로 남편을 일찍 여의고서 부리나케 십자가로 눈을 돌린 후에도 예나 다름없이 '가벼운 입'을 놀립니다. 큰딸은 고등학교 졸업식을 앞두고 아버지에게 전문대학 미술과에 붙었다며 등록금을 대달라고 했습니다. 그런데 제 아버지가 욕만 바가지로 퍼붓자 악을 쓰며 말했습니다. "밖에서 낳은 자식들은 잘도 먹이고 입히면서 왜 나는 등록금을 안 줘요? 당신이 무슨 아버지야!" 딸자식한테 처음으로 봉변을 당한 남편은 말문이 막히는지 온몸이 벌겋게 달아올라 장승처럼 서 있었습니다. 어쨌든 큰딸은 등록금 마감 기간을 넘겨버렸습니다. 그때부터였던 것 같아요. 집안에서 벌어지는 크고 작은 일들을 동기간은 물론이고 집 밖에다 퍼뜨리고 다니는 악취미가 생긴 것이요. 큰딸이 집안의 환한 소식은 더디게 흘리거나 아예 함구하는데 볼썽사나운 일은 즉각 전파시키니까 아주 남우세스러워요. 오죽하면 동생들이 큰언니, 큰누나 앞에서는 입조심하라는 말까지 하겠습니까.

내 자서전 얘기를 큰딸한테 흘린 건 기태 녀석의 짓이 분명했습니다. 번잡스럽게 자기가 말하고 다니다가 생색낸다는 핀잔을 들으니 큰누나한테 슬쩍 전하면 삽시간에 퍼질 테니까요. 나는 누나들과 차원이 다르다, 자서전을 출간하는 발상을 아무나 하냐, 집안에서 괜히 아들을 떠받들겠냐. 언제든지 입이 열릴 준비가 되어 있는 큰누나에게 그렇게 우쭐댔을 기태 녀석의 모습이 빤히 보였지만, 나는 예나 지금이나 말보다는 한숨이 앞서는 인간이라서 그때도 뜨거운 입김이나 내뿜고 있었습니다.

"재산 빼내려고 별짓을 다하는구나!"

셋째가 암팡지게 주둥이를 놀렸습니다. 파렴치한 인간을 대하는 말투였어요. 셋째가 쪼아대는 장본인이 누군지 훤히 알면서도 나는 "누가 재산을 빼내?" 하면서 짐짓 딴청을 부렸습니다.

"또 모른 척하네. 엄마, 그 모른 척하는 버릇 좀 고쳐. 알면서 왜 그래. 그러면 우리는 더 짜증 나. 여하튼 개 잔머리는 아무도 못 당해. 자서전 출간해서 효자 소리 듣고, 재산도 낚아채겠다 이거지.
완전 꿩 먹고 알 먹기네."

"헛소리 지껄이려거든 전화 끊어라."

"엄마의 우여곡절 많은 인생을 책으로 만들어주면 감동해서 우
리 아들이 최고라고 집문서를 내줄 거 아냐. 당진 전체에 자기 자
서전 갖고 있는 사람이 누가 있겠어. 당진 시장도 없을 거다. 동네
방네 효자라고 소문나겠네. 걔가 그걸 노리는 거야."

"으이구, 내가 자서전 맹글어준다고 감동할 사람으로 뵈냐?"

"속으로는 좋으면서 뭘 그래. 내가 아들 하나는 제대로 낳았다
고 콧노래를 부를 거면서. 책도 능력이 있어야 내주지. 우리는 해
주고 싶어도 빠듯한 살림이라 못해. 돈이 있어야 효도도 하고 대우
받는 세상이라니까. 자서전 작가는 또 언제 온대?"

패를 고스란히 보여준 것 같았습니다. 제 남동생이 재산에 손을
댈까 봐 이쪽의 동정을 살피는 셋째의 조바심이 아니꼽고 한심스
러웠지요. 새벽 예배 후 반갑게 찾아오는 단잠은 어느새 달아나버
렸습니다.

"엄마, 자서전이 뭔 줄 알아?"

새끼들은 하나같이 나를 농사나 짓고 집안일이나 할 줄 아는 무
지렁이로 압니다.

"엄마의 인생을 적나라하게 글로 써서 사람들한테 보여주는 거
야. 우리 집안의 허물까지 낱낱이 드러내는 거라고. 어쩌면 서점에

깔릴지도 몰라."

"나도 안다."

"근데 왜 기태를 안 말려? 엄마가 툭하면 말하잖어, 더러운 인생 이라고. 그 더러운 인생이 세상에 드러날 판인데 왜 잠자코 있어? 엄마의 특기가 침묵인 거 아는데 지금은 그럴 때가 아니야."

셋째가 한결 부드러워진 말투로 나를 어르기 시작했습니다. 시 커먼 속이 훤히 보이는 작태였지요.

"말렸지. 입도 뻥긋 못 하게 잡쨌다만 니들이 어디 에미 말을 들 어 처먹냐? 에미 죽는 꼴을 보고 싶걸랑 마음대로 하라고 윽박을 질렀는데도 지 멋대로 하드라. 오래 살아 있는 게 죄다, 죄."

셋째가 듣거나 말거나 나는 전화에 대고 퍼부어댔습니다. 정말 목숨이 붙어 있는 게 고역이고 죄였어요. 제철 과일이며 채소가 맛 이 있듯 사람의 죽음에도 '제철'이 있다고 생각하는데, 내게는 그 제철이 내년이라고 생각합니다. 나이가 들수록 다툴 상대가 자식 밖에 없는데 그럴 때마다 '내년이어야 한다'는 생각이 분명해져요. 그날 셋째와 통화하면서 나도 모르게 빨리 죽어야 한다, 고 했더 니 "엄마는 죽어야 한다는 말을 입에 노상 달고 살아서 백 살은 거 뜬히 넘길 거야" 하면서 빈정거립디다. 자서전 내는 것이 좋으면서 싫은 척하는, 오래오래 살고 싶으면서 죽고 싶은 척하는, 욕기가 가득한 늙은이 취급을 하더란 말입니다, 그 망할 년이.

"엄마, 원당리 집 말이야……."

"집이 워쨌게."

"잘 지키라구."

"내가 옛날부터 집이야 잘 지키지."

"지금 내가 그런 뜻으로 말하는 게 아니잖아. 그 집이 기태한테 넘어가면 올케 좋은 일만 시키는 거야, 알지? 기태가 덕평리 땅도 올케 앞으로 해놨잖아. 올케 영리한 여자야. 세상 물정 모르는 것처럼 순진하게 굴면서 실속 차리는 거 봐. 우리 집 재산을 왜 남한테 차곡차곡 바쳐?"

"올케가 남이냐? 별 빌어먹을 소릴 다 듣겠네."

"솔직히 남보다 나은 게 뭐야. 시부모를 모시길 했어, 명절이나 엄마 생일 때 지 손으로 밥상 한번 차리길 했어. 지난해부터는 명절 때 코빼기도 안 비치잖아."

"아프다잖여. 야, 야, 그만 끊어."

"과로하면 안 되고, 스트레스 받으면 안 되고, 신경 쓰면 안 되고…… 흥! 핑계 대기 좋은 병. 집에 가만히 앉아서 좋은 음식 먹고, 좋은 음악 듣고, 좋은 데 놀러 다니면 아무 문제 없다잖아. 그 병에 걸린 사람은 빨리 죽지도 않는데. 아무튼 엄마가 처신을 잘 해. 기태 말에 휘둘리면 엄마 자식들이 남남이 될 수 있어. 그러니까 기태 속임수에 절대 넘어가지 마. 차라리 엄마 인감도장을 내가 가지고 있을까?"

"니년은 뭐가 다르냐? 이거 오늘 보니께 아주 흉악한 인간이네.

내가 내 집을 팔아먹든 거렁뱅이한테 주든 니가 뭔 상관여. 내 인감도장을 달라고? 야, 야, 그런 개떡 같은 소리 하려거든 내 집에 얼씬도 하지 말어!"

나는 마귀할멈 같은 말을 내뱉고는 수화기를 세게 내려놓았습니다. 그 소리가 어찌나 큰지 내 귀가 얼얼했습니다. 셋째 하는 꼴이 아침 드라마 속 여편네 같았어요. 집안 재산을 한 푼이라도 더 뜯어내려고 이리저리 모사를 꾸며 이간질을 하더란 말이에요.

아침부터 비위가 상해서 냉수를 들이켰습니다. 먹어도 먹어도 배부르지 않는 게 돈이라지만 새끼들의 돈 식탐을 보면 구역질이 나요. 횡성 한우로 영양 보충을 해주고, 필요 없다는데도 굳이 옷을 사주고, 난방비를 주지도 않으면서 "엄마, 보일러 온도 올리고 따뜻하게 주무서"라고 안부를 챙기는 게 결국 돈 때문입니다. 내가 무일푼 신세로 약값이나 축내고 있다면 한우며 비단옷은 언감생심이지요. 다른 노인네들이 들으면 복에 겨운 소리 그만하라고 핀잔이 날아오겠지요. 돈주머니를 차고 있으니 부모 대접을 받는 것이다, 가식이라도 상관없으니 그런 대접 한번 받아봤으면 좋겠다고요. 그걸 내가 왜 모르겠습니까. 그야말로 돈이 효자지요, 효자. 하지만 제 호주머니를 채우려고 새끼들이 서로 이간질을 해대는 꼬락서니를 보면 그렇게 허무할 수가 없습니다. 그럴 때면 내 이름으로 묶여 있는 이 집을 고아원이나 어디에 통째로 줘버리고 싶어요.

지 어미가 어설프게 화를 내면 이내 또 전화를 걸어서 미주알고

주알 떠들어대는 셋째이지만, 그날은 내가 일 년에 한두 번 울화를 터트리는 날이라고 생각했는지 잠잠했습니다. 나한테 밉보여봤자 저만 손해라는 걸 아니까 일단 후퇴한 거죠. 하긴 어디 셋째만 그런가요. 여섯 딸과 외동아들 모두 미운털이 박히지 않으려고 얼마나 사근사근하게 구는데요. 오죽하면 동네 사람들이 우리 집에 대고 "날마다 어버이날인 집"이라고 말하겠습니까. 속사정이 어떻든 그렇게 불러주니 조상님들께 면목은 서요. 시부모, 남편이 하늘로 떠난 뒤 콩가루 집안이 됐다고 손가락질하면 내가 훗날 저승에 가서 그 양반들 얼굴을 어떻게 봅니까. 셋째의 당부가 아니더라도 나는 이 집을, 그러니까 내 재산을 꽉 움켜쥐고 있을 거예요. 아들한테 마음이 약해져서 집문서를 내놓는 어리석은 짓은 절대 하지 않을 거란 말입니다. 그래야 당분간은 새끼들이 효도하는 흉내라도 내지 않겠어요? 내가 생을 마감한 후에는 콩가루 집안이 되든 말든 상관없어요. 최씨 집안에 둥지를 튼 순간부터 죽기 직전까지 큰 며느리로서 소임을 다했으면 그만이니까요.

8

요즘 경로당에 가면 누구누구네 집 자식이 객지 생활을 청산하고 내려왔다는 소식을 종종 접합니다.

"서울에서 살던 사람이 이런 촌구석에서 무신 일을 한다고 내려왔댜."

"농사짓는대요."

"또 사업하다가 홀딱 엎어먹었구만."

"농사는 아무나 짓는 줄 아는가베. 할 일이 없으니께 농사일이나 하자 이거여? 그러다 큰코다치지."

매일같이 만나는 노인네들이라서 말거리가 궁한데 어쩌다 그런 소식이 들려오면 경로당에 이야기꽃이 핍니다. 노인네들의 반응은 대체로 곱지 않아요. 나도 마찬가지입니다. 그렇지 않은 직업이 어디 있겠습니까만, 특히 농사는 처음부터 한눈팔지 않고 꾸준히 정성을 쏟아야 하는데 이게 안 되니까 저거나 하자는 식으로 흙을 밟겠다니, 어림도 없지요.

아침나절에 동네를 한 바퀴 돌다가 뒷집 할머니를 만났는데 그 양반의 안색이 어두웠습니다. 아흔 고개에 올라선 노인네답지 않게 평소 발걸음이 정정한데 오늘은 어째 시들시들했어요. 사연인즉 자기네 집에도 농사군 자식이 생길 판이랍니다. 여태 장가를 들지 못한 막내아들이 진작 물려받은 재산을 어디에 투자한다고 설치다가 깡그리 털어먹고서, 자기는 농사가 체질에 맞는다며 짐을 싸 들고 내려왔대요. 게다가 얼마 남지 않은 집안의 땅뙈기까지 넘보고 있으니 복장이 터지죠. 모내기를 언제 하는지도 모르는 얼치기가 무슨 농사를 짓느냐고, 고추를 딴다고 밭에서 꿈지럭거리더니 하루 꼬박 쉬더라고, 농부로 살겠다는 놈이 컴퓨터게임에 미쳐서 새벽까지 뭉그적대더니 해가 중천에 떠서야 일어나더라면서 가슴을 쳤습니다.

"내 자슥이나 넘 자슥이나 요즘 젊은것들은 한곳에 진득허니 붙어 있질 못햐. 그게 떠돌뱅이지 뭐여. 우리 집 화상도 괭이 내팽개치고 언제 사라질지 몰러."

철없는 노총각 아들 때문에 기진맥진한 반백의 이웃이 한숨을 내쉬며 멀어져갔습니다. 나도 산책을 하다 말고 집으로 발길을 돌렸습니다. 진득하게 붙어 있는 우리 집이 갑자기 그리워서요.

나는 마당의 오래된 수돗가에서 손을 씻고 마루에 걸터앉았습니다. 지붕이 네모지게 이어져 있어서 그렇게 앉아 있으면 하늘이 직사각형 모양으로 보입니다. 마치 하늘이 지붕과 맞물려 있는 것 같아요. 때문에 푸르디푸른 하늘이 수도꼭지나 대문처럼 우리 집의 일부로 느껴집니다. 착각이라도 광대무변한 하늘이 내 소유물처럼 여겨지니 보기만 해도 배가 불러요.

이 집은 백 살이 넘었습니다. 요즘 세상에 이렇게 장수하는 집이 어디 흔합니까. 내가 시집와서 처음으로 대한 이 집의 첫인상은 한마디로 말쑥했습니다. 초라한 초가집들 사이에 있어서 그 외양이 더욱 돋보였지요. 지금은 아스팔트로 바뀐 흙길과 마주한 대문으로 들어서면 온갖 채소를 심어놓은 텃밭이 푸르게 펼쳐져 있었습니다. 그 텃밭과 면한, 소학교의 작은 운동장 같은 공터도 집 안에 있었어요. 그 환한 공터 뒤로 기와집이 의젓하게 서 있고, 품이 넓은 또 다른 대문을 열고 들어가면 안채가 나왔습니다. 세월이 숱하게 흐른 지금도 외지 사람들이 보면 집이 넓다고 하는데 그때야 말할 것도 없었지요.

시아버지가 원래부터 이 집의 주인은 아니었습니다. 신혼 때 인연이 닿아 이 집 작은방에 세 들어 살았는데, 지금이야 개조해서 넓어졌지만 그때는 두 명이 간신히 누울 수 있는 단칸방이었답니다. 부모님한테 물려받은 재산도 없지, 결혼이야 했는데 입에 풀칠하기도 어렵지, 여편네는 툭하면 누워서 골골거리지, 젊은 서방이 얼마나 막막했겠어요. 무능해서라기보다 나라 전체가 가난에 찌들어 굶주리는 사람이 허다한 시절이었기에 시아버지의 처지를 이해하고도 남습니다. 시아버지를 생각하면 어김없이 떠오르는 일화가 있어요. 어느 무더운 여름, 아내가 부황이 들어 사경을 헤맸어요. 우리 친정어머니도 부황한테 걸려들어 저승 문턱까지 다녀온 이야기를 들려줬지요? 그 시절에는 사람들이 부황을 독감처럼 달고 살았습니다. 아내는 시름시름 앓고 있는데 대책은 없고, 이러다간 당장 초상을 치를 것 같더랍니다. 그때 시아버지의 머릿속에 장사를 하자는 묘안이 반짝 빛을 냈습니다. 시아버지는 무엇에 홀린 듯 비상시에 쓰려고 감춰뒀던 놋수저 한 벌을 들고 부랴부랴 서산 장으로 향했습니다. 그곳 어물전에서 동태 열 마리를 사다가 동네 사람들에게 되팔았더니 당시 돈으로 2전이 남더랍니다.

'옳지, 이거다!' 생각하고 시아버지는 장에서 사 오는 동태를 열다 섯 마리, 스무 마리로 점점 늘렸습니다. 원당리 집에서 서산 장까 지 하루에 두 번 걸음 하면 짚신 두 켤레가 다 닳기에 여분의 짚신 을 허리춤에 차고서 한겨울에도 땀을 뻘뻘 흘리며 울퉁불퉁한 길 을 오갔습니다. 발바닥이 으깨져도 처자식을 먹여 살려야 하니까 이를 악물고 버텨야 한다는 다짐을 새기고 또 새겼을 테지요. 그렇 게 동태 열 마리로 장사의 물고를 튼 시아버지는 마침내 세 들어 살던 집을 당신의 소유로 만들었습니다. 눈만 뜨면 끼니부터 걱정 하던 빈털터리가 순전히 혼자 힘으로 집을 장만하기까지의 고역 을 어떻게 말로 글로 표현할 수가 있겠어요.

평생 일에 파묻혀 살아온 늙은이라 딱히 내세울 게 없지만, 이 렇게 혼자서 집을 지키고 있노라면 스스로가 대견합니다. 시아버 지가 피땀 흘려 장만한 집을 조금도 축내지 않고 지켰다는 자부심 때문에요. 궁합은 사람들끼리만 따지는 것이 아니라고 생각해요. 정원에 피어난 나팔꽃이나 닭장의 수탉, 찬장의 그릇들과도 궁합 이 맞거나 맞지 않을 수 있어요. 나는 고추잠자리나 상추에게도 감 정이 있다고 생각합니다. 새색시 시절부터 내가 붙박이장처럼 머 물러 있던 공간은 부엌과 텃밭이었습니다. 밭에서 김을 매거나 모 종을 하다 보면 채소나 흙이 내게 뭐라고 말을 하는 것 같아요. 울 화가 치미는 날에는 잡초를 고르면서 땅에 대고 하소연합니다. 입 만 살아서 나불대는 덜렁이들보다야 걔들이 훨씬 낫고말고요.

원당리 집과 나는 찰떡궁합입니다. 남편보다 이 집과 인연이 더 깊어서 오늘날까지 함께 늙어가고 있으니까요. 그래서 이 보금자리가 단순한 집이 아니라 고귀한 생명체처럼 여겨져요. 다정다감한 반려자나 다름없는 이 집과 딱 한 번 이별한 적이 있습니다. 본의 아니게 삼 개월쯤 떨어져 지냈는데 내게는 그 시간이 삼십 년처럼 느껴졌습니다. 우리를 갈라놓은 건 기태였습니다. 엄마를 큰집에 혼자 놔두는 것이 불안하다고, 한겨울에 대문 밖을 나가다가 미끄러지면 큰일이라고, 혹여 혼자 지내다가 위급한 상황이 벌어지면 어쩌느냐고 하며 단호히 내린 결정이었습니다. 당연히 나는 손사래를 쳤지요. 날마다 텃밭을 돌봐야 하고, 바둑이 밥도 줘야 하고, 집 안 청소도 해야 한다면서 고집을 피웠지만 허사였습니다.

작년 늦가을, 나는 아파트로 거처를 옮겼습니다. 거기는 여섯째 딸네 집이었어요. 최근에 새로 지은 아파트라서 말쑥했습니다. 평수도 넓었죠. 나는 반짝반짝 빛나는 아파트에서 딸이 차려준 밥을 먹고, 꽃무늬 벽에 기대어 성경책을 읽었습니다. 함박눈이 밤새 내렸어도 아침에 나가보면 경비 아저씨들이 커다란 빗자루로 눈을 쓸고 있어서 걱정할 게 없었어요. 한겨울에 새벽 예배를 보려고 뒷문으로 나가다가 그만 미끄러져 발목을 삔 적이 있습니다. 혼자 지낼 때는 눈을 치워주는 사람이 없으니까 솔직히 조심스럽고 겁이 나요. 그런데 아파트에서는 경비 아저씨들이 눈을 치워주고, 엘리베이터가 나를 실어 나르니 신선놀음이 따로 없었지요.

내가 늘그막에 웬 호강인가 싶었으나 만족스럽지 않았어요. 피치 못할 사정으로 어딘가에 내 소중한 물건을 맡겨놓은 듯 불안했어요. 내가 묵고 있는 아파트에서 집까지 가는 데 십 분이면 충분했는데도 외딴섬에 온 듯한 거리감이 느껴졌지요. 아침저녁으로 예배 보러 갈 때마다 나는 일부러 길을 돌아 오래된 나의 집에 들르곤 했는데, 품이 넓은 대문만 쳐다봐도 숨통이 트였습니다. 하루하루가 따분했어요. 딸네 가족과 어울려 웃고 있어도 마음 한구석이 허전했습니다. 옛집에 혼자 있을 때는 느껴보지 못한 감정, 이를테면 쓸쓸하다든지 외롭다든지 하는 울적한 마음 상태가 계속 이어졌어요. 일단 나부터 살고 봐야 했습니다. 새벽 예배를 드리러 가려고 딸네 집을 나설 때마다 옷가지며 소지품을 조금씩 챙겨서 내 집에 갖다 놨습니다. 새벽에는 다들 곯아떨어져 있으니 들킬 염려가 없었어요. 그러다 어느 날 내 집에 눌러앉았지요. 도저히 아파트에서는 살지 못하겠다고 버텼습니다. 아무리 집이 근사한들 마음이 편치 않으면 무슨 소용입니까. 그런 소동을 벌인 끝에 나는 백 년 묵은 집으로 다시 돌아왔습니다. 밥 달라고 짖어대는 바둑이의 목소리를 들으며 하루를 시작하고, 대문만 열면 훤히 보이는 텃밭에 나가 잡초를 뽑고, 내가 키운 호박으로 된장국을 끓여 먹으니 금세 기운이 나더란 말입니다.

세상은 집으로 넘쳐납니다. 그런데도 아파트를 줄기차게 지어 댑니다. 어째 우리나라 사람들은 아파트밖에 지을 줄 몰라요. 몇 해 전부터 당진에도 개발 바람이 불어서 여기저기에 모델하우스가 생기고, 고층 아파트를 지어 올리고, 대형 마트가 들어서고 있습니다. 눈에 보이는 건 상가 아니면 아파트예요. 예전에는 대문을 나서면 우람한 산이 펼쳐져 있었습니다. 마치 우리 동네를 지켜주는 수호신처럼 말입니다. 듬직한 산을 보면서 나는 부모 형제를 떠올리고, 저 산등성이를 타고서 새로운 세상으로 떠나고 싶은 소망을 품기도 했지요. 그렇게 나의 상상력을 자극하던 산이 없어졌습니다. 산이 사라지다니? 내게 그건 과거가 없어지는 것과 같았어요. 나의 이십 대, 삼십 대, 사십 대가 흔적도 없이 사라진 기분. 내가 가장 흐뭇할 때가 언제인 줄 아십니까? 어느덧 기성세대가 된 자식들이 내 집에 와서 "엄마, 내가 다섯 살 때 이 수돗가에서 장난하다가 엉덩이를 다쳤지?" "언니랑 장독대에서 숨바꼭질하다가 항아리를 깨서 엄마한테 된통 혼났잖아" "무더운 여름날 광에 들어가면 정말 시원했는데"라며 추억을 더듬을 때입니다. 시어머니, 시누이, 동서들, 그리고 동네 아낙들과 어울려 김장하던 수돗가에서 딸들과 배추를 절일 때면 내가 마치 고목나무가 된 느낌이 들어요. '아버님, 어머님, 맏며느리가 지지리도 못났지만 예나 지금이나 집 하나는 잘 지키고 있지요?' 마음속으로 중얼거리면 하늘 저편에서 '오냐' 하는 시아버지의 목소리가 들리는 듯합니다. 이 집에서 웃고 울던 식구들이 대부분 저승으로 떠났지만 나는 그들의 숨결을 여전히 느낍니다. 내가 이렇듯 정겨운 집을 놔두고 미끈한 아파트에서 편히 살 수 있겠어요? 이 집을 자식들 손에 넘기는 건 더더욱 있을 수 없는 일이지요. 그랬다간 오래된 집의 동맥을 끊어버리고서 반들반들한 상가를 지어 올릴 게 뻔하니까요.

9

마은숙은 매주 목요일 오후 두시쯤이면 어김없이 나타났습니다. 정확한 시간은 오후 한시 오십분입니다. 서울에서 낮 열두시 이십오분에 출발하는 차를 타고 당진 시외버스 터미널에서 내려 우리 집까지 걸어오면 그 시간이 된다고 했어요. 마은숙은 빨리 친해지려는 속셈인지 뭔지 묻지도 않은 말을 술술 잘도 꺼냈어요. 택시를 타지 왜 힘들게 걸어오느냐고 물으면, 거리가 얼마나 된다고 택시비를 날리느냐면서 고개를 살살 흔들었습니다. 아직 더위에 절절맬 때가 아닌데 땀을 뻘뻘 흘리며 들어서는 마은숙을 보면, 내가 무슨 고된 일이라도 시키는 것 같아 부담스러웠어요. 얼굴이 땀으로 질척거리고 겨드랑이가 축축한 모습을 보면 공연히 내가 안절부절못했습니다. 마은숙은 회색 계통의 블라우스를 즐겨 입었는데 양쪽 겨드랑이에 땀이 맺혀 커다란 구멍이 생긴 것 같았어요. 그럴 때면 "어여 들어와 땀 닦어유" 하면서 수건을 내밀었는데 누군가 그 모습을 봤다면 내가 마은숙을 엄청 챙긴다고 생각했을 겁니다.

마은숙은 내가 건넨 수건을 받기만 하고 정작 땀은 제 손수건으로 꼼꼼히 닦고서 녹음기와 공책을 꺼냈습니다. 내가 시간 맞춰 미리 펴놓은 밥상 위에요. 그 엄지손가락 크기의 까만 녹음기는 언제 봐도 못마땅했습니다. 마지못해 실토하는 나의 과거지사를 그것이 덥석덥석 받아먹는다고 생각하면 이내 입이 다물어졌죠. 허공에 내뿜는 말이야 그대로 흩어지지만 녹음기에 대고 지껄인 말은 어디 그렇습니까. 내 우중충한 목소리가 이승에 혼자 남아 꿈틀거린다고 생각하면 진저리가 쳐져요. 옷이든 사진이든 뭐든 어떤 흔적도 남기지 않고 저승사자를 따라가려 했던 내 다짐에 찬물을 끼얹었어요, 그 녹음기가.

"녹음은 집어치울 수 없남?"

내가 뻐딱한 말투로 물으면 마은숙은 "저는 이 녹음기 없으면 꼼짝 못 해요. 어머님이 몇 시간 동안 줄줄줄 쏟아내는 말을 기억할 재간이 없거든요. 지갑은 잃어버려도 이 녹음기는 절대 잃어버리면 안 돼요" 하면서 녹음기를 두 손으로 감쌌습니다. 실실 웃기까지 하면서요. 눈이 하도 작아서 미소를 짓기만 해도 검은 눈알이 얼굴에 파묻혔습니다. 내가 옛날이야기를 할 때 저이가 지금 내 말을 듣고 있는 건지 졸고 있는 건지 헷갈려서 "자요?" 하고 넌지시 물으면 "자기는요, 말똥말똥해요" 하면서 눈을 번쩍 뜨곤 했습니다. 우리가 친해졌다고 생각하는지, 아니면 친해지려는 수작인지 인터뷰를 하다가 "어머니, 우리 튀김 사다 먹을까요?" "말을 많이 해서 피곤하실 텐데 우리 좀 누웠다 할까요?" "어머니 미장원 가셔야겠다, 파마가 다 풀렸어요"라고 거리낌 없이 내뱉는 마은숙의 말투가 내게는 어색하게 느껴졌습니다. 아무튼 눈이 유별나게 작은 마은숙을 보면 코와 입만 형체가 살아 있고 눈은 비바람에 지워진, 외딴 암자의 돌부처가 떠올랐습니다.

마은숙이 우리 집에 다녀간 다음 날이면 어김없이 기태한테 전화가 걸려 왔습니다. 이쪽에 심어놓은 심복이 저와 관련된 무슨 비밀을 발설할까 봐 안달하는 놈처럼 꼬치꼬치 캐물었어요.

"그렇게 궁금하걸랑 너도 목요일에 와. 안방에 매미처럼 딱 붙어서 들으면 되잖여."

"적당히 해요, 적당히. 주머니 뒤집듯 너무 까발리지 말고. 대충 말해도 알아서 쓸 테니까. 사람은 싹싹하니 괜찮지?"

"누가?"

"우리 집에 마은숙 말고 싹싹한 여자가 누가 또 와?"

"노인네 비위 맞출라고 그런 게지 뭐. 사람이 너무 붙임성 있게 굴어도 꼴불견이여."

"무뚝뚝하고 목소리만 큰 딸년들보다야 백배 낫지."

기태가 입에 올린 '목소리만 큰 딸년들'이란 바로 지 누이들입니다. 아버지가 운명하고 나서 재산 문제가 불거진 무렵 딸들이 하나뿐인 남동생 집으로 우르르 몰려가 무슨 빚쟁이처럼 소란을 피운 이후로 기태는 누나들을 사납고 그악스럽고 돈만 밝히는 여자들로 매도했습니다.

"뭐든 잘 먹어서 좋기는 하더라."

"잘 먹고 싹싹하면 됐지. 그거 못하는 인간들은 사회생활도 제멋대로야. 내가 엄마한테 아무 여자나 보냈겠어?"

"부모님이 안 계신가 보더라?"

"부모님이 없다고 그래?"

"아니, 내 눈치가 그렇단 말여."

"나도 그 여자 잘 몰라. 아는 교수님 소개로 딱 한 번 만났는데 여자가 반듯한 것 같데. 교수님이 아무나 소개하지 않거든."

어떤 교수님이 소개한 여자라고 하니까 대번 경계심이 생겼습니다. 그렇다면 결국 나의 해묵은 이야기가 그 교수의 귀에 들어갈 것이 아닌가. 어차피 자서전이 나오면 죄다 드러날 테지만, 말도 탈도 많았던 집안 사정을 생면부지의 교수까지 알아버린다고 생각하니까 속이 뒤틀렸어요.

"너는 아닌 밤중에 홍두깨맹키로 갑자기 무신 책을 만든다고 설쳐쌓냐?"

"다 끝난 얘기를 왜 또 꺼내. 엄마야말로 자다가 봉창 두드리네. 평생 한글을 모르고 살았던 노인네들이 기역, 니은을 익히고 나면 뭘 가장 하고 싶어 하는 줄 알아? 바로 글쓰기야, 글쓰기. 내가 살아온 인생을 글로 쓰고 싶은 게 꿈이래. 그게 결국 한풀이지 뭐야. 엄마도 그렇잖아."

"난 안 그려. 뭐시 잘난 인생이라고 글로 쓴다냐? 그런 노인네들은 살아온 세월이 꽃밭이었나 부다. 내 인생은 잡초만 무성해서 그딴 생각 눈곱만큼도 안 했어야."

"거짓말도 잘하시네. 작년 엄마 생일 때 막걸리 마시면서 나한테 뭐라고 했어. 책 한 권 내는 게 소원이라더니."

"내가? 취해서 술주정했나 비네."

"아무튼 마은숙이랑 잘해봐. 너무 가깝게 지내지는 말고. 내가 계약금도 후하게 줬고, 책이 잘 나오면 섭섭잖게 사례도 할 거니까 엄마는 그냥 수다 떤다 생각하면서 마은숙한테 헛돈 쓰지 마시라고."

남편이 남겨놓은 재산을 살아 있는 사람들이 야무지게 나눠 가졌으니 내가 무슨 돈이 있어서 그런 헛돈을 쓰느냐고 반박도 못합니다. 엄마 통장에 돈이 얼마나 있을지 머릿속으로 주판알을 튕기는 애들이니까요. 지 어미의 주머니 사정을 대충 알고 있는 새끼들은 하나같이 나더러 돈을 쓰지 말라고 합니다. 교회에 감사 헌금을 냈다거나, 경로당 단체 여행 경비를 조금 보탰거나, 몇 해 전부터 손길이 닿고 있는 보육원에 후원금을 보냈다고 말하면 다들 입으로야 잘했다고 나를 치켜세워도 표정은 떨떠름합니다. '저렇게 돈을 푹푹 쓰면 통장에 남는 거 하나도 없겠네!' 꼭 이런 얼굴이에요. 감사 헌금, 찬조금, 후원금이라야 얼마 되지도 않는데 말이죠. 새끼들이 돈을 쓰지 마라, 쓰지 마라, 하면 왠지 죽음을 재촉

하는 것 같아서 그때만큼은 오래 살고 싶은 욕망이 생깁니다.

　마은숙과의 만남은 점점 자연스러워졌습니다. 그게 누구든, 만나서 무슨 일을 하든 매주 목요일마다 나를 찾아오는 사람이 있다는 사실이 솔직히 싫지 않았어요. 처음에는 마은숙이 묻는 말에 억지로 대답해야 하는 상황이 못마땅하고, 이런 일을 벌인 아들이 괘씸하고, 손님을 맞이하고 보내는 일이 부담스럽고 귀찮았는데 그 불편하고 불쾌한 감정 사이로 묘한 설렘이 희미하게 비쳐 들더란 말이에요. 내가 이야기를 하는 동안 마은숙은 한과랄지 과일을 먹거나, 노트에 뭔가를 적고, 고개를 끄덕이며 생각에 잠기기도 했습니다. 마은숙은 하루에 보통 두세 가지 질문을 했어요. 내 어린 시절이나 시대 분위기나 남편에 대한 질문이었는데, 마은숙이 한 마디 던지면 나는 열 마디를 내뱉는 식이어서 방 안에는 내 목소리만 둥둥 떠다녔습니다. 어머니 입담이 좋으시다, 문학적인 감수성도 풍부하신 것 같다, 마은숙은 이런 말을 자주 했어요. 그럴 때마다 콧방귀를 뀌었지만, 마은숙이 나 듣기 좋으라고 빈말을 하는 것 같지는 않았습니다. 어머님이 공부를 했으면 분명히 무슨 감투를 썼을 거라는 둥 어머님의 어린 시절 꿈이 혹시 작가였냐는 둥 하면서 마은숙은 곧잘 아쉬운 표정을 지었습니다. 그때마다 나는 어느 누구에게도 보여주지 않은 내 속마음을 들킨 것처럼 뜨끔했습니다.

10

나의 결혼 생활은 첫날부터 꼬였습니다. 그날 으슥한 밤에 벌어진 사건을 무슨 징조로 여기고 과감하게 맏며느리 자리를 내놓았다면 지금 나는 어떤 모습으로 살아가고 있을지 종종 떠올려봅니다. 혼례를 마치고 남편과 나는 신방으로 들어갔습니다. 남편은 신랑 신부 맞절을 할 때 훔쳐봤던 모습보다 훨씬 커 보였습니다. 말이라도 살갑게 해주면 긴장이 좀 풀리겠는데 그는 헛기침이나 하면서 침묵을 지켰어요. 나는 윗목에 무슨 죄인처럼 앉아 남편을 힐끔힐끔 쳐다봤습니다. 어색한 분위기가 버겁다는 듯 남편이 어느 순간 불을 껐습니다. 그러고는 투박한 손으로 내 허리를 거칠게 잡아당겼어요. 나는 반사적으로 주춤 물러앉았습니다. 이번에는 발목을 붙잡혔어요. 더 이상의 거부는 실례였습니다. 남편의 손에 이끌려 잠자리에 누웠어요. 바로 그때 누군가가 대문을 박차고 들어와 고함을 내질렀습니다.

"가게에 도둑이 들었어! 다들 일어나봐! 가게에 도둑이 들었다니께?"

여기저기서 방문이 열리는 소리가 들렸습니다. 그 목소리는 동네 사람들을 깨울 정도로 우렁찼습니다. 남편이 후닥닥 튀어 나갔

어요. "가게에 도둑이 들었다니, 이게 뭔 소리여?" 시어머니의 카랑
카랑한 음성이 무슨 꼬챙이처럼 내 귓속에 박혔습니다. 식구들이
순식간에 마당으로 모여들었죠.

"도둑놈이 돈통이며 물건을 죄다 훔쳐갔어. 가게를 뒤집어났단
말여."

코가 유난히 뾰족한 집안 어른이 허공에 삿대질을 하면서 씩씩거
렸습니다. 나중에 알고 보니 그 양반이 남편의 큰아버지였습니다.

"가게에 아무도 없었대유? 새 식구 맞이한 집안에 도둑이 웬 말
이여."

뒤쪽에서 어떤 여자가 불쑥 끼어들었습니다. 아직 시댁 식구들
의 얼굴을 익히지 못해서 누가 누군지 헷갈렸습니다.

"부철이가 가게는 안 지키고 신부랑 자러 오니께 도둑이 든 게
지 뭐여. 우리 가게가 언제 도둑맞은 적이 있었남? 부철이가 장가
가는 바람에 가게가 털린 거 아녀. 에이, 재수 없어!"

밤의 전령사가 한바탕 난리를 치고는 그야말로 재수 없다는 듯
손으로 바지를 탈탈 털면서 나갔습니다. 나는 쥐구멍에라도 숨고
싶은 심정이었습니다. '부철이가 장가가는 바람에 가게가 털렸다'
는 푸념이 나를 칭칭 옭아맸죠. 그 말을 달리 표현하면 '여자가 잘
못 들어와서 집안에 우환이 생겼다'가 아닙니까. 이게 무슨 날벼락
인지, 나는 냅다 친정으로 달려가고 싶었어요. 남편이 난처한 얼굴
로 뒤따라 나갔습니다. 그럴 경황이 없기도 했겠지만 내게 말 한마

디 건네지 않고 돌아서는 남편이 무척 야속했어요. 뿔뿔이 흩어지는 식구들에게서도 찬바람이 불었습니다. 나는 마당에 홀로 서서 밤하늘을 쳐다봤어요. 그것밖에 할 일이 없었습니다. 별 하나 보이지 않는 하늘이 내 마음처럼 까맸습니다. '꼭 그렇게 식구들 앞에서 도둑맞았다고 난리를 쳐야 헌다? 내 입장을 좀 헤아려주지 않구……. 장가간 것하구 도둑맞은 것하구 대체 무슨 상관이랴.' 성질이 고약한 집안 어른이 원망스러웠습니다. 나는 두 손으로 얼굴을 가리고 흐느껴 울었습니다. 울음소리가 새어나가서 또 핀잔을 들을까 봐 입술을 꽉 깨물었어요. 그랬더니 눈물이 더 쏟아졌습니다. 남남처럼 느껴지던 남편마저 없으니 더욱 서러웠습니다. 간신히 쥐고 있던 지푸라기를 놓쳐버린 막막함이 가슴 가득 차올랐습니다. 결혼 생활의 첫 단추가 잘못 끼워졌다는 불길한 마음을 다독이며 나는 그날 뜬눈으로 밤을 지새웠습니다.

그때부터였던 것 같아요. 내가 공연히 주눅이 들어서 찍소리도 하지 않고 일에 파묻혀 지낸 것이요. 식구들의 눈길이며 말투에 '너 때문에 도둑이 들었으니까 죽은 듯이 살아라'는 질타가 끈끈히 묻어 있는 것만 같아서 나는 나날이 소심해지고 식구들과 겉돌았습니다. 산에 올라가 나무를 베고 칡뿌리를 캐던 심명자가 아니었어요. 시댁이라는 먹구름에 가려진 심명자. 내 성격대로 살지 못하는 것이 바로 결혼이라는 사실을 깨닫기까지 오랜 시간이 걸리지 않았습니다. 그러나 이미 막차는 떠났고, 방향감각을 잃은 채 부엌을 지켜야 하는 현실이 야속했어요. 이른 새벽부터 한밤중까지 쉴 새 없이 밀려드는 노동이 나를 짓눌렀지만 한편으론 그 벅찬 일 때문에 삶의 폭염을 견뎠습니다. 밥상에 앉을 짬도 없어서 물에 적신 보리밥을 틈틈이 떠먹으며 일을 하다 보면 바람이 휙 불듯 하루가 금세 흘러갔으니까요.

삼거리에 있는 최씨 집안 소유의 허술한 상점이 결혼 첫날 도둑이 든 곳이었습니다. 그곳에서는 지금의 마트처럼 온갖 물건을 팔았어요. 동네에 하나밖에 없는 상점인 데다 초상이 났을 때 필요한 물품까지 구비해놔서 장사가 잘됐습니다. 하지만 그 상점은 시댁의 주업은 아니었어요. 부업이나 마찬가지였죠. 시댁은 당진 시장 안에 또 하나의 상점을 소유하고 있었습니다. 그곳에서는 어물을 판매했어요. 남편이 부산과 대구에서 미역, 멸치, 오징어, 새우, 조기 따위를 대량으로 사다 놓으면 장사치들이 그 어물들을 도매금으로 사 갔습니다. 쉽게 말하면 서울의 노량진 수산물 시장 같은 곳이었어요. 시댁의 사업이 그뿐이었다면 내 부엌일이 그토록 많지는 않았을 겁니다.

당진·기지·신평·합덕·천이의 오일장에 시댁의 고정 자리가 있었어요. 시아버지와 남편은 그 자리에서 비만 새지 않게 이은 지붕과 떼고 붙일 수 있는 문짝이 달린 '이동 어물전'을 운영했어요. 젊은 시절 동태 열 마리로 시작한 시아버지의 돈벌이가 단골손님이 줄을 잇는 그 이동 어물전으로 발전한 것입니다. 남편이 해안 지방에서 사 온 어물을 우리 집 광에 부려놓으면, 일꾼들이 그걸 이동 어물전까지 자전거로 실어 날랐어요. 옛날에는 미역이 농짝만 했어요. 쌀 스무 말도 더 되는 무게였으니 그걸 자전거로 운반하는 일꾼들이 얼마나 힘들었겠어요. 어디 미역뿐입니까. 제사 지낼 때 필요한 생선 등 온갖 어물을 여러 장으로 날랐으니 일꾼들의 다리가 녹아났을 겁니다. 삼거리의 생필품 상점은 시동생들이 번갈아 가며 지켰죠. 집안의 남자들은 그렇게 사방으로 흩어져 일개미처럼 재바르게 몸을 움직였습니다.

시댁은 해마다 논도 한 마지기씩 늘려갔습니다. 대가족이 아껴 먹고 남은 쌀로 땅을 계속 사들인 것이지요. 삼거리의 후줄근한 가게도 평수를 늘려 새롭게 단장했습니다. 당진 시장뿐만 아니라 기지시의 시장에도 어물과 생필품을 파는 가게를 냈어요. 그렇게 식구들이 힘을 모아 살림을 착실히 꾸리니 내가 결혼한 지 사 년 만에 '픽업'을 구입할 수 있었습니다. 당진에 택시가 두 대밖에 없던 시절에요. 거둬 먹여야 하는 입이 워낙 많아서 시댁은 다른 돈벌이에도 손을 댔습니다. 당진은 바다와 가까이 있는 고장 아닙니까. 그래서 예로부터 당진 사람들은 바다의 혜택을 넉넉히 받고 살았죠. 그런 지리적 특성 때문에 어업과 제염업이 발달했고요. 시댁도 나중에는 그런 일에까지 손을 댔지만, 당시에는 일종의 부업을 생각해냈어요. 당진 주변의 수많은 포구로 배가 들어오면 온갖 종류의 해산물이 쏟아져 나오는데, 바로 그 해산물을 배달하는 일이었어요. 예를 들어 어느 집에서 몇 시까지 새우젓 한 짝을 보내달라고 하면 우리 집 일꾼이 소달구지로 배달해주는 것입니다. 그런 돈벌이는 아무나 할 수 없었어요. 사람이 먹을 양식도 부족했던 시절이라 소를 키우는 집이 드물었기 때문이죠. 소가 있어야 소달구지도 있지 않겠습니까. 시댁에서는 소를 두 마리나 키웠기에 한 마리는 농사일을 거들게 하고, 다른 한 마리는 방금 말했듯이 포구에서 해산물을 나르게 했습니다. 소는 누구보다도 성실한 일꾼이었고, 나는 그 우직한 동물을 가족처럼 보살폈습니다.

최씨 집안 남자들과 일꾼들은 조를 짜서 생필품 상점, 이동식 어물전, 포구, 이렇게 세 곳의 일터로 이른 시간에 나가야 했고 게다가 논일하러 나가는 일꾼들까지 있어서 집은 꼭두새벽부터 들썩거렸습니다. 일꾼들 외에 식모 한 명도 시댁에서 품삯을 받았는데, 옛날에는 품삯을 쌀로 지불했어요. 나이 어린 일꾼은 일 년에 쌀 한 가마, 어른 일꾼은 쌀 다섯 가마, 그리고 베테랑 일꾼은 쌀 일곱 가마를 줬지요. 인건비 지출도 적잖았습니다.

새벽에 각자의 일터로 흩어졌던 일꾼들은 밤늦게 돌아왔습니다. 비가 오나 눈이 오나 그들의 출퇴근 시간은 한결같았어요. 일요일도 없이 일 년 내내 일하는데도 품삯이 적다고 불만을 내비치거나, 몸이 아프다고 드러눕는 법이 없었습니다. 요즘 사람들이 일터에서 흔히 외치는 말로만 '가족'이 아니라 서로를 진심으로 피붙이처럼 여기면서 일에 매달렸죠. 그런 마음으로 손발을 움직이니까 최씨 집안이 제대로 여물 수밖에요.

내 눈에 그들은 고된 노동에 시달리는 일꾼이 아니라 날마다 춤을 추는 사람들로 보였습니다. 그들에게 하루 세 끼 밥을 해 먹이고 이따금 소박한 술상도 안겨주면 "아, 꿀맛이여" "캬, 피로가 싹 풀리는구먼" 하는 말이 돌아왔어요. 그 소리가 내 귀에는 '배를 채웠으니 또 한 번 춤을 춰볼까'라는 뜻으로 들렸습니다. 그들의 노동에는 어떤 '흥'이 배어 있었습니다. 아무리 일이 고되어도 다음 날 오뚝이처럼 발딱 일어서게 만드는 그 흥은 어디서 흘러나온 것일까요. '이 집이 무엇을 먹고 이렇게 백 년 가까이 살고 있습니까?' 누군가 이런 질문을 한다면 나는 주저 없이 '날마다 춤을 추던 사람들의 정직한 땀방울'이라고 대답하겠습니다.

이렇게 장사하는 집안이라서 나는 시도 때도 없이 부엌에서 밥을 해댔습니다. 하루에 오십 명가량이 먹는 밥을 날마다 지었어요. 옛날 여자들은 모두가 그렇게 고생하며 살았다고 누군가가 삐딱하게 말할지 모르겠지만, 또 그게 사실이긴 해도, 나의 '밥 짓기'를 일반적인 행위로 간주해버리면 상당히 억울합니다. 내 삶에서 밥하고 상 차린 시간을 빼면 과연 무엇이 남을까 싶을 정도로 '밥'에 쫓겨 살아온 세월이었으니까요.

내가 최씨 집안의 며느리가 되고 보니 식구가 일꾼까지 합해서 열다섯 명이었습니다. 그들 가운데 부엌일을 할 수 있는 여자는 나와 시어머니와 식모 한 명이 전부였어요. 시어머니는 일거리만 던겨주고 나가는 양반이라 식모와 내가 집안일을 도맡았습니다. 식모가 있다 해도 그저 일을 거드는 수준이라서 집안일은 거의 내 몫이었어요. 시댁은 집안 식구보다 객식구가 더 많았습니다. 친척은 물론이고 시어머니 쪽 피붙이들까지 제집처럼 드나들면서 끼니를 해결했어요. 또한 시댁은 동네 사람들의 '밥집'이었습니다. 언제든지, 얼마든지 들어오라는 듯 대문을 항시 열어두어서 배 속이 허한 길손이 끊이지 않았어요. 시아버지는 내 집을 찾아오는 사람이면 누구한테든 밥상을 차려주라고 단단히 일렀습니다. 심지어는 거지한테도 말이에요. 지금이야 쌀이 남아도는 세상이라 밥상 귀한 줄 모르지만 그때는 굶는 사람들이 허다했습니다. 그런데 누구누구네 집에 가면 군소리 없이 밥상을 차려준다니 사람들이 개미 꼬이듯 모여들밖에요. 동전 한 닢도 허투루 쓰지 않았던 시아버지가 밥 인심은 어쩜 그리 후했는지 몰라요.

시아버지가 꾸준히 선행을 베풀수록 몸이 으스러지는 건 바로 나였습니다. 군더더기 식구들도 보리밥과 담백한 반찬들로 배를 채우는데, 명색이 최씨 집안 맏며느리인 나는 계속 밥상을 나르느라 쫄쫄 굶기 일쑤였습니다. 신혼 때는 시댁의 장사 규모가 그리 크지 않아서 쉬엄쉬엄 부엌일을 할 수 있었죠. 그러나 시댁이 해마다 시장에 상점 수를 늘리고, 새로운 사업을 시작하고, 논도 불리자 일꾼 수가 많아져 나는 쉴 틈이 없어졌습니다. 새벽 세시 반쯤이면 어김없이 일어나 우선 시장에서 일하는 일꾼들의 식사를 챙겼습니다. 그들이 순두부와 술국을 한 그릇씩 먹고 나간 뒤 차곡차곡 쌓여 있는 부엌일을 하다 보면 날이 환해집니다. 그때부터 본격적으로 부엌에서 전쟁을 치러요. 지금처럼 넓은 식탁에 한데 어울려 식사하면 일하기가 얼마나 수월하겠어요. 하지만 밥상의 예의범절을 따지는 시대였기에 일이 두 배로 많았습니다. 시아버지, 시어머니, 시누이, 시동생, 그리고 나머지 일꾼들의 밥상을 각각 따로따로 차려야 했기에 한 끼에 밥상을 일곱 개나 준비해야 했어요. 사이사이 객식구들이 찾아와도 밥상부터 차려야 했어요. 그들의 목적은 밥을 먹는 것이니까요.

이른 새벽에 술국을 시작으로 아침, 새참, 점심, 새참, 저녁, 밤참, 이렇게 음식을 수시로 제공하는 것이 나의 중요한 임무였습니다. 그러니 내가 편히 앉아 식사할 짬이 어디 있겠어요. 물에 밥을 말아 부뚜막에 올려놓고 분주히 일하는 와중에 한 수저씩 떠먹었습니다. 날마다 지지고 볶는 음식 냄새에 질려서 식욕이 저만치 달아났지만 그렇게라도 먹어 기운을 내지 않으면 식구들의 밥은 누가 한답니까? 밤참까지 챙겨 먹이고 나서 밤 열두시쯤 부엌에서 놓여났는데, 그때부터는 내 역할이 재봉사로 바뀝니다. 삼실이나 무명실, 명주실로 직접 짠 베로 시부모님의 옷을 짓기도 하고, 식구들의 저고리나 일꾼들이 신을 양말도 꿰맸습니다. 바지, 속적삼, 두루마기, 이불 따위도 내 손을 거쳐 모양새를 갖췄습니다. 그러다 보면 새벽 두시가 훌쩍 넘어 있었지요.

나는 삼베도 직접 짰는데 그 과정은 복잡합니다. 밭에 삼씨를 뿌렸다가 싹이 올라오면 한 차례 솎아줍니다. 6월 말경에 삼잎을 대나무 칼로 베어서 단으로 묶은 뒤 커다란 삼굿에 넣고 쪄요. 그런 뒤 삼의 껍질을 벗겨 말린 다음 허벅다리에 비벼서 삼을 삼는 것입니다. 이런 과정을 거쳐야 삼베가 만들어져요. 당시 '삼베 작업'은 여자들의 중요한 일거리였습니다. 삼베는 여름철의 대표적인 옷감이었을뿐더러 망자의 옷도 그것으로 만들었기 때문이죠. 시부모님은 내가 손수 만든 수의를 입고 이승과 멀어졌습니다.

내가 무엇보다 공들여 매만진 것은 남편의 양복바지였습니다. 남편은 여러 도시에서 생선을 사들여 어물전을 꾸리기도 했지만, 비누와 양잿물을 팔러 다니기도 했습니다. 집집마다 삼밭이 있을 정도로 서민들이 삼베옷을 즐겨 입던 시절이었는데, 그걸 만들려면 양잿물이 꼭 필요했어요. 거기에 삼베를 담가놓아야 했으니까요. 옛날에는 자전거 있는 집이 귀해서 양잿물을 팔러 다니는 사람도 드물었습니다. 남편이 허구한 날 자전거를 타고 돌아다니니까 양복바지 궁둥이가 빨리 닳았어요. 양복이 두 벌밖에 없어서 바지에 구멍이 나면 밤잠을 물리치고 기워야 했지요. 바지 구멍을 보면 한 푼이라도 더 벌려고 땀을 뻘뻘 흘리며 페달을 밟는 남편의 모습이 떠오르면서 가슴이 뭉클해졌습니다. 나는 앞치마를 잘라 양말의 구멍 난 곳에 대고 정성껏 바느질을 했어요. 울적한 마음을 달래면서 말입니다.

집안일을 끝내면 보통 새벽 한시가 넘었습니다. 바로 곯아떨어져도 새벽 세시 반이면 자동적으로 눈이 떠졌어요. 몸이 천근만근이어도 단 오 분도 더 누워 있을 수 없었습니다. 그대로 깊이 잠들었다간 집안의 질서가 흐트러질 것이 뻔하고, 또 꼭두새벽부터 일터로 나가는 식구들에게 따스한 밥을 지어 먹여야 안심이 됐으니까요. 나의 고역이야 동네 개들도 다 알고 있었기에 하루쯤 일손을 놓는다고 꾀병 운운할 사람은 없었지만, 또 내가 자리를 비웠다고 식구들이 굶기야 했겠습니까만은, 어쨌거나 '밥'이 걱정되어 몸이 불덩이 같은 날에도 부엌으로 나갔어요. 죽어도 부엌에서 죽겠다는 심정으로요. 누가 알아주지도 않는 책임감에 사로잡혀 스스로를 학대한 미련퉁이. 그러나 어쩌겠습니까. 손수 아궁이에 불을 지펴야만, 기름진 양식이 내 가족의 입속으로 들어가는 모습을 봐야만 토끼잠이라도 편히 자겠는걸요. 이런 바보였기 때문에 나는 전쟁 통에 친정으로 잠시 피난을 가면서도 폭격의 두려움보다 식구들 밥걱정에 마음을 졸였습니다.

11

소학교 졸업이 내 학력의 전부입니다. 소학교는 초등교육기관이에요. 일제강점기와 6.25전쟁을 겪은 그 시절에는 소학교조차 다니지 못한 사람이 허다했어요. 그래도 나는 소학교까지 마쳤으니 그 당시 여자치고는 웬만큼 배운 셈입니다. 어쨌든 한글을 읽고 쓸 줄은 아니까요. 우리 친정아버지가 그렇게나 꽉 막히지 않았다면 내 소망대로 공부를 계속할 수 있었을 겁니다. 자식들 가르칠 형편은 됐으니까요. 우리 친정아버지는 권위적이지 않고 누구에게나 다정다감했는데 딸자식의 교육에 관해서만큼은 고지식했어요. 딸은 소학교까지만 가르친다는 생각이 확고했습니다. 여자는 한글과 기본적인 셈만 익히고, 가문이 바른 집안으로 시집가서 며느리와 아내의 본분을 다해야 한다는 것이 친정아버지의 지론이었습니다.

나는 어릴 적부터 공부가 재미있었어요. 책을 읽다 보면 어느새 밤이거나 아침이었습니다. 생각해보면 그게 할머니 때문인 것 같아요. 할머니가 밤마다 옷을 지으면서 옛날이야기를 들려줬는데 그때부터 선생님 아니면 글을 쓰는 사람이 되어야겠다는 꿈이 자연스레 싹튼 게지요. 이런 소망이 내 안에서 꿈틀거리면 잠자리에 들었다가도 얼른 일어나 산수 문제를 풀고 삼국지를 읽곤 했습니다. 그러나 친정아버지는 단호했고 내 힘으로는 그 고집을 꺾을 수 없었어요. 결국 나는 〈맹진사댁 경사〉의 하녀 입분이처럼 남의 결혼식을 대신 치르는 기분으로 족두리를 썼습니다.

나는 결혼한 지 오 년 만에 남편과 첫날밤을 치렀습니다. 믿기지 않지요? 왜 그렇지 않겠어요, 당사자인 나도 믿지 못하겠는데요. 남편은 '도둑 사건'을 계기로 신혼 초부터 나를 멀리했습니다. 내가 들려줬지요? 결혼 첫날 밤에 시댁 어른이 쳐들어와서 난리법석을 떤 이야기 말입니다. 부철이가 색시랑 자느라고 가게를 지키지 않아서 도둑이 들었다는 시댁 어른의 트집. 집안에 며느리를 들이자마자 불미스러운 일이 생겼으니 누구보다 당사자인 내가 황망했지요. 재수도 더럽게 없지, 왜 하필이면 결혼 첫날밤에 도둑이 들었을까. '여자가 복이 없다'라는 눈빛으로 나를 쳐다보는 시댁 식구들을 대하기가 고역이었습니다. 남편의 태도는 나를 더욱 초라하게 만들었어요. 그날 이후 남편은 잠자리를 아예 가게로 옮겼으니까요. 어른들 보기가 민망해서 나를 일부러 피하는 것 같았습니다. 남편은 항상 아버지와 둘이 식사했어요. 끼니때가 되면 집에 와서는 아버지와 마주 앉아 후딱 밥을 먹고서 횡허케 나가버리곤 했죠. 온갖 돈벌이를 하느라 짬이 없기도 했지만 나에 대한 남편의 태도에는 분명 미움이 섞여 있었습니다.

나는 억울하고 막막하고 두려웠어요. 타인이나 진배없는 사람들 틈바구니에서 나는 누구를 의지하며 살아야 할까. 결혼한 순간부터 나는 외톨이였습니다. 부부라는 이름으로 묶이긴 했으나 남편은 내 짝이 아니었어요. 몸은 고사하고 말도 눈빛도 섞지 않는 사람들이 무슨 부부란 말입니까. 게다가 우리는 그 도둑 사건으로 잔뜩 주눅이 들어 있었고요. 나는 벼랑에 발을 헛디뎌 추락하는 기분으로 하루하루를 보냈습니다. 하루라도 빨리 시댁에서 벗어나야 한다, 그래야 쥐구멍 같은 내 삶에 볕이 든다는 생각에 젖어 날마다 탈출을 꿈꿨습니다. 하지만 최씨 집안에서 내 발목을 꽉 붙잡는 게 있었어요. 어처구니없게도 그건 '밥'이었습니다. 일꾼들과 식구들에게 아침밥을 해 먹이고 점심 밥상을 차릴 때까지 숨 돌릴 겨를이 있었다면 나는 그 자투리 시간에 슬그머니 보따리를 쌌을지도 모릅니다. 그러나 새벽에 일단 부엌으로 들어가면 그 후부터 조금도 빈틈이 생기지 않았어요. 하루에 서너 말씩 밥을 하다 보면 언제 해가 저물었는지도 모릅니다. 자정이 지나서야 앞치마를 벗으면 그대로 쓰러져 잤어요. '내가 식모도 아니고, 이렇게 살 수야 없지.' 새벽에 눈을 뜨면 그런 대책 없는 다짐이 머릿속에 차올랐지만 어느새 내 손은 앞치마를 쥐고 있었습니다.

그렇게 부엌에서 밥을 짓다 보면 일 년이 하루처럼 지나갔습니다. 내가 집안 살림에 이력이 붙어 최씨 집안의 맏며느리로 자리를 굳힌 사이, 남편과는 한솥밥을 먹는 남이 되어버렸어요. 일복만 터진 내 팔자가 기구해서 밤하늘을 쳐다보면 눈물이 줄줄 흘렀습니다. 아이라도 있으면 그 피붙이를 키우면서 분을 삭이련만 도둑 사건으로 결혼 첫날부터 죽 남편과 잠자리를 하지 못했으니 나는 임신의 기쁨조차 누리지 못한 처지였어요. 내 청춘의 꽃봉오리가 피지도 못하고 시드는 게 서글펐고, 그런 슬픔조차 시원하게 토해낼 수 없는 내 빠듯한 일상이 한심스럽다 못해 딱했어요. 나의 말 상대는 하늘밖에 없었습니다. 낮에는 파란 하늘, 밤에는 검은 하늘.

두 명의 정겨운 친구 같은 그 하늘과 오래 눈을 맞추며 하소연을 하고 나면, 가슴속 응어리가 좀 풀리는 것 같았습니다.

집 안에서, 그것도 주로 부엌에서 다람쥐 쳇바퀴 돌듯 생활한 데다, 미리 고백했다시피 말수도 적었기에 친구가 생기기가 더욱 어려웠습니다. 집안에 대소사가 있거나 김장을 담글 때면 평소에 시아버지가 베푼 인정에 보답하려고 이웃 아낙들이 일을 도우러 왔는데, 그럴 때도 나는 묵묵히 일만 했습니다. 맏며느리 처지니까 특히 언행을 조심하자는 다짐이 앞서기도 했지만, 여자들이 모여서 하는 소리가 대개 험담이라 거기에 섞이고 싶지 않았어요. 그 여자들이 이러구러 속닥거리는 말을 듣고 있노라면, 다른 곳에 가서는 남편 소실의 밥상까지 차려 바치는 내 흉을 또 얼마나 볼까 싶어 저절로 등이 돌려졌습니다. 입을 함부로 놀려서 낭패를 본 일도 없건만 나는 일찍부터 세 치 혀를 조심해라, 발 없는 말이 천리 간다, 낮말은 새가 듣고 밤말은 쥐가 듣는다 등등의 속담을 무슨 신조처럼 떠받들고 살았습니다. 그래서 더욱 동네 사람들과 어울리지 못했던가 봐요.

지금처럼 마음만 먹으면 쉽게 친정에 다녀올 수 있는 시대가 아니었습니다. 그래도 나는 시아버지 덕분에 일 년에 한 번씩은 친정에 갈 수 있었습니다. 친정아버지 생신날에요. 친정에 가면 남편에게 사랑받으며 호강하고 사는 것처럼 꾸며댔습니다. "엄마는 내 걱정 하지 마. 시댁이 우리 집보다 훨씬 좋으니께. 샘도 집 안에 있어서 얼마나 편한지 몰라. 집안일도 일꾼들과 식모들이 하니까 나는 슬슬 놀면서 쌀이나 씻으면 돼. 시집가니까 너무 좋아." 이런 거짓말이 나도 모르게 새어 나왔습니다. 남편은 바깥으로만 돌면서 툭하면 소실을 바꾸고, 나는 오로지 식구들 먹이고 입히는 기계처럼 집안에만 붙박여 있었는데도요. 그런데 몇 년 후, 내 앞에 라디오라는 물건이 나타나서 그야말로 비상구 같은 역할을 해주었습니다.

라디오는 둘째 시동생이 장날에 구입한 것이었어요. 시동생은 세계적으로 유명한 일본 회사에서 만든 제품이라며 좋아라 했지요. 누가 쓰던 중고품이었지만 상태는 멀쩡했습니다. 쌀 두 되와 광어 열 마리를 주고 샀다고 하대요. 당장 굶어 죽게 생긴 어떤 사람이 고이 간직해온 라디오를 넘겨주고 그 식량을 얻는 장면이 그려졌습니다. 놋수저 한 벌을 팔아서 동태를 샀던 우리 시아버지와 비슷한 처지였을 테지요. '밥' 앞에서는 그 어떤 것도 힘을 쓰지 못해요. 사랑까지도 말입니다. 라디오는 한 손에 쥐어질 만큼 작았습니다. 회색 몸체에 둥그런 모양이 검은 달처럼 도드라져 있었지요. 한쪽 귀퉁이에는 영어가 눈에 띄게 새겨져 있었고요. 그게 상표 같았는데 내가 영어를 읽을 줄 알아야 말이죠. 시동생이 딱 한 번 식구들 앞에서 선을 보였는데, 라디오 옆구리에 툭 튀어나온 것을 이리저리 움직일 때마다 남녀 목소리가 다양하게 들리는 것이 신기했습니다만, 얼굴은 보이지 않고 말소리만 나오니까 답답해서 저걸 무슨 재미로 듣나 싶데요.

쓸데없이 라디오를 자전거에 싣고서 폼을 잡고 다니던 시동생이 서너 달쯤 지나자 그 애지중지 아끼던 물건을 아무 곳에나 두고 다녔습니다. 한번은 광에서 보이더니, 또 한번은 작은방 구석에 엎어져 있었어요. 내가 주워 왔지요. 군식구며 객이 수시로 드나드는 집이라 누가 집어갈까 봐서요. 라디오가 광이나 방에 놓여 있었던 건 시동생이 깜빡했기 때문이 아니었습니다. 그 물건에 대한 시동생의 애정이 식었다는 표시였지요. 원래 둘째 시동생은 줄변덕이 심해요. 사람에게나 물건에게나 싫증을 빨리 냅니다. 그래서 끝이 항상 나빠요. 결국 남 좋은 일만 시킵니다. 시동생은 남편이 넘겨준 삼거리의 생필품 가게도 몇 년 뒤에 헐값에 처분해버렸습니다. 그 가게를 인수한 이웃은 그것을 기반으로 돈을 벌어 지금은 건물을 몇 채나 갖고 있는 부자가 되었습니다. 현재 그 가게는 편의점으로 탈바꿈했고요. 시동생은 이 일 저 일 손대다가 오늘날에는 마누라 덕에 겨우 먹고사는 처지로 굴러떨어졌습니다. 아무튼 시동생의 고질적인 변덕 덕분에 라디오는 내 차지가 되었습니다. 뭐든 임자가 따로 있는 법이에요.

시동생이 중고 라디오를 구입한 지 반년쯤 지나서, 그러니까 그 물건을 거들떠보지도 않을 때 슬쩍 물어봤어요. 내가 라디오를 가져다 들으면 안 되겠느냐고요. "마음대로 허세유. 근디 형수님이 라디오 들을 시간이 어디 있슈?"라고 대꾸하데요. 이미 자기 마음에서 떠난 물건이니 내 청을 마다할 이유가 없었겠죠. 그 라디오를 사는 데 들인 광어 열 마리와 쌀 두 되도 집안 재산이었으니 본전 생각이 나지도 않았을 테고요. 허구한 날 중노동에 시달리고 자기 속옷까지 빨아 바치는 형수가 라디오를 좀 듣겠다는데 손사래를 친다면 속으로나마 그 작자를 깔아뭉갤 작정이었습니다만, 그럴 필요가 없었지요.

시동생 말마따나 내가 라디오를 들을 시간이 어디 있었겠어요. 그래도 짬을 내보기로 했습니다. 나 자신을 위해서 뭐라도 해야 꽉 막힌 속이 조금이나마 뚫릴 것 같았거든요. 지금이야 배울 게 널렸지만 그때는 밥하고 일하는 거 말고는 뭐가 있었나요. 뭐가 있다 해도 나와는 거리가 멀었으니 바쁜 와중에도 속절없이 흘러가는 시간이 안타까울 뿐이었습니다. 부엌일을 마치면 재봉사가 되어 새벽까지 옷을 지었다는 말, 저번에 했지요? 나는 그 시간에 라디오를 듣기로 했습니다. 유일하게 혼자 있는 시간이니까요. 원래부터 말수가 적고 숫기가 없는 성격은 아니었는데 시집살이를 하다 보니 점점 벙어리로 변했습니다. 이건 전적으로 남편 탓이라고 생각해요. 옛날의 풍습대로 얼굴도 보지 않고 혼례를 치렀어도 시댁에서 내 울타리는 남편인데 그이가 신혼 첫날부터 멀찌가니 떨어져 다른 여자 치마폭이나 들추고 있으니까 시댁 식구들이 나를 무시할밖에요. 서방이 마누라를 그렇게 홀대하는데 누가 나를 귀히 여기겠습니까. 그러니 공연히 주눅이 들고, 그 꿀리는 기분 때문에 말문이 저절로 닫히더란 말이에요. 게다가 그때는 내가 딸만 내리 세 명을 낳은 뒤끝이라서 죄인도 그런 죄인이 없었습니다. '니가 복이 없어서 신혼 첫날 밤에 도둑이 들고 아들도 낳지 못하니까 죽어라 일을 해도 싸다.' 이렇게 말하는 듯한 시댁 식구들의 눈초리가 스스로를 한낱 미물로 여기게 만들었습니다. 더 비참한 순간은 나부터가 죗값을 치를 방법은 이것밖에 없다는 듯 몸이 부서져라 일하고 있는 것을 발견할 때였습니다.

부엌일이 대충 끝나는 자정 무렵부터 나는 바느질을 하면서 라디오를 들었습니다. 나는 내 방에서 세 딸 대신 막내 시동생을 데리고 잤습니다. 딸들은 자기들끼리 어울려 어디서든 잘도 잤는데, 막내 시동생은 꼭 내가 옆에 있어야 잠이 들었습니다. 시어머니는 잔병치레가 많아 그 늦둥이를 보살필 수 없었기에 내가 자식처럼 키워서 그랬던 것 같아요. 어쨌든 시동생이 한번 깨면 다시 잠잘 생각을 안 하고 귀찮게 했기에, 라디오 소리를 최대한 죽여야 했습니다. 그러니 라디오에서 들려오는 노래며 말소리가 제대로 들리겠습니까? 모기가 윙윙거리는 것 같아 일하는 데 방해만 되었죠. 그 시절에는 라디오에서 연속극을 했는데 무슨 내용인지 도통 알 수가 없으니 서로 다른 목소리가 뒤섞여 들려올 뿐이었습니다. 사흘쯤 듣다가 라디오를 밀쳐놨어요. 한밤중에 바느질하면서 꾸벅꾸벅 조는 게 예사였으니 라디오는 있으나 마나였습니다. 그런데 어느 날 좀 말짱한 정신으로 일꾼들의 양말을 깁고 있는데 라디오 속 사람들의 음성이 귓가에 맴도는 겁니다. 라디오 연속극에서 흘

러나오던 웃음소리며 고함 소리, 흐느낌 소리가 그립더란 말이에
요. 콩나물시루 옆에 밀쳐뒀던 라디오를 반듯하게 세워놓고 틀었
습니다. 저쪽 방에서 누가 문을 닫고 말하는 것처럼 여전히 가물가
물했지만 그래도 혼자보다는 사람들의 목소리를 듣고 있는 게 훨
씬 나았어요. 라디오가 세상이고 학교일 줄은 그때는 미처 몰랐습
니다.

12

"새벽부터 한밤중까지 일만 하면서 젊은 시절을 보내셨어요?
그렇게 많은 일을 어떻게 혼자 했을까."

"안 하믄 어쩔 겨."

"나 못하겠다고, 니들이 알아서 하라고 뻗어버렸어야죠."

"니들이 알아서 하라고 누구헌티 말한댜? 시어무니더러 그랴?
아니믄 손위 시누이한테 그랴. 하나 있는 동서는 툭허믄 아프다면
서 방에 처박혀 있고. 일할 사람이 나 말고 누가 있남."

"저 같으면 앞치마 벗어 던지고 나왔어요. 남편까지 외면하는
집구석에서 일만 하고 어떻게 살아요. 결혼하고 오 년 동안 애도
없었다면서요. 게다가 작은마누라까지…… 인간 승리다, 진짜."

"집 나가서 뭘 먹고 산댜. 여자들이 일할 데가 있었간? 지금처럼

여자들이 할 수 있는 일이 많았다믄 나도 진작 앞치마 벗어 던졌지. 요새 여자들 이혼 잘허지? 그게 다 돈 벌 데가 많아서 그런 겨. 우리야 집 말고는 일할 데가 없었으니께 참고 살아야지 별수 있남."

"근데 아버님은 어쩌자고 작은마누라를 네 명씩이나 두셨대요?"

"허우대가 여자 꼬이게 생겼잖어. 돈까지 두둑이 챙겨서 쪽 빼입고 돌아댕기는 놈을 지집년들이 가만두겠어? 자고로 남자 주머니에 돈이 흔하믄 여자가 들러붙는 거여. 시집와서 보니께 몸 주는 여자가 있드만. 시내에 방을 얻어놓고 들락거리는 눈치드라고. 그러니 마누라라도 내가 눈에 들어오겠남? 솔직히 도둑은 핑계였지. 내가 그 말을 감쪽같이 믿었어, 여자가 있는 줄도 모르고……. 남편 눈에 내가 어지간히 밉상이었나 봐. 그러니까 작은마누라를 자주 바꿨겠지. 집에 끌어들인 여자도 있고."

"작은마누라랑 한집에서 살 때도 있었단 말씀이세요?"

"살기만 혀? 밥상까지 갖다 바쳤는디, 뭐. 젖이나 컸지 뭐 하나 잘허는 게 없는 여편네가 진짜 병에 걸렸는지 어쨌는지 부엌에는 코빼기도 안 비쳤어. 그것도 식구라고 내가 밥상을 갖다 주고서 한참 뒤에 가보면 무슨 지랄인지 밥풀 하나 안 건드리고 사람을 본 체만체하더라니께. 누가 봤으면 내가 작은마누란 줄 알았을 겨."

"시부모님이 그냥 놔둬요?"

"뭘?"

"작은마누라요."

"그냥 안 놔두면 어쩔 겨. 다 큰 아들이 지 마음대로 살겠다는데. 그리고 시아버님한테도 작은마누라가 있었드만그려. 그런 양반이 누굴 나무라."

"부전자전이네."

"옛날에는 집에서 결혼식을 치렀는디, 사람들이 찾아오면 보통 숟가락 한 개와 수건을 답례품으로 줬어. 형편이 괜찮은 집은 숟가락 두 개. 유심히 살펴보니까 그 답례품만큼은 반드시 내가 있는 본가로 가져오더만. 소실과 어울리는 집이 잔칫집 근방에 있는데도 답례품은 꼭 내 부엌에 슬쩍 놓고 가는 겨. 그걸 보니까 그래도 알뜰하게 살림하는구나, '내 것'을 아는구나, 밖에서 빙빙 돌아도 무엇이 '내 것'인지 알고 있으니께 믿어보자는 생각이 들더만."

"어머님도 참, 천생연분이 따로 없네요."

"문제는 남편한테 찰거머리처럼 붙어서 내 속을 뒤집다가 어느 날 갑자기 사라져버리는 소실들이 아니었어. 그 여편네들이 낳은 새끼들이 문제였지. 아버지가 버젓이 살아 있는디 그 불쌍한 애들을 어떻게 내쫓느냐. 내가 거두지 않으면 천덕꾸러기가 될 판인데. 그런 새끼가 세 명이여. 내가 키워야지 어쩌. 아주 나쁜 년들이여, 소실 것들."

그즈음에는 마은숙과 나의 대화가 격의 없이 흘러갔습니다. 처음에는 아들놈의 고집을 꺾을 수 없으니 빨리 끝내자는, 이왕 벌어진 일이니 내 폭폭한 삶을 숨기고 자시고 할 것 없이 다 말해버리자는 불만 섞인 마음만 가득했습니다. 자서전을 내는 일 자체가 못마땅하니까 그걸 대필해줄 사람도 눈엣가시여서 일부러 말도 높이면서 마은숙을 사무적으로 대했고요. 그런데 어느 순간부턴가 나도 모르게 말이 편하게 나왔어요. 마치 시커멓게 타버린 내 속을 다독거려주는 딸에게 말하듯이요.

　세 번째 방문 때부터 마은숙은 우리 집에서 하룻밤 묵었습니다. 목요일 오후 두시쯤 와서 겨우 서너 시간 인터뷰를 하고 가려니까 맥이 끊어진다나요. 내가 한번 말하기 시작하면 무엇에 홀린 것처럼 끊임없이 입을 놀려대니까 그렇기도 했을 겁니다. 어떤 날은 한 가지 질문에 한 시간 반 동안 떠들기도 했어요. 녹음기에 정확히 찍히는 시간을 보면 웬 수다를 이렇게 오래 떨었나 싶어 멋쩍은 때가 한두 번이 아니었습니다. 마은숙이 머물고 있는 동안은 우리 집에서 말소리가 끊이지 않았어요. 그이는 밥상머리에서도 잠자리에서도 산책길에서도 수시로 물었어요. 물론 우리 집안이나 나에 대한 질문이었지요. 마은숙은 집의 안팎을 살피면서 휴대폰으로 사진도 찍었습니다. 옛날에 생선을 가득 쟁여놓았던 광도 훑어보고, 남편이 마늘 사업할 때 사용했던 창고도 구경하고, "어머님이 여기 이렇게 서서 친정 식구들을 그리워했단 말이죠" 하면서 산이 아파트로 바뀐 건너편을 찬찬히 둘러보기도 했습니다. 내가 예전에 그 자리에 서서 산과 하늘을 보며 시집살이의 설움을 애써 달랬거든요. 부모님과 언니, 동생 들을 떠올리면서요. 저 산 너머로 당장이라도 도망가고 싶다는 소망을 항시 품고 살았던 시절이었습니다.

마은숙 또한 의무감만으로 우리 집에 머무르는 것 같지는 않았습니다. 내가 미더운 딸에게 속내를 털어놓는 듯한 기분이 드는 것처럼 마은숙도 그런 감정에 휩싸이는 것 같았어요. 모녀지간처럼 반말을 섞어 말하기도 하고, 배가 부르다면서 방바닥에 벌렁 드러눕는가 하면, 내 슬리퍼를 신고 마당을 돌아다니는 모습이 어색해 보이지 않았으니까요. 아마 그런 마은숙의 스스럼없는 말과 행동에 내 마음의 문이 조금씩 열렸을 겁니다. 우리는 금요일 새벽이면 함께 예배도 보러 갔습니다. 내가 말리는데도 마은숙이 굳이 따라나섰어요. 일주일에 한 번씩이라도 죄를 고백하려는 자기를 막지 말라면서요. 마은숙은 종교를 갖고 있지 않았습니다.

우리는 새벽 네시 사십분이면 집을 나서서 구불구불 이어진 길을 천천히 걸었습니다. 나의 해묵은 인생을 글로 써야 하니까 내가 가는 곳이면 어디든 쫓아다녔겠지만 그 이유가 전부는 아닌 것 같았죠. 마은숙이 내 팔을 붙잡고서 걸어갈 때면 개들이 컹컹 짖곤했는데 나는 또 그 소리가 새삼스럽게 좋았습니다. 한 팔로 나를 감싸며 동행해주는 여자가 있고, 새벽 공기는 신선하고, 개들이 우렁찬 소리로 반기고…… 그런 날은 내 육체적 나이가 대여섯 살은 줄어든 것 같았죠.

"오늘은 산소에 갈까요?"

"산소는 뭐하러 간댜."

"어머님이 자주 가신다면서요. 어떤 곳인가 보게요."

우리 집 옆구리에 붙어 있는 쪽문으로 나가서 좁은 길을 따라
십 분쯤 걸으면 산소가 보입니다. 우리 선산이지요. 산소 가는 길
입구에 서면 나는 옛날의 한때로 돌아간 듯한 착각에 빠집니다. 가
장 먼저 눈에 띄는 옛집. '원당로 87-9'라고 파란색 주소 팻말을 붙
인 그 집은, 내가 시집올 때부터 지금까지 거기에 붙박여 있어요.
대문도 옛날의 나무 대문을 그대로 사용하고 있습니다. 날마다 밀
려드는 일감에 지친 나를 안쓰럽게 여겨 짬짬이 일을 도와주던 여
자가 케케묵은 집을 지키고 있어요. 그 여자도 세월의 힘을 이기지
못하고 머리가 하얘졌습니다.

산소 앞에 서면 마을의 전경이 한눈에 보입니다. 가슴이 트여
저절로 심호흡이 나와요. 덩달아 몸도 가뿐해집니다. 보기만 해도
든든한 쌍둥이 묘. 왼쪽 묘에는 남편이 묻혀 있어요. 오른쪽은 내
방입니다. 죽어서 기거할 방을 살아생전에 볼 수 있으니 얼마나 고
마운지 몰라요. 쌍둥이 묘를 접할 때마다 나는 여자의 거대한 젖가
슴을 떠올리곤 합니다. 그런 커다란 젖가슴이 있다면 무수한 생명
을 키워내겠지요. 내 젖을 먹고 팔 남매가 자랐듯 말입니다. 그런
생각을 하다 보면 쌍둥이 묘가 망자의 거처가 아니라, 생명력이 가

득한 공간으로 여겨져서 무덤으로 자꾸만 손이 가요.

남편의 무덤에 제비꽃이 피었습니다. 보라색 꽃잎이 앙증맞은 단추 같아요. 눈에 보일 듯 말 듯 피어난 제비꽃 몇 송이로 무덤에 생기가 흐릅니다. 산소에 올라왔을 때 어여쁜 꽃이 피어 있으면 안심이 됩니다. 누군가가 살가운 손길로 쌍둥이 묘를 보살피고 있다는 생각이 들어서요.

"잘 계셨어유? 저번에 기태가 뽑고 갔는디 잡초가 또 이렇게 많이 자랐네유. 요새는 무슨 바람이 불어서 자주 올라오냐고유? 적적해서유. 밭일도 지겹고, 애들이 찾아오는 것도 귀찮아유. 나도 이제 그만 여기에 누웠으면 좋겠는디 그게 마음대로 되는 것도 아니고…… 아, 바람이 포근하네유."

산소에 갈 때면 억세게 돋아난 잡초를 뽑으면서 중얼거리다가 어느 순간 "혼자서 이게 뭐하는 짓이람!" 하는 말과 함께 피식 웃음이 나와요. 쌍둥이 묘 앞에 자리를 잡고 앉으면 저 아래 동네까지 훤히 보여서 속이 후련해집니다. 내가 풍수지리에 대해서는 잘 모르지만 이곳이 명당자리라는 사실을 오감으로 느낄 수 있어요. 나의 사후 보금자리가 납골당이 아닌 우리 집 뒷산에 있어서 감격스럽습니다. 평생 일만 하며 살아온 중노동의 대가는 이것으로 족하다는 생각이 들 정도로요.

"나는 산소에 올라올 때마다 당신의 행동이 생생히 떠올라유. 나도 죽을 날이 다가오면 당신처럼 저승사자의 발자국 소리를 들을 수 있을라나. 그해 늦여름, 당신이 갑자기 인부들을 이끌고 산으로 올라갔잖이유. 그때는 여기에 나무가 무성했는디, 길을 터놔야 상여가 쉽게 올라간다면서 일을 서두르데유. 그러고 나서 당신이 한 달 만에 떠나버리데유. 그때 길을 내지 않았으면 장사 지내기가 얼마나 불편했겠슈. 그때는 공연히 일을 만들어서 사람을 귀찮게 한다고 속으로 지랄혔는디…….”

나는 또 말문이 터져 두런거립니다. 자기가 살아 있을 때는 입을 닫고 살더니, 죽고 나니까 툭하면 산소에 찾아와 말을 건다고 남편이 코웃음 치겠어요. 내가 종알거려도 남편은 아무런 말이 없습니다. 훈훈한 바람만 산소에 머물러 있을 뿐이에요. 허구한 날 집을 비워도 상관없으니 산소를 휘감아 도는 바람처럼 남편이 지금 내 곁에 있으면 좋으련만! 하지만 그건 내가 죽어서나 이루어질 꿈이겠지요.

13

적막하다 못해 새들의 숨소리마저 들릴 것 같은 마당에 우두커니 앉아 있으면 ‘인생무상’이란 말을 절감합니다. 옛날에는 집 안이 연일 소란스러웠어요. 빈번히 드나드는 일꾼들과 동네 사람들이 짐을 내리거나 올리고, 떡방아를 찧고, 마당에서 김치를 담그고, 그물을 손질하고, 또 아이들이 뛰어다니고…… 우리 집은 하루도 조용한 날이 없었습니다. 그렇듯 시끌벅적했던 공간이 텅 비어 있다는 게 도무지 실감 나지 않아요. 이 시간에도 일꾼들의 새참을 챙겨야 할 것 같은데 먹을 사람이 없습니다. 정말 나에게 그런 시절이 있었나? 집은 예전 그대로인데 내 곁에 아무도 없다는 사실이 신기할 지경입니다. 부엌의 아궁이처럼 붙박이로 눌러앉아 흘려보낸 칠십여 년의 세월을 누군가가 땅 깊숙이 묻어버린 것만 같아요. 홀로 질긴 시간을 견디고 있으면 이 원당리 집이 생생한 소리로 팽팽했던 시절이 무척 그리워집니다. 만약 조물주가 어디로 가고 싶으냐고 물으신다면, 나는 서슴없이 뱃사람들의 밥을 챙겨주던 시절이라고 말할 겁니다.

내가 딸을 세 명 낳아 키우던 무렵 시댁에서 배 사업을 시작했습니다. 시댁은 어느 정도 재력도 있고 신용 상태도 양호했기에 나라에서 지원해주는 보조금까지 받아 배 사업을 시작할 수 있었지요. 물론 보조금은 다달이 얼마씩 갚아나가야 했습니다. 최씨 집안 남자들은 장사 수완이 좋아서 배 사업도 무리 없이 이끌어갔어요. 배를 이용한 수입이 느는 만큼 내 부엌일도 늘어갔습니다. 처음에는 쪽배로 시작했어요. 사람이 직접 노를 저어 움직이는 쪽배 말입니다. 쪽배 한 척에 어부 네 명이 타고서 바다로 나가면 거의 한 달 만에 돌아왔습니다. 그동안 육지에 있는 어부들의 가족이 먹고 살아야 하므로 품삯을 선불로 줬습니다. 바다에서 돌아온 어부들이 다시 나갈 준비를 하면 내 손발은 더욱 바빠졌어요. 그물을 떠야 하고, 깃발과 천막을 만들어야 하기 때문이죠. 비바람이 몰아칠 때를 대비해서 쪽배를 보호할 천막을 준비하는 겁니다. 쪽배 네 귀퉁이에 칠 수 있도록 광목으로 천막을 만드는 작업은 무척 힘겨웠지만, 바다로 나갈 날짜가 정해지면 나는 밤을 새워서라도 그 일을 끝냈습니다. 어부들의 안전을 위해서 반드시 필요한 물건이니까요. 남한테 맡기면 품삯을 줘야 해서 기꺼이 내 몸을 혹사시켰죠. 광목은 거센 바람을 맞으면 이내 찢어지고 물에 젖으면 상하기에 출항할 때마다 천막을 새로 만들어야 했습니다. 그렇게 이것저것 빠짐없이 챙겨 보내면 어부들이 고기를 배에 한가득 싣고 돌아왔습니다. 예전에는 남편이 여러 지역을 돌며 생선을 대량으로 사 왔는데, 이제 우리 배에서 직접 고기를 잡으니 어물전이 더욱 활기를 띠었죠.

어느 해 호황을 누리던 우리 쪽배 한 척이 북으로 끌려간 사건이 벌어졌습니다. 집안이 발칵 뒤집혔죠. 어부들의 가족이며 우리 집 식구들은 눈물에 젖어 살았어요. 어쨌든 우리 집 일을 하다가 당한 사고였으니 어부들 가족에게 식량을 넉넉히 대줬습니다. 시아버지와 남편은 북으로 끌려간 어부들을 구하기 위해 사방팔방 뛰어다녔어요. 우리들의 기도가 통했는지 마침내 어부들이 누명을 벗고 보름 만에 돌아왔습니다. 단순히 고기를 잡는 어부라는 사실이 증명된 것이죠. 놀랍게도 북한에서 가까스로 풀려난 어부들이 쪽배가 터질 듯 조기를 잡아 왔어요.

"이북 놈들이 풀어줘도 심장이 계속 벌렁벌렁 뛰는디 어디선가 개구리 울음소리가 들리지 않았겠어요? 바닷속을 가까이 들여다보니께 햐, 조기가 바글바글하데유. 얼른 배를 몰아야 하는데 욕심이 눈앞을 가려서 그물을 던졌어유. 걔들은 아직 배 만드는 기술이 없는가 그런 황금 어장을 어째 방치하는지 몰러."

한 어부가 만선의 기쁨에 흥분해서는 조기 잡은 사연을 신나게 들려줬습니다. 우리 집안은 그 조기들을 절여 팔아 적잖은 돈을 챙겼지만, 그 쪽배 사건 이후로 남편은 걸핏하면 경찰서에 불려 갔어요. 이유야 어쨌든 우리 배가 북한에 다녀왔다는 구실을 앞세워 돈을 뜯어내려는 수작이었습니다. 남편은 경찰서에 갈 때마다 뭉칫돈을 준비했어요. 법원이든 경찰이든 썩은 냄새가 진동하던 시절이었으니 설령 무슨 죄를 지었어도 돈이면 무사 통과였습니다. 잘못한 일도 없이 죄인 취급받으니 울화통이 터지고, 부당한 뇌물까지 그들에게 바치려니 남편 억장이 무너졌어요. 결국 남편은 쪽배를 모두 팔아버렸습니다.

그 이듬해 남편은 기계배를 세 척 샀습니다. 선원 아홉 명이 탈 수 있는 기계배는 우람했어요. 아무리 거센 폭풍이 몰아쳐도 꿈쩍하지 않을 외모였죠. 광목으로 천막을 만드는 수고야 덜었지만 나는 선원 스물일곱 명이 배에서 먹을 식량을 책임져야 했습니다. 쌀 한 가마, 돼지 한 마리, 김치 등은 기본이고 배에서 잡은 고기로 찌개를 끓이거나 회를 먹을 때 쓰라고 고추장, 된장, 간장 등 양념도 넉넉히 실어줬어요. 그런 식량을 담는 데 항아리 서른 개가 필요했습니다. 무엇보다 김치의 양이 많았어요. 달마다 바다로 떠나니까 이틀 건너 한 번씩 김치를 김장하듯 담갔어요. 스물일곱 명의 선원들이 한 달 동안 먹을 김치를 담그려면 밭에 있는 배추를 모조리 뽑아야 했습니다. 달구지로 다섯 번이나 날라야 하는 분량이었어요. 또한 기계배마다 떡을 세 시루씩 실어야 했죠. 떡은 풍랑을 잠재워주고, 악귀를 물리쳐주고, 풍성한 수확을 거두게 해달라고 바다의 신에게 바치는 제물이었습니다.

배가 들어오는 날이면 동네 사람들이 우리 집 마당에 우르르 모여들었어요. 그 인원이 선원들까지 합해서 백 명 가까이 됐죠. 광에는 새우, 조기, 꽃게, 광어, 우럭 등 가지각색의 해산물이 가득 쌓였습니다. 그런 날은 돼지고기로 만든 음식을 푸짐하게 차려 잔치를 벌였어요. 한 달 동안 거친 바닷바람과 싸운 선원들의 노고를 격려하기 위해서요. 이참에 가난한 이웃들도 불러 배불리 먹였기에 그날은 집 안에 음식뿐만 아니라 웃음도 넘쳐났지요. 백 인분 가량의 음식을 준비한 나도 신바람이 나서 싱글벙글 웃으며 분주히 음식을 날랐어요. 만선의 기쁨을 안고 우리 집으로 들어서는 선원들을 보면, 일이 파도처럼 밀려와도 흐뭇했습니다. 어느 해인가는 선원들이 큼지막한 갈치들을 잡아 오는 바람에 돼지 수육이 남아돌았어요. 그 두툼하고 미끈한 갈치들을 토막 쳐서 소금을 뿌려

가지고 가마솥에 쪄 내니 사람들이 돼지고기는 거들떠보지도 않아서요. 결국 잔뜩 남은 수육은 우리에서 꿀꿀대는 돼지 몫이었죠. 돼지가 돼지를 먹는 꼴이었지만 어쨌든 그날 돼지는 모처럼 포식을 했어요. 싱싱한 갈치를 실컷 먹어서 사람도 살찌고, 고기로 배를 채워 돼지도 살찌고, 축복이 따로 없었습니다.

돼지가 살찐 사연을 꺼내놓고 보니 내가 식구들 몰래 그 먹성 좋은 가축을 키운 일이 되살아납니다. 어느 깊은 밤, 바느질하다가 나도 돈을 벌어야겠다는 생각이 문득 떠올랐어요. 나는 딸을 넷이나 낳은 처지였습니다. 설마 계집애들이라고 해서 남편이 애들교육을 등한시할까마는, 내가 비상금을 마련해둬야 딸들이 공부를 하든 뭐를 하든 돈이 필요하다고 할 때 얼마라도 보태줄 수 있을 것 같았습니다. 내가 떠올린 부업이 바로 '돼지 키우기'였어요. 이웃 할머니 집에 돼지우리가 두 칸 있었는데 한 칸에서만 돼지를 길렀어요. 한 마리를 키우기도 힘든 시절이었기 때문이지요. '새벽에 일어나자마자 돼지한테 밥을 주고, 저녁밥 짓고 나면 한 시간쯤 짬이 나니께 그때 또 잠깐 들여다보면 되겠다. 아침저녁으로 잘 먹이면 돼지가 무럭무럭 크겠지.' 그럴듯한 생각이었습니다. 이웃 할머니한테 내 뜻을 전하자 흔쾌히 허락했어요. 비밀로 해달라는 당부도 디밀었습니다. 돼지우리를 빌려주고 비밀을 지켜주는 대가로 나는 맛깔스러운 음식을 할머니한테 갖다 줬어요. 또 그 집 할아버지한테는 장에 가면 새끼 돼지 한 마리만 사달라고 부탁했습니다. 시집오기 전날 친정아버지가 주신 비상금 중 얼마를 쥐어드리면서요.

　이웃집 우리에 나의 어여쁜 돼지가 살고 있었습니다. 아기 돼지의 모습을 떠올리기만 해도 내 얼굴에 미소가 번졌죠. 나는 아침에 눈을 뜨자마자 돼지우리로 살금살금 기어가서 토실토실한 그 가축에게 밥을 줬습니다. 저녁에는 설거지를 후딱 하고서 돼지를 만나러 갔어요.

　"돼지야, 잘 있었냐? 내가 밥 많이 줄 테니께 아프지 말고 무럭무럭 크거라."

　내가 말을 건네면 돼지는 알았다는 듯 밥을 순식간에 먹어치웠습니다. 어른들이 집을 비울 때면 돼지한테 풀을 뜯어다 주고 우리도 깨끗이 치웠어요. 내가 키운 돼지는 금세 포동포동해졌습니다. 내 돼지는 수놈이었어요. 수놈이 암놈보다 빨리 자라 수놈을 산 거죠. 그 수돼지를 육 개월 동안 길러서 팔았더니 5만 원을 챙길 수 있었습니다. 집안 살림밖에 할 줄 모르는 내가 어디서 그런 큰돈을 벌 수 있겠어요. 그 돈으로 새끼 돼지를 또 한 마리 샀습니다. 돼지를 사고파는 일은 내가 우리를 빌려 사용하는 집의 할아버지가 도맡았죠. 그 할아버지가 새끼 돼지를 자루에 담아 장에서 돌아오는 모습을 보면 일에 찌든 내 몸이 날아갈 듯 가벼워졌습니다.

　돼지 키우기 부업으로 가욋돈을 손에 쥐면 하고 싶은 일이 있었습니다. 친정어머니한테 번듯한 옷을 한 벌 장만해주는 거였지요.

신랑이 장인 장모한테 뻣뻣하게 굴고, 발길도 뜸해서 나는 항상 마음이 무거웠습니다. 딸한테 옷 한 벌 얻어 입지 못하고 친정어머니가 운명한다면 평생 한이 될 것 같았어요. 나는 돼지를 키워 소원을 풀었습니다. 돼지는 일 년에 두 마리씩 키워 팔았어요. 그 부업을 삼 년 동안 했더니 적잖은 돈이 모아졌습니다. 그런데 수돼지를 여섯 마리째 키우던 해 나의 비밀이 탄로 났습니다. 시어머니의 환갑을 며칠 앞둔 시점이었어요. 끝까지 비밀을 지키면서 나의 돈벌이를 밀어줬던 이웃 할머니가 돼지우리를 비워달라고 했습니다. 그 집에서 돼지 한 마리를 더 키운다는 거예요. 우리를 한 달만 더 사용하면 되는데 갑자기 내 돼지를 어디로 옮겨야 할지 난감했습니다. 우리 집 길 건너에 당숙모가 살았어요. 아무리 머리를 쥐어짜도 그 집 말고는 돼지를 키울 곳이 없었습니다. 당숙모에게 속내를 털어놓고 돼지가 잠시 거처할 공간을 마련했어요. 여름이 한창인 때였고, 아침저녁으로 돼지한테 밥을 주려면 신작로를 건너야 했습니다.

그날 오후에 돼지 밥을 들고서 당숙모 집으로 갔는데 남편을 비롯한 친척들이 사랑방에 모여 있었습니다. 더우니까 방문을 활짝 열어놓고요. 아무 생각 없이 돼지 밥을 들고 갔던 나는 화들짝 놀라 그대로 몸이 굳어버렸습니다. '저 여편네가 여기 왜 왔나' 하는 표정으로 남편이 나를 빤히 쳐다봤어요. 부엌에서 나온 당숙모가 어쩔 줄 몰라 했습니다. 그렇게 비밀이 탄로 났어요.

그날 저녁 남편이 부엌으로 불쑥 들어왔습니다. 마실 물을 달라기에 얼른 주고 돌아섰죠.

"돼지 잡으까?"

"무슨 돼지를 잡어유?"

"자네가 키운 돼지 말여. 그놈 아주 투실투실허니 잘생겼데. 잡으께?"

남편이 물을 달게 마시고는 피식 웃으며 나갔습니다. 이튿날이 시어머니 환갑이니까 돼지를 잡아 잔치를 벌이자는 뜻을 내가 모를 리 없었죠. '돈도 많은 남자가 왜 내 돼지를 가져가? 내가 애지중지 키운 돼지를. 잡으려거든 돼지값을 내놓든가. 흥! 돼지를 잡기만 해봐라. 내가 가만히 있나.' 부아가 끓어올라 씩씩거렸지만 나는 언제나 속으로만 불퉁거릴 뿐입니다. 남편이 돼지를 잡겠다는데 내가 잠자코 있지 않으면 어쩔 것인가. 그해 마지막으로 키운 돼지를 잡아 시어머니의 환갑을 치렀습니다. 돼지의 애처로운 울음소리가 귓전에 맴돌아 잔칫날인데도 나는 가슴이 미어졌습니다.

남편의 형제들은 우애가 두터웠습니다. 사사로운 욕심을 부리지 않고 자기가 맡은 일에 최선을 다하니까 어물전과 배 사업이 호황을 누렸을 겁니다. 우리 기계배는 이십 년 동안 바다를 누볐습니다. 훗날 남편은 기계배 세 척을 둘째 동생에게 미련 없이 물려줬어요. 남편은 다시 '실치배' 네 척을 장만했습니다. 당진 장고항이 실치의 원산지였으니까요. 실치배는 바다에서 십 년 가까이 씩씩하게 물살을 헤치고 다녔습니다. 그러던 어느 날 배의 그물에 실치 대신 송장이 걸려들었어요.

"실치배를 그만 접으라는 신호다, 신호."

남편은 탄식하며 당장 군청으로 향했습니다. 바다에서 송장을 발견한 사유를 진술한 뒤 남편은 제사상을 차려 군청 직원들을 모아놓고 비참히 죽은 망자의 넋을 위로했어요. 그리고 실치배에서 바로 손을 뗐습니다. 남편이 배 사업에 마침표를 찍어 내 노동의 양이 반으로 줄었지만, 만선의 기쁨으로 어깨를 들썩이던 뱃사람들의 콧노래가 두고두고 그리웠습니다.

14

내가 십자가를 섬기게 된 계기는 책이 필요해서였습니다. 그 당시 내가 자연스럽게 책과 대면할 수 있는 곳은 예배당밖에 없었으니까요. 내가 일전에 라디오와 단짝이 된 사연을 들려주었죠? 전쟁터나 다름없던 부엌에서 꼴찌로 귀가하는 일꾼들의 밤참을 챙겨주고 나면 자정이 가까워오고, 남편 대신 어린 시동생이 누워 자는 적막한 방으로 들어가 밀린 바느질을 하면서 라디오를 들었다고요. 어린 시동생이 있어도 냉골처럼 느껴지는 둥지에 들어가면 라디오부터 켰습니다. 라디오에서 사람들의 목소리가 들려오면

방에도 조금씩 훈기가 감도는 것 같았죠. 텔레비전처럼 라디오도 채널이 많아서 재미가 쏠쏠했습니다. 민요 가수가 한스러운 목소리로 한 곡조 뽑으면 덩달아 눈시울이 뜨거워지고, 바람난 남편 때문에 애끓는 라디오 연속극의 주인공을 만나면 분개하고, 뉴스를 들으면 세상이 어떻게 돌아가는지 조금씩 알 수 있었습니다. 내 머릿속에서 밥풀만 한 새순이 툭툭 돋아나는 느낌이었어요. 이것도 라디오에서 들은 이야기지만, 아이가 듣든 말든 그 눈높이에 맞춘 영어 방송을 집 안에 꾸준히 틀어놓으면 저절로 아이 귀가 트이고 말문이 열려서 영어를 잘하게 된다잖아요. 내가 그런 경우였어요. 처음에는 그저 말소리 듣는 게 좋아서 라디오를 매일 틀었더니 어느 순간부터 그 내용이 귀에 들어오고 어떤 깨달음도 얻게 되더란 말이에요.

성격이 제각각인 사람들을 라디오 연속극에서 만나니까 실생활에 도움이 되었어요. 집 안에서만 바삐 움직이는 부엌데기라도 인간들을 상대하지 않을 수가 없잖아요. 멀고 가까운 촌수의 가족들, 줄기차게 드나드는 손님들과 허기를 메우려는 거지에 가까운 사람들, 게다가 남편의 소실까지 어울려 집 안이 북적거렸으니 나만큼 사람을 숱하게 상대한 여자도 없을 겁니다. 사람이 꼬이는 곳에는 크고 작은 마찰이 엉겨 붙지 않습니까. 밥을 공짜로 먹여주는데도 맥 풀리게 뒤에서 불평을 해대고, 누군가는 자기 멋대로 해석해서 어처구니없는 오해를 불러일으키고, 누가 소실 아니랄까 봐

걸핏하면 질투심에 나를 공연히 헐뜯고…… 이런 인간들과 맞닥뜨렸을 때 내가 어떻게 말하고 행동하면 되는지 라디오가 가르쳐준 거예요. 라디오 연속극을 들으면서 간접 체험으로 터득한 그 처세술은 아주 요긴하게 쓰였습니다. 집안 살림에 보대끼는 처지였지만 공부에 대한 열망은 사그라지지 않아 두루두루 배울 게 많은 라디오에 더 집착한 것 같아요.

쉰 살이 넘어서야 산천과 바다를 구경하고 다녔을까 그 전에는 광안리 해수욕장이며 설악산이 어디에 붙어 있는지도 몰랐어요. 나는 라디오를 통해서 유명한 여행지를 골고루 돌아다녔죠. 그러니까 상상 속에서요. 여행 프로그램을 진행하는 디제이가 가령 홍도의 빼어난 절경을 이야기해주면 내 머릿속에 반반한 섬이 떠올랐습니다. 갈매기 울음소리, 물결 소리, 뱃고동 소리도 생생히 들려왔어요. 그러면 바느질을 하다 말고 그 상상 속의 백사장이나 풀밭을 거닐곤 했습니다. 나의 라디오 사랑은 해를 거듭할수록 짙어졌어요. 해가 바뀔 때마다 라디오의 채널이 늘어나고 그만큼 내용도 다양해져서 내 귀가 호사를 누렸습니다.

세상의 다채로운 이야기들을 귀로 오래 듣다 보니 뭔가를 쓰고 싶다는 생각이 간절해지데요. 그 욕구가 부풀어 오를 때면 라디오에서 접한 단어들을 달력 뒷면에 적어보기도 했습니다. 다행히 내가 소학교를 다녀 까막눈은 면했기 때문에 글자는 쓸 수 있었습니다. 하지만 그냥 단순히 글자를 쓰는 것과 내 생각이나 느낌을 적는 건 다르잖아요. 친정 식구들이 그립고, 남편이 야속하고, 맏며느리 자리를 내놓고 싶고, 나도 한 번쯤 속정이 깊은 남자와 연애하고픈 마음을 글로 속삭여보고 싶었지만 내 주제에 가당치도 않은 일이었죠. 결코 이룰 수 없다고 생각하니까 그 소망의 온도가 더욱 뜨거워졌어요. 하면 할수록 늘어나는 집안 살림에 혼이 빠진 상태였지만 글을 쓰고 싶다는 생각이 머릿속에서 별빛처럼 빛났습니다. 당시 내게는 자식이 여덟 명이나 있었어요. 아직 어린 젖먹이도 있었지만 초등학교, 중학교, 고등학교에 다니는 애들도 있었죠. 그 애들에게 어미의 바람을 넌지시 비쳤다면 한 녀석쯤은 마음을 헤아려줬을 텐데, 낯 뜨거워서 그러지 못 했어요. 내가 글을 쓴다니, 지나가는 개도 웃을 일이다 싶어서요.

그런데 뜻이 있으면 반드시 길이 생긴다더니, 내 꺼져가는 꿈의 불씨를 되살아나게 만들어준 일이 생겼습니다. 어느 가을밤, 라디오에 어떤 작가가 초대 손님으로 나와서 자기가 어떻게 꿈을 이뤘는지 들려줬어요. 뭐니 뭐니 해도 책을 많이 읽어야 한다고 했습니다. 그래야 생각하는 힘이 길러지고 남과 소통할 수 있다고 하더군요. 또 자기가 만약 부잣집에서 태어나 근심 걱정 없이 살았다면 작가가 되지 못했을 거라면서 상처가 많은 사람이 글을 쓴다고, 슬픔과 아픔은 글의 씨앗이라고 말하는 거예요. 내가 바로 그런 사람 아닙니까? 가슴이 설렜습니다. 글을 간절히 쓰고 싶은데 무엇부터 시작해야 할지 모르겠는 사람들은 아무 책이나 놓고 그대로 베껴

보라고 했습니다. 문장의 뜻을 음미하면서 꾸준히 옮겨 적으랍니다. 그러다 보면 어느 순간 나도 모르게 글이 써지고, 생각이 저절로 깊어진다고 했어요. 단단히 잠겨 있는 궁궐의 열쇠를 그 작가가 내 손에 쥐여준 것 같아 심장이 뛰었습니다. 남의 글을 열심히 베끼면 훗날 나도 글을 쓸 수 있다니, 이보다 더한 감동이 어디 있겠습니까. 그러나 내 곁에는 일감이나 있을까 책은 없었어요. 물론 자식들 방에는 책이 있었지만 그건 건드릴 수 없었어요. 가장 간단한 방법은 서점에 가서 책을 사는 것이지만 내 새끼한테 젖 먹일 시간도 없이 돌아가는 일상인데 서점에 다녀올 틈이 있나요. 속으로만 끙끙 앓는 성격이다 보니 더욱 막막했습니다. 내 고민은 엉뚱한 상황에서 해결됐습니다. 언젠가부터 셋째 딸의 거동이 수상했어요. 쌀을 퍼서 어디론가 가져가고, 기도하는 모습도 자주 눈에 띄었습니다. '혹시 쌀을 팔아서 돈을 만들어 쓰나.' 내 머리로는 이런 생각밖에 할 수 없었죠.

"너는 쌀을 퍼서 어디를 가냐?"

"교회."

"교회? 근디 쌀은 왜 퍼 가."

"엄마, 그게 성미라는 거여. 하나님께 바치는 양식."

그러면서 중학생인 셋째 딸이 교회 자랑을 늘어놨습니다. 자기는 앞으로 하나님의 종으로 살고 싶다면서 두 손을 모으기도 했는데, 우리의 죄를 대신하여 죽었다는 그 신에게 흠뻑 빠진 표정이었죠.

"교회 가믄 뭘 허냐?"

"목사님 말씀도 듣구, 찬송가도 부르구, 성경책도 읽지. 성가대 선생님들이랑 놀러도 다니구. 얼마나 재밌다구."

"성경책? 그것도 책이냐?"

"그게 보통 책인 줄 알어? 피가 되고 살이 되는 말씀과 신비한 일들이 가득한 책이라 세상에서 가장 많이 팔려."

"그걸 어떻게 구한다?"

"교회 나가면 주지. 엄마도 교회 다닐텨? 그럼 내가 한 권 구해다 줄게. 전도사님한테 말하면 줄지도 몰러."

"내가 예배당 갈 시간이 워딨냐."

"엄마가 가고 싶은 마음이 있으면 하나님이 시간을 만들어주실 껴. 내가 장담혀."

"그럼 니가 성경책 먼저 갖다 줘봐. 내가 당장은 시간이 없으니께 피가 되고 살이 된다는 말씀부터 읽어보게. 그럼 니 말대로 하나님이 시간을 만들어주시겠지."

"성경책 갖다 주면 진짜 교회 다닐 거야? 나랑 약속혔다?"

"에미가 언제 거짓말하는 거 봤냐."

제 엄마를 전도한다는 기쁨에 들뜬 셋째가 며칠 뒤에 정말로 성경책을 가지고 왔습니다. '성경'이라는 글자가 금색으로 크게 새겨진, 보기만 해도 믿음직스러운 책이었습니다. 책장을 펼치자 글자들이 빼곡했어요. 책이 생겼다는 황홀감 때문인지 글자들이 꿈틀거리면서 와글와글 소리를 내는 것 같았습니다. 뒤주에 쌀이 그득하면 마음까지 풍성해지잖아요? 내 눈에는 성경책이 그런 뒤주처럼 보였습니다. 촘촘히 모여 있는 글자들은 기름진 곡식이었고요.

"엄마는 성경책이 처음이니까 시편이나 잠언부터 읽어봐. 내가 표시해둘게. 엄마가 교회 다닌다고 약속해서 얻어 왔으니까 거짓말하면 엄마 벌 받어, 알았지?"

"잔소리 그만혀. 돈 줄 테니께 공책 몇 권 사다 줄라냐?"

"엄마가 공책은 뭐허게?"

"쓸데가 있어서 그려. 성경책 읽다가 좋은 말 나오믄 적어봐두 좋구."

"그려, 그려. 우리 목사님이 성경책 읽지만 말고 써보라구두 혔어. 하나님 말씀을 직접 써보면 그 뜻을 더 깊이 헤아릴 수 있댜. 앞으로 교회에서 성경책 쓰기 대회도 한다. 엄마가 나보다 낫네."

셋째가 사다 준 공책에 나는 성경을 베끼기 시작했습니다. 하나님의 심오한 말씀을 깊이 헤아리려는 뜻이 아니라 순전히 글을 쓰기 위한 목적으로 말입니다. 당시에도 남편의 배 사업 때문에 늘 일의 파도에 휩쓸리는 신세였지만 하루에 단 오 분이라도 성경 말씀을 공책에 쓰지 않으면 잠을 자지 않았습니다. 오른손에 힘을 모아 떼어쓰기도 지키면서 한 글자 한 글자 정성스레 새겼어요. 온전히 나 자신만을 위한 목표가 있었기에 그 수고가 마냥 기뻤죠. 셋째는 시편이나 잠언부터 읽으라며 성경 귀퉁이를 접어놨지만, 나는 다시 태어나는 기분으로 창세기 1장 1에서 출발했습니다. 태초에 하나님이 천지를 창조하시니라.

15

마은숙이 우리 집에 드나들면서부터 딸들의 이목이 이쪽으로 쏠렸습니다. 딸 넷은 서울에, 나머지 둘은 당진에 사는데, 평소에는 뜨문뜨문 연락하던 애들이 틈만 나면 아침저녁으로 전화를 해댔어요. 지척에 사는 두 딸은 중뿔나게 발걸음도 해대면서 작가가 매주 빠짐없이 오느냐, 무슨 이야기를 나눴느냐, 겪어보니까 사람이 어떻더냐, 아무리 친해졌어도 거리를 둬야 한다, 우리가 그 여자를 한번 만나봐야겠다는 등 의심 가득한 눈빛과 목소리로 내게 주의를 줬습니다. 마은숙을 노인네 살살 꼬드겨서 무언가를 갈취하려거나 무슨 중요한 문서를 빼돌리려는 여자 취급 했어요. 그럴 때마다 나는 '니들이 더 무섭고 수상쩍다'고 속으로 구시렁거리면서 딸들의 말을 귓등으로 흘렸습니다. 한번은 마은숙이 방문하는 목요일에 막내딸이 불쑥 나타나서 당황스러웠어요. 분위기가 대번 어색해졌지요. 막내딸이 제 딴에는 상냥하게 굴면서 귀한 손님이 오셨다고 설쳐댔지만 그게 마음에 없는 소리라는 걸 단박에 알

수 있었습니다. 집에 가서 동태를 살펴보라고 지 언니들이 등을 떠민 게지요.

재산이 어떻게 될까 봐 전전긍긍하는 애들의 속을 내가 훤히 알고 있으니까 몸에 좋다면서 사다 나르는 이런저런 건강식품이 곱게 보이지 않아요. 무슨 뇌물 같아서요. 그 자질구레한 선물 공세가 요즘 들어 부쩍 잦아졌습니다. 내가 세끼 밥을 꼬박꼬박 챙겨 먹고, 여러 집이 나눠 먹을 수 있는 양식을 혼자서도 너끈히 텃밭에서 수확하고, 한겨울 빙판길을 젊은 사람 못지않게 걸어 다니던 시절에는 자식들이 그런 인정을 잘 베풀지 않았습니다. 칠십의 터널에 들어선 후로는 죽을 때까지 복용해야 할 약의 가짓수가 많아지고, 병원 출입이 빈번해지고, 가까이 있는 교회에 갈 때도 숨이 차서 가다 서다를 반복하고, 심지어 재작년부터는 다른 사람 손을 빌려야 텃밭의 제철 채소를 먹을 수 있게 됐습니다. 평생 일에 단련되어 육십 줄에 들어서도 건강만큼은 남부럽지 않았는데 팔십 고개를 눈앞에 두고부터는 사지가 내 육신 같지 않고 탈이 생기면 원래 상태로 잘 회복이 되지 않아요. 약은 그저 고통을 잠재우는 임시방편의 처방일 뿐입니다. 뼈도 살도 머리카락도 제대로 아물거나 붙거나 돋아나지 않습니다. 그게 바로 죽음의 신호 아니겠습니까. 그걸 자식들이 나보다 더 잘 알아요. 중병이 아닌 이상 내 몸의 앓는 소리를 대수롭지 않게 여깁니다. 노화, 죽음의 과정일 뿐이라고 생각하니까요. 그래서 나는 어깨가 빠질 듯 저려도, 어쩌다 발목을 삐끗해도, 허리가 아파도 전혀 내색하지 않습니다. 내가 아무리 죽음에 무심한 노인네라도 몸의 잔 고장을 당연시 여기는 자식들을 보면 철저히 혼자라는 사실이 실감 나게 느껴져서 그럽니다.

여섯 딸과 외동아들의 신경은 온통 백 년 묵은 집에 몰려 있습니다. 이 세상에서 언제 사라질지 모르는 어미가 아니라, 늙은 여자가 고집스럽게 눌러앉아 있는 이 고택에요. 마침내 당진에도 개발 바람이 불어 옛집에 대한 새끼들의 '지대한 관심'도 물살을 탔습니다. 그러니까 그게 재작년 가을부터였어요. 모델하우스인지 뭔지가 당진 여기저기에 세워지더니 드디어 훤칠한 아파트 단지가 우리 집 근방에 떡하니 자리를 잡았습니다. 우리 집은 대번에 초라해졌지요. 무엇이든 반짝반짝 윤을 내야 직성이 풀리는 요즘 세상에선 별 자랑거리도 안 되는 연륜만 가지고 있으니까요. 아파트가 생기자 마트며 빵집, 한우 전문점, 은행, 편의점 등등 시내에서나 봤던 건물들이 속속 들어섰습니다. 자동차나 지나다니던 우리 동네가 갑자기 활기를 띠게 된 거지요. 동네가 흥에 겨워 콧노래를 부르고 덩실덩실 춤을 추는 것 같았습니다. 땅 임자들이 적잖은 보상을 받고, 일자리가 생기고, 생활이 부쩍 편리해졌으니 그럴 수밖에요. 환골탈태라는 말이 있지요? 우리 동네가 딱 그 짝이었습니다. 나랑 가까이 사는 여섯째 딸내미도 우리 집 근처 새 아파트에 둥지를 틀더니 바로 어깨에 힘이 들어갔습니다. 아무튼 나는 별안간 딴판으로 변한 우리 동네가 바깥으로만 나돌던 남편처럼 낯설었습니다.

그때부터 딸들이 '보상'이라는 말을 자주 입에 올렸어요. 누가 얼마를 받았다더라, 누구는 보상받아서 서울로 이사 갔다더라, 또 누구는 보상받은 돈을 야무지게 투자해서 대박이 났다더라. 어찌 다 모여 앉으면 걔들은 새삼스레 집 안을 눈여겨보면서 그런 보상 타령, 집 타령에 시간 가는 줄 몰랐습니다. 내가 딸년들의 속마음을 모르겠습니까? 할아버지가 신혼 시절에 세 들어 살았던 집, 동태 열 마리로 장사를 시작해서 악착같이 돈을 모아 독차지한 집을 얼른 팔아서 자기들한테 나눠주길 바라는 거지요. 딸들은 그 달콤한 꿈을 이루기 위해, 집안에서 막강한 힘을 가진 외동아들한테 집이 통째로 넘어가는 걸 막아야 한다는 마음을 활활 지피고 있습니다. 남편이 운명한 후 여기저기 널려 있던 땅이며 건물을 팔아 소실의 자식들까지 포함해서 모든 자식들에게 골고루 분배해주었습니다. 그런데도 그 출가외인들은 꼴사납게 계속 '돈 탐'을 냅니다. 집안의 다른 일에는 무관심하면서 제 부모의 재산에 관해서라면 눈과 귀가 활짝 열리는 딸들을 보고 있으면, 유산 문제로 칼부림을 해대는 다른 집 자식들을 비난할 수가 없어요. 이런 판국에 기태가 엄마의 자서전을 출간한다고 마은숙까지 등장시켰으니 딸들의 심사가 꼬일 대로 꼬여 있겠죠. '눈에 넣어도 아프지 않은 아들이 자서전까지 내준다니 기태한테 집이 넘어가는 건 시간문제구나.' 이런 단정이 딸들의 가슴속에 분노를 키우는 겁니다. 남편 소실의 자식들은 무슨 날이면 꼬박꼬박 길러줘서 고맙다는 마음만 표현할 뿐 재산에는 눈독 들이지 않는데, 내 배 속에서 나온 자식들은 누가 한 푼이라도 더 가져갈까 봐 전전긍긍입니다.

기태는 내게 진정 특별한 아들입니다. 어미에게 귀하지 않은 자식이 어디 있겠습니까만 기태에 대한 내 애정의 골은 무척 깊어요. 살아 있으면서도 죽은 거나 마찬가지였던 나에게 입김을 불어 넣어준 존재였으니까요. 그야말로 심폐소생술 그 자체였습니다. 폭설로 세상이 하얗게 질려 있던 어느 해 겨울, 나는 마침내 처음으로 임신했습니다. 피난길에 올랐던 남편이 구사일생으로 살아 돌아온 때였어요. 저번에 잠깐 말했듯 결혼한 지 오 년 만에 남편과 첫날밤을 가졌던 때가 바로 그때였습니다. 그러고서 본 첫째가 딸이라는 사실에 실망한 기색이 역력한 시부모님과 남편을 보니, 무슨 죄인이라도 된 것 같아서 몸을 풀자마자 평소보다 일찍 부엌으로 나갔습니다. 하늘도 무심하시지, 그 후로도 나는 딸만 내리 네 명을 낳았어요. 우리 부부가 남남처럼 지낸다는 걸 다 아는 동네 사람들은 "정이 없다면서 애는 어찌 그리 잘 만든데유?"라며 나를 놀렸습니다. 만취한 남편이 어쩌다 내 방에서 자고 나가면 이상하게 꼭 아이가 생겼어요. 온종일 일에 시달려 곯아떨어진 나는 남편을 밀쳐낼 기운도 없었습니다. 술과 잠에 취해서 얻은 자식들이 모두 딸이라서 나는 더욱 안타까웠죠.

계속 딸만 낳으니까 임신을 해도 또 계집애려니 하고 아무도 반가위하지 않았습니다. 나는 골방에서 치밀어 오르는 설움을 삼키며 혼자 애를 낳고, 탯줄을 자르고, 피가 흥건한 방을 치웠어요. 나중에는 임신한 사실조차 숨겼지요. 나는 출산하고 바로 다음 날 앞치마를 둘렀습니다. 또 딸을 낳았다는 죄책감에 몸조리는 언감생심이었지요. 일거리가 워낙 많은 집안이라 하루라도 편히 누워 있을 수 없기도 했어요. 여자가 출산할 때 자궁이 열리면서 골반과 온몸의 뼈마디가 벌어진다고 하잖아요. 그래서 산모의 망가진 신체를 회복하려면 산후조리를 제대로 해야 합니다. 그런데 나는 뼈마디가 벌어진 몸으로 새벽부터 한밤중까지 일했으니 출산하고 일주일이 지나면 몸이 방망이로 얻어맞은 것처럼 아팠습니다. 나는 아무리 바빠도 아침저녁으로 갓난아기를 정성껏 씻겼어요. 뽀얀 몸에 분을 발라놓으면 천사가 따로 없었습니다.

"남들은 하찮게 여기면서 괄시해도 너랑 나랑은 그렇지 않지? 어른들 진지 먼저 드리고 엄마가 젖 줄 테니께 그때까지 푹 자고 있거라?"

갓난아기와 눈을 맞추면 이 보물이 내 핏줄이라는 사실에 가슴이 벅차올랐어요. 세상살이에 이력이 붙은 중년의 자식들을 보면 어김없이 그때의 감정이 되살아납니다. 그런 감정에 젖어 있다 보면 기태를 낳았던 장면이 고스란히 떠올라요. 기태 출산을 앞두고는, 며칠 전부터 일부러 굶었습니다. 이번에도 딸일 거라는 절망적인 단정을 하고 있었고, 게다가 삼 년 내내 기막힌 누명을 쓰고 있었다는 사실을 알았기 때문이지요. 삶의 의욕이 고갈된 상태였어요. 식구들은 내가 해주는 밥만 꼬박꼬박 받아먹었지 어느 누구도 나를 두둔해주지 않았습니다. 그때 나는 철저히 혼자였어요. 오로지 죽음만이 나를 위로해줄 것 같았습니다.

쌀을 도둑질한 며느리. 기태를 임신하기 한참 전부터 나는 시댁에서 그런 존재로 살고 있었는데, 어리석게도 한참 후에야 그 사실을 알았습니다. 어느 날부턴가 나를 대하는 시부모님의 말투며 눈빛, 행동이 달라졌다는 건 짐작하고 있었습니다. 우리 며느리 신발은 한 달에 세 켤레나 닳아 없어진다면서 부지런한 며느리를 동네방네 자랑하고 다니던 시아버지도 툭하면 내게 화를 내셨고, 다른 가족들도 사사건건 꼬투리를 잡지 못해 안달이 났으니까요.

"친정에다 땅을 얼매나 사놨니?"

기태를 임신한 후 어느 날, 급기야 시아버지가 사나운 목소리로 이렇게 말했습니다.

"그게 무신 말씀이시래유?"

내가 눈을 휘둥그레 뜨며 묻자 시아버지가 나를 노려보며 나갔어요. 나는 무슨 영문인지 몰라 속을 태웠습니다. 남편하고 사이나 좋았어야 하소연을 하는데 그는 밥만 먹고 나가버리는 하숙생이었어요.

"형님, 집안 식구들이 왜 저를 따돌리는지 모르겠슈. 형님이 우리 어머니한테 넌지시 물어봐줘유. 왜 일도 안 하는 작은며느리는 떠받들고 큰며느리는 괄시하느냐, 딸만 낳은 며느리는 사람도 아니냐고요. 형님, 제발 이 답답한 속 좀 풀어줘유."

나는 사촌 형님을 붙잡고 통사정했습니다. 며칠 후 사촌 형님이 나를 뒤꼍으로 불렀어요.

"자네, 진실헌가?"

"예?"

"그 마음이 거짓 없이 진실허냔 말여."

"어머님이 뭐라시는데유?"

"자네가 쌀 세 가마를 팔아서 돈을 만들어 썼다든디?"

순간 하늘이 노래지면서 몸이 휘청거렸습니다. 쌀 세 가마를 훔쳐 팔아서 돈을 만들어 쓰다니! 친정이 가난하면 그럴 수도 있겠지요. 하지만 우리 친정도 시댁 못지않게 먹고살 만한 집이었습니다. 도대체 내가 뭣이 부족해서 쌀을 훔친단 말인가. 누명을 썼다는 사실보다 그런 얼토당토않은 소문을 믿고서 나를 홀대한 시부모님이 더 원망스러웠습니다.

"어머니, 저 쌀 훔치지 않았슈. 친정아버지가요, 남의 것에 절대 손대지 말라고 어릴 적부텀 가르쳤슈. 저랑 방앗간에 가서 물어봐유. 누가 쌀을 팔아 돈을 가져갔나."

"너는 낯짝도 두껍다. 얘가 지금 누구 앞에서 나불거린다냐? 남편이랑 말도 안 허고 지지배만 줄줄이 낳는 니가 목돈 단단히 챙겨서 나가려는 속셈을 내가 모를 줄 아냐?"

나는 왜 이렇게 지지리 복도 없나. 남편 복이 없는 것도 부족해서 추잡한 누명까지 쓰다니. 이불을 뒤집어쓰고 대성통곡했습니다. 이렇게 살 바에야 차라리 죽어버리자고 몇 번이나 다짐했지만 그때마다 어린 딸들의 울음소리가 내 발목을 붙잡았어요.

"엄마, 또 죽으러 가려고 우리들 옷을 빨았다?"

"더러워서 빨았어."

"거짓말허지 말어. 또 죽으려고 이렇게 옷을 빨아서 정리한 거지?"

큰딸은 눈치가 빨라서 나의 수상한 거동을 대번 알아차렸어요. 둘째 딸은 밤중에 오줌을 누러 가다가 내 머리를 살짝 만져보곤 했습니다. 내가 그때 낭자머리를 했는데 자기 손에 한데 묶어 올린 머리가 잡히면 '엄마가 있구나' 하고 안심하는 것 같았습니다.

그렇게 누명을 쓴 채 시간이 흘러 해산달이 되었습니다. 배가 남산만 하게 불렀어도 누구 하나 관심 갖는 사람이 없었어요. 다들 또 딸일 거라 생각했고 쌀 도둑으로까지 몰린 마당이라 찬밥 신세였습니다. 해산이 코앞인데도 나는 죽을 생각만 품고 있었습니다. 딸만 줄줄이 낳은 뒤끝에 또 계집애를 세상에 내놓는다면 어차피 쫓겨나고 말 테니, 그 전에 스스로 목숨을 끊자고 결심했지요. 그래서 그때부터 굶었습니다. 며칠 굶고 나서 찬물을 들이켜면 피가 엉겨 붙어 죽는다는 말을 누군가한테 들은 기억이 나서요. 며칠이 지난 어느 날 부엌에서 된장국을 끓이고 있는데, 누가 나를 불러

휙 고개를 돌렸습니다.

"앗따! 아들 낳겠다!"

"그걸 어떻게 알어유?"

"산모를 불렀을 때 왼쪽으로 고개를 돌리면 아들을 낳는댜."

"내가 왼쪽으로 고개를 돌렸슈? 정말로 아들을 낳으면 내가 아주머니 옷 한 벌 해드려야지."

"아유, 산모 얼굴이 그게 뭐여. 눈만 감으면 송장이네. 이거 나승갱이 나물 아녀?"

"예, 어머니가 캐 왔슈."

"나승갱이 된장국 한 사발 먹고서 아들 쑥 낳게."

그날 저녁에 허리가 끊어지게 아팠습니다. 내가 데리고 자던 딸들을 다른 방으로 보냈습니다. 아이를 낳아야 했으니까요. 옛날에는 여자가 출산할 때 방바닥에 짚을 깔았는데, 그 짚 사이사이에 피가 묻으면 잘 닦이지 않아요. 나는 그게 싫어서 아이를 낳을 무렵이면 비료 포대를 깨끗이 빨아 햇빛에 말린 후 사등분해놓았습니다. 그러고는 아이를 낳는 날 마침내 그 네 장의 포대 조각 중 한 장을 방바닥에 깔고는 출산에 들어갔습니다. 아기가 내 몸을 빠져나올 때까지 나머지 세 장도 다 쓰이게 되었지요. 어쨌든 아주머니한테서 아들 낳겠다는 말을 들은 지 이틀인가 지나서 양수가 터졌습니다. 그때도 바로 비료 포대를 방바닥에 깔고 누웠는데 아기가 나오지 않았어요. 며칠을 굶었으니 무슨 기력이 남아 있었겠습니까. 일단 아기는 낳고 봐야 했기에 된장국 한 사발을 먹었습니다. 그래도 아기는 안 나오고 한기까지 들어서 밤새 뒹굴다가 새벽에 부엌으로 나갔어요. 일터로 나가는 일꾼들에게 밥을 줘야 했으니까요. 내 손으로 짓는 마지막 밥이라고 생각하면서 이를 악물고 쌀을 씻었습니다. 식은땀을 흘리며 간신히 밥을 지은 후 기어가다시피 하여 방에 누웠어요. 양수가 터진 지 한참 지난 상황이었습니다. 때마침 동서가 들어왔어요.

"아이고 형님, 애 낳게요?"

"그려. 허리가 왜 이렇게 아프댜. 나를 바싹 끌어안아서 배를 꾹 눌러줘 봐."

"이렇게요? 자, 형님, 힘 주슈."

기운이 없어서 아랫배에 힘을 세게 주지도 못했는데 무언가가 쏙 빠져나오는 느낌이 들었습니다.

"아이고, 아들일세!"

오매불망 그리던 '아들'이라는 말을 듣는 순간 온몸에 힘이 빠지면서 눈앞이 흐릿해졌습니다.

누가 부르는 소리에 살며시 눈을 떴습니다. 얼마나 잤는지 창밖이 캄캄했어요.

"엄마, 엄마, 고추 낳았다며? 나 잠깐 들어가면 안 돼? 고추가 어떻게 생겼나 보게."

"들어와라."

호기심이 가득한 표정으로 큰딸이 방문을 슬그머니 열었습니다.

"이게 고추여? 엄마가 고추를 낳았으니께 이제 아버지도 넘부끄럽지 않겠지? 근데 엄마, 고추가 왜 이렇게 생겼댜?"

그제야 아기를 제내로 들여다보고는 나는 깜짝 놀랐습니다. 따뜻한 배 속에 있다가 나온 핏덩이를 제대로 덮어주지 않아서인지 파랗게 떨고 있었어요.

"아이고, 이 미련한 엄마가 너를 이렇게 놔두고 잠만 퍼졌다."

나는 얼른 아기를 보듬어 내 체온을 나눠줬습니다. 그때 가느다란 빛줄기가 내 허리 틈새로 스며드는 것처럼 기이한 온기가 느껴졌어요. 남편이 나를 멀리해도, 도둑 누명을 써도 상관없었습니다. 집안일이 지금보다 백배나 많아진다고 해도 거뜬히 이겨낼 수 있을 것 같았어요. 숨소리조차 들리지 않는 생명체가 내 몸에 숨을 불어넣어주고 있었습니다. 나는 비로소 완전한 '엄마'가 된 것 같았어요. 오래도록 가뭄이 든 내 삶에 소나기가 쏟아지는 순간이었습니다.

16

"그 아가씨한테 뭔 일 생겼냐?"

"나야 모르지. 그 여자는 엄마랑 친하잖아."

"친하긴 뭘 친혀. 뭘 자꾸 물어보니께 대답이나 해주는 거지. 우리 집에 찾아온 손님을 굶길 순 없구."

마은숙 대신 기태가 온 목요일에 이런 대화를 나눴습니다. 지난 주에도 마은숙은 우리 집을 떠나며 "다음 주 목요일에 또 올게요, 어머니"라고 했지만 유독 그날따라 몇 번이나 뒤돌아보며 멀어졌습니다. 그러고는 며칠 후 아들한테 연락이 왔어요. 마은숙이 이번 주에는 못 온다고요. 그 처자가 땀을 많이 흘리는 것 같아 이번에 오면 황기를 넣고 삼계탕을 해 먹이려 했던 참이라 좀 실망스러웠습니다. 요즘 젊은 것들은 끈기가 없다고, 뭐든 꾸준히 하는 꼴을 못 봤다고 속으로 투덜댔지요. 그게 공연한 심술인 걸 알면서도요. 이번 주에는 못 본다니 섭섭하고 허전한 것은 물론이고 다음 주 목요일이 까마득하게 느껴졌습니다. 그런 사정이 있으면 나한테 직접 전화해서 말할 것이지 아들의 입을 통해서 듣게 하는 것도 못마땅했습니다. 거의 한 달 동안 같이 잠까지 자며 어울린 사이라면 당연히 내게 통보해야 하지 않은가? 우리 집에 있을 때나 어머니, 어머니, 하면서 살갑게 굴까 여길 벗어나면 당진 늙은이가 이슬처럼 사라지겠지. 생각할수록 마은숙의 처신이 마뜩잖아서 나는 아들 앞에서도 꽁한 표정으로 있었습니다.

"진도는 어디까지 나갔데?"

"뭐시."

"인터뷰 말여."

"도둑 누명 쓰고, 어부들 밥 해 멕이고, 너 낳고. 이 말 하다가 저 말 하다가 해서 시간이 뒤죽박죽여."

"내가 벌써 태어났다고? 진도 한번 빠르네. 그럼 이제 아버지 병간호에 매달린 얘기만 하면 끝이네. 마은숙한테 언제 난 잡아서 마무리 지으라고 해야겠어."

"야, 야, 내가 살아온 세월을 말로 다 하려면 일 년도 부족허다. 내가 생각나는 대로 지껄여서 그렇지 살아온 순서대로 조목조목 말하믄 아직 반도 안 왔어. 우리 집이 좀 복잡하고 시끄럽냐?"

"굵직굵직한 사건만 말해줘. 마은숙이 알아서 요리한다니까? 엄마도 귀찮잖아."

기태가 놀리듯 엇나갔습니다. 어릴 적부터 귀한 아들로 대우를 받고 커서 그런가 뭐든 자기 뜻대로 해버려서 내심 불안했습니다. 자서전을 빨리 출간하려는 욕심에 당장 마은숙한테 전화해서 인터뷰를 그만 끝내라고 못 박을까 봐요.

"순식간에 죄다 쏟아내면 그게 어디 한풀이냐? 이왕 시작한 거 제대로 해야지."

기태가 "좋으실 대로 해유" 하면서 피식 웃자 안도의 한숨이 저절로 나오데요. 그런데 기태는 내게 무슨 용건이 있는 게 분명했습니다. 충청도 토박이지만 술에 취해 기분이 좋거나, 내게 무슨 부탁을 디밀 때만 사투리를 쓰는 기태가 그날도 사투리를 쓰고 있었으니까요. 살가죽이나 쭈글쭈글할까 뭐 하나 내세울 것이 없는 어미한테 자식이 볼일이 있다면 반가운 일이지만, 그게 뭔지 이내 감이 잡혀서 시선을 돌려버렸습니다.

"엄마, 어제 또 전화가 왔더라. 정말 끈질긴 인간들이야."

역시 내 짐작이 맞았습니다.

"무시해버려. 전화번호를 바꾸든가."

"십 년 넘게 사용한 번혼데 하루아침에 정을 끊을 수야 없지. 내 거래처는 또 얼마나 많은데. 어제 전화한 부동산업자는 다른 데보다 평당 금액을 세 배나 더 준다는데?"

"떼부자 되겠그믄."

이제는 시선만이 아니라 몸까지 돌려 앉으며 심호흡을 했습니다. 말 같잖은 소리를 듣고 있으려면 인내심이 필요했으니까요.

"엄마, 이제 고집 좀 꺾어. 이 집을 반드시 지켜야 한다고 두 양반이 유언을 남긴 것도 아니잖아."

"너 말 한번 잘했다. 이 집은 느이 할아버지나 아버지랑 아무 상관 없어. 이건 온전히 내 집이여. 평생 죽어라 일한 대가로 받은 품삯이란 말이다. 허리가 휘게 일하고 받은 내 집을 니가 왜 탐내냐? 그게 도둑놈이지 뭐여. 더군다나 너는 아들로 태어난 복을 누려서 누이들보다 유산도 더 많이 받았잖여. 우리끼리 얘기다만 아버지가 너한테 좀 많이 퍼줬냐? 책 맹그는 놈이 대관절 양심을 어디에 팔아먹은 겨? 딸년들이나 아들이나 뭘 뺏지 못해서 안달이네. 이 집에 욕심을 부리느라고 매주 내려오는 거믄 그만 발 끊고, 행여 나한테 뭘 바라고 자서전을 내는 거면 당장 집어치워. 안 그래도 동네방네 소문이 퍼져서 죽을 맛잉께."

자서전을 왜 거기에 찍어 붙이느냐며 기태가 발끈했습니다. 엄마까지 나를 치사한 놈으로 매도하느냐며 구시렁거렸죠. 진심으로 억울하기보다는 속마음을 들킨 낯빛. 내 눈에 비친 아들의 표정이 그랬어요. 그렇다고 괘씸하게 생각하고 싶지는 않아요. 덩치가 꽤나 큰 집에 욕심이 없다면 그게 오히려 가식이지요. 동네가 나날이 새로워지고 있는데 낡은 집이 도로 한복판에 떡하니 서 있으니 솔직히 볼썽사납지요. 더군다나 텅텅 빈 집에서 늙은이 혼자 밥을 끓여 먹고 있으니까 여러모로 실속도 없고요. 내 앞날이 창창하다면 모르겠는데 몸의 유효기간이 일이 년쯤 남았을까! 우리 집을 허문 자리에 도서관이나 다세대주택, 대형 휴대폰 매장이 들어서면 구색이 맞지 않겠습니까. 그걸 누가 모르나요? 하지만 내가 왜 그런 사정을 봐줍니까. 멀쩡히 살아 있는 '과거'를 무참히 갈아엎으려는 인간들의 사정을요.

지금도 스스로를 '생명줄 같은 아들'이라고 생각하는 기태가 어느 누구보다도 옛집에 꾸준히 추파를 던지고 있습니다. 자신의 사업을 확장시키려는 야망 때문이지요. 기태는 미국까지 날아가서 공부를 했는데 일찌감치 꿈을 꺾고서 사업가의 길로 들어섰습니다. 우리 부부가 여러모로 겉돌았지만 교사라는 직업을 최고로 여긴다는 점에서는 마음이 통했어요. 세상이 거대한 톱니바퀴라면 그것이 제대로 돌아가게끔 알찬 역할을 하는 사람들이 바로 교사라는 확고한 믿음. 교사는 인재를 길러내는, 기름진 토양 같은 존재라고 생각했으니까요. 때문에 외동아들 기태가 교편을 잡았으면 하는 소망이 하늘에 닿아 있었죠. 딸들은 어려서부터 천방지축인 데다 공부와는 선을 긋고 살았지만 기태는 차분히 앉아 독서를 즐겼답니다. 각종 경연대회에서 받은 상장이나 메달을 들고 의기양양하게 들어서는 아들의 모습을 보면서 우리 부부의 교사에 대한 동경은 더욱 깊어졌어요.

　딸만 내리 낳다가 기적처럼 아들을 얻으니까 나를 바라보는 가족들의 눈빛이 확연히 달라졌어요. 아들의 위력이 이런 건가 싶어 쓴웃음이 나왔어요. 나는 여전히 바빠서 다른 엄마들처럼 아들을 살뜰히 챙겨주지 못 했어요. 딸들이야 말할 것도 없죠. 기태가 학교 소풍을 간다고 하면 김밥을 싸 들고 아들과 함께 계절의 향기를 듬뿍 맡아보고 싶었어요. 또 기태가 월요일 아침 조회 시간에 상을 받는 모습도 보고 싶었고, 운동회 날 반 대표로 달리는 걸 응원하고 싶은 마음도 굴뚝같았어요. 하지만 나는 잠시도 부엌을 비울 수 없었습니다. 그놈의 밥 때문에요. 기태랑 딱 한 번 외출한 적이 있습니다. 기태가 초등학교 졸업을 앞뒀을 때, 남편이 애가 똘똘하니까 서울로 학교를 옮기자고 하데요. 내 분신이나 다름없는 자식과 이별하는 것도 서글픈데, 기태를 남의 호적에 올리는 짓까지 해야 해서 억장이 무너졌습니다. 당시에는 아버지가 서울에 거

주하는 자식만 서울에서 학교를 다닐 수 있었거든요. 기태의 '가짜 아버지'는 남편이 장사하면서 친분을 맺은 사람으로, 동대문 시장에 자기 점포를 소유하고 있었습니다. 마침내 기태의 상경 날짜가 잡히자, 나는 그날만큼은 식구들 밥은 내버려두고 기태와 함께 서울로 올라가기로 결심했습니다. 기태가 숙식할 그 동대문 상인 집을 내 눈으로 확인해야 애타는 마음이 조금이나마 가실 것 같았으니까요. 바로 그날이 기태와 함께 딱 한 번 외출한 날이었습니다.

가서 보니 그 집 화장실 입구가 높은 게 마음에 걸렸어요. 어른인 나도 한복 치맛자락을 들고 오르내리기가 불편한데 어린것이 어떻게 적응할까. 사소한 것에도 가슴이 쓰라렸습니다. 그 집에서 하룻밤 묵고는 다음 날 아들에게 일렀습니다.

"기태야, 어른들 말씀 잘 들어야 헌다? 아줌마가 밥 주면 꼬박꼬박 먹어. 여기는 우리 집이 아니니께 제때 안 먹으면 굶어야 혀. 집안일도 거들어주고 예의 바르게 굴어, 알았지?"

"엄마, 걱정하지 마. 밥도 많이 먹고 공부도 열심히 할게."

"우리 기태 보고 싶어서 어찌케 산댜."

"시간이 후딱후딱 가서 금방 방학할 겨."

자식과 생이별을 하고 돌아오는 버스 안에서 나는 하염없이 눈물을 흘렸습니다. 누가 보거나 말거나 손수건이 흠뻑 젖도록 울었어요. 물론 남편이 하숙비를 섭섭지 않게 챙겨줄 테니까 주눅 들 필요는 없었지만, 그래도 어린 새끼가 남의 집에서 눈칫밥을 먹는다고 생각하니 기가 막히데요.

"아버님이 돌아가셨나, 어머님이 돌아가셨나. 왜 그렇게 우신댜. 부모님이 돌아가셨으면 차례 걸음으로 가는 거니께 그만 진정하세유. 근디 자식이 죽은 거라믄 너무 억울허다."

내 옆에 앉은 여자가 나를 위로하면서 한숨을 흘렸습니다. 나의 애끓는 사연을 그 여자가 잘못 짚었지만 자식이 죽은 것만큼이나 나는 서러웠어요. 기태가 겉으로야 씩씩한 척하지만 낯선 방에서 어미처럼 혼자 울고 있지 않을까. 그날 나는 모든 일을 팽개치고 다시 서울로 올라가고 싶은 마음을 억누르며 어둑신한 부엌에서 앞치마를 둘렀습니다.

남편은 기태의 뒷바라지에 돈을 아끼지 않았어요. 특히 공부하는 데 드는 돈은 얼마든지 썼습니다. 딸들이 일찍부터 공부에 취미가 없어서 천만다행이었지, 차별 대우에 질투 난다고 걔들까지 계속 공부하겠다고 고집을 부렸다면 그 학비를 어찌 다 댔겠습니까. 기태의 소망은 교수가 되는 것이었습니다. 우리 부부는 중고등학교 교사도 감지덕지였는데 교수라니, 말만 들어도 가슴이 벅차올랐어요. 그런데 그 교수라는 직함을 얻기 위한 여정이 너무 고됩디다. 머리만 좋다고 되는 일이 아니었어요. 반드시 유학을 다녀와야 한다기에 기꺼이 뒷바라지를 했지요. 외국에서 공부를 마치고 돌아와 이 학교 저 학교를 전전하며 대학생들을 가르치는가 싶더니 결국 꿈을 접어버리데요. 교수 자리 얻기가 하늘의 별을 따는 것보다 어렵다면서요. 미국까지 가서 공부했는데 차라리 하늘의 별을 따기가 쉽다니? 내 머리로는 도무지 이해할 수 없었지만 사실이 그렇다는데 어쩌겠어요.

과감히 꿈을 버린 기태는 여러 직장을 옮겨 다니다가 책 만드는 일에 몰두했습니다. 어릴 적부터 책을 끼고 살던 습관이 결국 직업으로 이어지데요. 기태가 서울에 있는 출판사에서 진득하니 일하기에 이제 마음을 잡았구나 생각했는데 몇 해 전 거기서 빠져나와 출판사를 차렸어요. 미국 유학까지 다녀온 놈이 돈벌이도 되지 않는 책이나 만들고 있다고 아버지가 노발대발했지만 걔가 꿈쩍이나 하나요. 이거다 싶으면 죽이 되든 밥이 되든 일을 저지르고 보는 놈인걸요. 그게 다 믿는 구석이 있어서 그럽니다. 비빌 언덕이 있으니까 세상을 만만히 보면서 까부는 거지요.

기태는 대학교에 다닐 때부터 주마다 고향에 내려왔습니다. 자기 딴에는 그게 효도하는 거라고 생각했나 봐요. 맞는 말이지요. 얼굴은 잘 보여주지 않으면서 무슨 날이면 우편으로 선물이나 보내는 자식보다, 비록 빈털터리라도 자주 발걸음 하는 새끼가 부모에게는 보약이에요. 그게 어디 시킨다고 되는 일입니까. 마음에 잔물결이 일어야 몸도 반응하지요. 싹수가 있는 녀석이라고 남편이 외동아들을 속으로 기특하게 여겼어요. 그러니까 뭐든 아낌없이 퍼줬겠죠. 기태의 그 주례 행사는 지금까지 이어지고 있어요. 하지만 딸들은 남동생의 발걸음에 불순물을 잔뜩 섞습니다. 그게 다 재산을 빼앗으려는 수작이라고 노골적으로 말해요. '빼앗는다'는 표현이 얼마나 사납고 매몰차게 들리는지, 어떤 때는 저게 동기간인가 싶습니다.

기태가 말하길 자기가 차린 출판사는 능력 있는 사람들과 뭉쳐서 제대로 굴러간다고 합니다. 다른 출판사들은 빚만 잔뜩 지고 나자빠진다나요. 온갖 종류의 책을 만드는 모양인데 무엇보다 어린이용 도서에 심혈을 기울이는 것 같습니다. 아들 출판사에서 만든 어린이 역사책은 홈쇼핑에서 판매되기도 했는데, 그때 기태는 대박은 못 돼도 중박은 쳤다면서 싱글벙글했어요. 그 덕분인지 그때 가을 정장을 한 벌 얻어 입었습니다. 별무늬 장식이 달린 구두도 함께요. 어린이 역사책이 홈쇼핑에서 효자 노릇을 하자 기태의 욕심도 덩달아 부풀었습니다.

"엄마, 운때가 맞았을 때 밀어붙여야 돼. 이런 기회가 어디 흔한 줄 알아?"

"홈쇼핑에서 벌어들인 돈으로 건물을 올리든 말든 혀."

"그거야 빚 갚는 데 썼지. 우리가 애들 책을 만드는 데 퍼부은 돈이 얼만데. 엄마가 협조해주면 돈을 긁어모을 수 있다니까. 건물을 지어 올려서 본격적으로 활개를 치는 거야. 죽어라 일만 하며 살았던 집이 뭐가 좋다고 얼싸안고 있어? 옛날 집이라 고칠 데 투성이고 지난달에 작은방 보일러 고치는 데 100만 원 넘게 까졌잖아. 돈 잡아먹는 집을 팔아서 돈을 벌자고, 응?"

기태는 집의 명의를 누나들 몰래 자기 이름으로 바꿔달라고 성화였습니다. 깔끔한 아파트를 장만해주고 생활비도 넉넉히 주겠다는 조건을 내세우면서요. 저승사자의 그림자가 언뜻언뜻 눈에 보이는 할망구한테 그만한 조건이면 훌륭하지요. 아들 입장에서도 밑지는 장사가 아닙니다. 남편 살아생전에도 백 살 먹은 이 집은 수억 원이었는데, 오늘날 우리 동네가 노른자 땅으로 부상했으니 몸값이 더 껑충 뛰었겠지요. 머릿속으로 계산기를 두드려보면 아들이 인심 썼다는 듯 내민 조건은 사실 시시해요. 그렇다고 거래 조건이 불만족스러워서 내가 집문서를 움켜쥐고 있는 건 아닙니다. 글을 쓰고 싶은 욕망이야 차고 넘치는데 재물에 대한 욕심은 없어요. 궁핍한 시대를 온몸으로 겪었지만 먹고살 만한 친정에서 자랐고 시댁도 풍족했기에 나이를 먹은 지금도 재물에 연연하지는 않아요. 이게 좋은 건지 나쁜 건지 모르겠지만요. 밥 굶지 않고, 애들 공부시키고, 장에 나가서 가끔 옷을 사 입거나 사진도 찍을 수 있으면 족합니다. 그게 다 남편 덕분이니 그것만큼은 진심으로 고마워하고 있습니다. 기태는 우리도 다른 사람들처럼 보상을 받아서 그 돈을 가치 있게 쓰자고 손짓 발짓 해가며 장황하게 설명했지만, 늙은이가 다 알아들을 수는 없었지요. 하지만 요지는 출판사를 확장하고 싶다는 거였습니다.

"책 팔아서 집을 사야지, 집을 팔아서 책을 맹글어? 무신 말인지 모르겠다. 아무튼 나는 생각 없응께 니 살림 니가 알아서 혀."

전화로 또는 면전에 대고 나는 단단히 못을 박았습니다. 그런데도 기태는 '아들'이라는 감투를 쓰고서 매주 당진에 나타났습니다. 그 감투가 빛이 바랬다는 사실을 모르고요. 그 무렵 기태가 자서전 얘기를 꺼낸 겁니다. 내 안에 차곡차곡 쌓여 있는 한을 풀어주겠다는 명목으로요. 집은 엄연히 내 재산이니까 끝까지 움켜쥐고 있겠다는 노욕에 들떠서 옹고집으로 맞서는 게 아닙니다. 나는 평생 보금자리였던 이 집에서 죽음을 맞이하고 싶어요. 어떤 애국자는 누가 백 번을 물어도 자기 소원은 우리나라의 독립이라고 말했다지만, 누가 천 번 만 번 물어도 내 소원은 이 집에서 눈을 감는 거예요. 내가 최씨 집안에 온몸을 바친 세월이 얼만데 이런 욕심도 부리지 못합니까. 아무리 자식이라도 내 열망에 찬물을 끼얹는다면 그건 인간도 아니지요.

시아버지는 겉보다는 속으로 나를 많이 아꼈어요. 당신은 오후 다섯시쯤이면 꼭 약주를 드셨는데, 그때마다 마당에서 호박을 말리거나 고추씨를 발라내는 큰며느리에게 옛날이야기를 반복해서 들려줬습니다.

"내가 밤새 고민하다가 서산 장에 가서 동태 열 마리를 샀다. 그걸 그냥 되팔면 나한테 뭐가 남겠냐. 그래서 머리를 썼지. 동태를 물에 불려서 지붕에 던져놓고 말렸다. 그렇게 커진 동태를 되팔았더니 쌀 한두 되 값이 벌리더구나. 그 돈으로 다음 날엔 동태 열다섯 마리, 그다음 날엔 동태 스무 마리를 샀다. 그렇게 번 돈으로 이 집을 장만하고 땅도 산 거여."

만감이 교차하는 표정으로 시아버지는 회상에 잠기곤 했습니다. 시아버지는 숟가락 두 개, 쌀 석 되를 가지고 현재 우리 집 윗방에 세를 들었습니다. 애초부터 우리 집이 이렇게 크지는 않았어요. 시아버지가 동태 열 마리로 장사를 시작해서 아랫방을 짓고, 광을 만들고, 그렇게 해마다 한 칸씩 공간을 늘려 집을 키운 겁니다. 우리 집 광에 시아버지의 지게가 있습니다. 당신이 젊은 시절부터 그 지게를 지고 발이 부르트도록 걸어 다니면서 집을 장만한 거지요. 그러니까 시아버지의 지게는 이 집의 뿌리인 셈입니다. 나는 일탈의 욕구가 차오를 때마다 광에 들어가서 지게를 쳐다보곤 했습니다. 주인의 땀과 한숨이 배어 거무튀튀하게 변한 지게를 보고 있으면, 걷다 지쳐 강둑에 우두커니 앉아 더위를 식히는 젊은 시아버지가 오롯이 떠올랐습니다. 시아버지는 당신의 인생을 누구보다 근면성실하게 경작하고서 깨끗한 모습으로 눈을 감았어요. 일이 많은 집이라 살아생전에 온천 한 번 가지 못하셨고, 내가 항상 목욕물을 받았지요. 어느 날 왠지 시아버지의 등을 밀어드리고 싶고 머리도 감겨드리고 싶데요. 그때가 5월이었는데 시아버지는 목욕을 하고서 자리에 누우시더니 다시 일어나지 못하셨습니다. 그렇게 한 달을 앓다가 조용히 하늘의 부름을 받았어요.

나에게 집은 단순히 먹고 자는 공간이 아닙니다. 동물이나 사람처럼 숨 쉬는 생명체 같아요. 어린 강아지나 묘목이 무럭무럭 자라

듯 나는 이 집이 성장하는 과정을 다 지켜봤습니다. 자랑이 아니라, 이 집을 양육하는 데 나도 일조했지요. 그 소박한 자부심을 버팀목 삼아 일생을 보냈습니다. 우리 집에는 온갖 소리가 살아 있습니다. 과거의 소리 말입니다. 나는 지금도 그 옛날 우리 집에 떠돌던 웃음소리, 말소리, 울음소리, 호통 소리를 듣습니다. 그런 기분 좋은 환청에 젖어 있으면 혼자 살고 있는 것 같지 않아요. 큰방, 작은방, 골방, 마루, 광, 부엌, 마당, 지붕, 텃밭이 옛날 그대로 있는데 내가 이 집을 버리고 어디로 간단 말입니까. 이가 입술 없이 살 수 있어요?

17

나도 여느 노인네들처럼 휴대전화가 있습니다. 사실 얼마 전까지만 해도 나에게는 불필요한 물건이었어요. 집에 전화가 있는데 휴대전화까지 몸에 지니고 다니면서 통화할 일이 뭐가 있겠습니까, 늙은이가요. 누군가에게 전화할 일도, 받을 일도 별로 없어요. 생의 면적이 하루가 다르게 줄어드는 만큼 인간관계의 폭도 좁아지는 나이라서 그렇습니다. 혹여 어떤 경우 내가 길을 잃고 헤맬까봐 한때 간호사 노릇을 했던 넷째 딸이 마련해준 물건입니다만 사실 나는 그것을 거의 가지고 다니지 않았어요. 거추장스러워서요.

경로당이나 예배당에도 휴대전화 없이 맨몸으로 가는 게 좋았어요. "엄마, 왜 전화를 안 받아?" "가방에 넣고 다니라고 사준 휴대폰을 왜 집에 놓고 다닌데?" 이런 딸들의 볼멘소리에 알았다, 알았다, 하면서도 나는 휴대전화를 한쪽에 슬그머니 밀쳐놓았습니다.

딸 여섯은 번갈아가며 전화로 안부를 묻고, 기태는 매주 나를 찾아오고…… 요즘 세상에 이만하면 자식 복이 있는 거지요. 하지만 무릇 자식들이란 낳아서 먹이고 입히고 공부시키고 시집 장가 보내는 부모의 노고를 마땅한 의무라고 여깁니다. 때문에 부모가 양육의 책임을 다하면 당연한 것이다 여기고, 소홀히 하면 원망의 화살을 쏘아댑니다. 그래서 나는 애당초 '내가 너를 어떻게 키웠는데 무관심할 수 있냐' 따위의 섭섭한 마음을 품지 않았습니다. 어버이날이면 지겹게 듣는 '부모님의 은혜'를 자식들이 알아주든 말든 내 소임을 다했으면 그뿐이니까요.

결국 자식들한테 물질적으로든 감정적으로든 뭔가를 바라지 않았다는 뜻입니다. 행여 어떤 꿍꿍이셈이 있을지라도 자주 전화해주고, 주마다 내려와 밥 한 끼라도 같이 먹어주는 게 고맙고 뿌듯할 뿐이지요. 그래도 딸들이 이런저런 안부를 묻고서 전화를 끊으면 언제 또 전화할까 기다려지고, 기태가 제집으로 돌아가느라고 대문을 나서면 마음 한 귀퉁이가 푹 꺼지는 느낌이 들어요. 명절이나 무슨 기념일에 장성한 자식과 손자 손녀가 우르르 왔다가 썰물처럼 빠져나가면 나는 한동안 손 하나 까딱하지 않고 방에 누워만 있습니다. 그 외로움은 비단 혼자 살기 때문에 우러나오는 감정이 아닙니다. 요즘에는 집에 식구가 바글바글할 때도, 경로당 친구들과 시시껄렁한 대화를 나눌 적에도 곧잘 쓸쓸한 기분에 젖어 드니까요. 태생적으로 늙음은 고독과 한 쌍인가 봅니다. 바늘과 실처럼 말이에요. 까마득한 과거의 기억은 선명한데 바로 어저께 일은 가물가물한 증상도 나를 어리둥절케 합니다.

이렇듯 나이가 들수록 외로움은 후끈 달아오르는데, 그것을 조금이나마 식혀주는 물건이 있음을 최근에야 깨달았습니다. 놀랍게도 그것은 나에게 별 소용도 없던 휴대전화입니다. 휴대전화를 사용한 지가 햇수로 십 년이 넘었음에도 불구하고 그 물건이 내게 그런 역할을 하게 될 줄은 몰랐습니다. 내게 있어 휴대전화는 고독을 달래주기보다는 소통의 단절을 확인시켜주는 물건이었으니까요. 휴대전화를 가지고 있어봤자 나를 찾는 사람은 자식 외에는 없으니까요. 그런데 작년 연말에 내 휴대전화 번호를 바꾸면서부터 상황이 달라졌습니다. 원래는 011로 시작하는 번호였는데 새해부터는 앞자리 숫자를 010으로 통일한다면서, 가까운 대리점에 내방하여 전화번호를 바꾸라는 문자메시지가 줄기차게 날아왔어요. 십여 년 동안 같은 번호를 사용해서 지겹던 터에 잘됐다 싶어 문자메시지가 시키는 대로 전화번호를 바꿨습니다. 매장 직원이 휴대전화의 마지막 번호를 마음에 드는 걸로 고르라기에 '8150'을 점찍었어요. 815, 8월 15일, 우리나라가 해방된 역사적인 날. 내 여분의 삶 또한 해방의 자유를 만끽하자는 뜻으로 8150을 내 고유번호로 정했습니다. 그런 식으로 의미를 부여하니까 단순히 전화번호를 바꿨을 뿐인데 허물을 벗고 새로 태어난 기분이 들더라고요.

그렇게 번호를 바꾸고 며칠 뒤부터 나랑 상관없는 문자메시지가 속속 도착했어요. 예전에 쓰던 전화번호로는 문자메시지가 일 년에 한두 번 올까 말까 했거든요. 그러니까 잘못 전달되는 문자메시지가 뜻밖에도 나의 외로움을 식혀준 겁니다. 별것도 아닌 문자메시지에 내 마음이 흔들리는 이유는 잘 모르겠습니다. 아무튼 휴대전화가 문자메시지 도착 신호를 보내면 나는 그 내용을 천천히 반복해서 읽으며 추억에 잠기곤 했습니다. 가령 '하이마트, 혼수용품 전국 동시 세일! 냉장고와 세탁기를 함께 구입하면 최고 25만 원의 하이마트 상품권을 드립니다'라는 문자메시지를 받으면 달력으로 눈길이 가면서 저마다 짝을 지어 날아가는 계절이구나, 하고 생각합니다. 남녀가 연분이 닿아 상견례를 하고, 함이 들어오고, 혼례를 치르고, 자식을 낳아 기르는 우리네 인생. 이내 자식들의 결혼 장면이 떠오르고 그 추억은 내 혼례식으로 이어집니다. 수시로 배달되는 문자메시지 내용은 다양했습니다. 미용실에서 알려주는 정기 휴무일, 보증인 없이도 돈을 천만 원이나 빌려준다는 대출 광고, 어린이 도서관에서 알려주는 도서 반납 날짜, 원장님의 모유 분석 강연 때문에 오전 진료는 부원장이 한다는 알림글 등등. 한번은 '이지연 회원님 안녕하세요?'라는 인사말을 서두로 장문의 문자메시지가 왔어요. 회원님의 신용카드 총 한도를 270만 원에서 240만 원으로 조정한다는 내용이었습니다. 만약 현재 한도를 유지하고 싶을 경우 당사 고객 센터로 연락해달라더군요. 이건 엄연히 내 휴대전화인데 '이지연'이란 이름이 찍히니까 남의 휴대전화를 몰래 사용하고 있는 것처럼 께름칙합니다. 그래서 때마침 가래떡을 사 들고 나타난 막내딸한테 휴대전화를 보여줘봤죠.

"엄마가 새로 받은 이 전화번호의 예전 주인이 이지연이라는 여잔가 봐. 그 여자가 전화번호 바뀐 걸 안 알려줘서 계속 이 번호로 문자가 오는 거야. 신한카드, 어린이도서관, 배방소아과, 깨비아동복…… 이건 뭐야, 갤러리아 포인트 소멸? 음, 갤러리아백화점에 오천 점 넘게 포인트가 쌓여 있는데 이거 빨리 안 쓰면 없어진다는 내용이야. 오늘이 7일이니까, 기간이 벌써 지났어. 소아과나 어린이도서관에서 문자를 자주 보내는 거 보니까 이지연이란 여자가 주분가 보네."

딸은 이렇게 문자메시지를 하나하나 읽어보면서 '이지연'에 대해 추측하더니, 쓸데없는 걸 왜 보관하고 있느냐며 삭제하려고 했습니다. 그러나 내가 막았습니다. 어쨌든 내 휴대전화로 배달된 문자메시지니까 그냥 갖고 있으려고요.

"이 여자 작간가? 부고 문자에 죄다 작가 이름이 들어 있어. 한우진 시인 모친상, 아동문학가 김화숙 회원 부친상, 평론가 이형권 회원 모친상, 소설가 이춘길 회원 부친상……."

"누가 죽었다는 문자가 수시로 오데."

"정말로 부고 문자가 많기도 하네."

"그렇다니께. 부친상 아니면 모친상이 태반이여."

"무슨 단체에서 일괄적으로 보내는 문자야. 영광이네, 작가가 쓰던 번호를 물려받고."

"무신 영광까지나."

"건달이 쓰던 것보다야 훨씬 낫지."

내가 휴대전화, 정확히 말하면 새로 바뀐 전화번호에 마음이 쓰인 건 그 부음 문자메시지 때문이었습니다. 막내딸 말마따나 무슨 단체에서 이지연이란 여자한테 부음을 전해주는 모양인데 어떤 날은 그런 사망 소식을 하루에 두 개도 받아봤습니다. 어쩌다 시모상, 장모상이 끼어 있을까 대개 모친상 아니면 부친상이었습니다. 모친상이라고 하면 그 망자의 나이가 나랑 얼추 비슷할 것 같아서 이내 쓸쓸해집니다. 그런 기분에 젖다 보면 나도 당신을 따라갈 날이 머지않았다는 동병상련의 감정이 자욱하게 피어오르고 인생이 속절없어서 그날은 먼 하늘만 바라보지요. 이름도 얼굴도 모르는 망자이지만 기꺼이 장례식장으로 달려가 영정 앞에 국화꽃 한 송이 놓아주고 싶은 생각도 피어올랐습니다. 부조금도 함께요. 장례식장과 시간, 그리고 상주의 전화번호가 세세히 적혀 있으니 가지 못할 것도 없지요. 하지만 장례식장이 대개 서울이고 지방이라도 멀리 있어서 선뜻 나설 수가 없었습니다. 아직까지는 총기가 밝다 해도 몸이 따라주지 않아서 누가 동행한다면 모를까 혼자 나서기가 꺼려져요. 평생 집에 틀어박혀 밥만 하다가 오십이 넘어서 이 도시 저 도시를 구경했는데 그때도 딸들 아니면 친척이랑 움직였어요. 경로당이나 교회 부인회에서 철마다 놀러 다닐 때도 여럿이 이동했고요. 이처럼 이 나이 먹도록 어디를 혼자 가본 적이 없어서 장례식장으로 선뜻 발을 내딛지 못한 겁니다. 고인의 명복을 그저 마음속으로만 빌었지요.

그날도 나는 착잡한 마음으로 긴긴 하루를 보내고 있었습니다. 물론 부고 문자메시지 때문이었지요. 그것은 아침나절에 배달됐습니다. 마루에서 엉금엉금 기며 걸레질을 하고 있는데 '딩동' 하고 맑은 소리가 들려왔습니다. 문자메시지가 도착했다는 신호음이었지요. 걸레질을 하다 말고 안방으로 갔어요. 마룻바닥을 몇 번 문지르지도 않았는데 숨이 찼습니다. 장작을 매단 것처럼 두 다리도 무거웠고요.

'제주지회, 정군칠 회원 급환, 별세. 제주부민장례식장. 발인 4월 7일 오전 10시.'

내 몸이 그대로 굳어버렸습니다. '급환'이라는, 보기만 해도 가슴이 철렁 내려앉는 글자 탓이었습니다. 모친상, 또는 부친상도 아니고 '정군칠'이라는 사람이 숨을 거뒀다는 사실이 더욱 안타까웠습니다. 모친상이나 부친상이면 고령의 누군가가 갈 때가 되어 떠났으니 숙연한 마음만 드는데, 정군칠이 죽었다니까 어린 나이에

목숨을 잃었다는 근거 없는 단정이 머릿속에 맴돌아 가슴이 쓰라렸어요. 추적추적 비가 내리던 날, 소생할 가망이 없는 어린 딸을 데리고 산속으로 들어간 일까지 생생히 살아났습니다. 점심 대신 견과류나 씹으면서 생각의 그물을 치고 또 쳤어요. 그날따라 시간까지 더디게 흘러서 "아직도 해가 저물지 않았나!"를 연발하며 창밖을 수시로 내다봤습니다. 내 울적한 심사를 부추기듯 그날은 전화도 걸려 오지 않고, 오며 가며 들르던 이웃도 잠잠하고, 매일같이 날아와 지들끼리 떠들어대던 새들도 잠잠했습니다. 죽은 딸을 가슴에 묻으면 나도 죽은 사람이나 진배없어질 거라 여겼는데, 또 그래야만 한다고 생각했는데, 세월이 약이라더니, 그 황망하고 처연한 죽음은 내 가슴속에서 무슨 생명체처럼 한동안 꿈틀대다가 어느 순간 사라져버렸어요. 내가 의식적으로 기억하지 않는 이상 죽은 딸의 신체 어느 부위도 저절로 떠오르지 않았어요. 내 눈에는 그저 부엌살림이나 연속극, 텃밭에 무수히 자란 풀만 보였습니다. 그래서 부모가 자식을 저승에 먼저 보내도 살아지는 모양입니다. 인간이 '망각'할 수 없다면 자기 수명을 채우고 죽는 사람이 얼마나 있을까요. 나부터도 잊히는 능력이 작동하지 않았다면 진작 딸을 쫓아갔을 테지요. 그런데 그날, 죽은 딸에 대한 기억이 고스란히 되살아났어요. 기억은 뽑아내면 어느새 돋아나 있는 무덤의 잡초 같아요. 시간이 지날수록 더욱 파래지는.

18

불쑥 떠오른 죽은 딸 때문에 하루를 일 년처럼 보내고 있던 그 날 초저녁 무렵, 배는 고프지 않은데 속이 허해서 누룽지라도 끓여 먹으려고 주방으로 갔습니다. 근데 어째 느낌이 이상했어요. 우리 집 주방에 딸린 유리문을 흘깃 쳐다보니까 축축한 촉감이 온몸으로 전해지더란 말입니다. 미닫이문을 열어봤더니 처마 밑에서 빗물이 뚝뚝 떨어지고, 깜박하고 걷지 않은 내 몸뻬 바지며 수건이 비에 젖은 채 늘어져 있었습니다. 그날 일기예보에 비 소식은 없었는데 소리 소문도 없이 우리 집을 적셔놓은 비를 보니 어안이 벙벙합니다. 우두커니 마당을 바라보니, 나도 모르게 시작된 비가 망자들의 원혼처럼 느껴졌습니다. 이리저리 치이며 살다가 무심코 고개를 들어보니 어느새 반백의 노인이 되어 있는 내 모습 같기도 했고요. 아침에는 부고 문자메시지가, 저녁에는 비가 마음을 흩어놓는 날이었습니다. 저녁 여덟시가 넘도록 비의 속삭임을 듣고 있는데 문득 대문이 움직이는 것 같았어요. 누가 밖에서 대문을 흔드는 것처럼요. 바람이 그러려니 했지요. 그 시간에 우리 집을 찾아올 사람은 아무도 없으니까요. 계속 비와 담소를 나누고 있는데 이번에는 대문이 세게 흔들리는 거예요. 쿵쿵쿵 소리까지 내면서요.

바람의 손놀림은 분명 아니었습니다. 이웃 사람이 뭘 얻으러 왔나 싶어 얼른 슬리퍼를 꿰신고 대문께로 갔습니다.

"누구유?"

밖에서 누가 뭐라고 대답하는데 빗소리에 파묻혀 잘 들리지 않았어요. 요즘 세상 돌아가는 꼴을 보면 가장 무서운 족속이 인간이라서 밤에는 대문을 열기가 꺼려져요. 옛날에는 낮이나 밤이나 대문을 활짝 열어놓고 살았어요. 지금처럼 사람이 무서운 시대가 아니었으니까요. 또 소리가 들렸습니다. 이번에는 좀 사나운 목소리로 누구시냐고 재차 물었죠.

"저예요, 어머니……."

기어들어가는 목소리긴 했지만 나는 그 목소리의 임자가 누군지 단번에 알았습니다. 내 손놀림이 대번 빨라졌어요.

"아이고, 이 시간에 웬일이랴."

대문을 열자 마은숙이 두 손으로 비를 가린 채 겸연쩍은 미소를 짓고 있었습니다. 나도 모르게 마은숙의 팔을 붙잡았는데 윗도리가 축축하데요.

"강릉에서 오는 길인데 문득 어머님 생각이 나서 들렀어요."

"잘 왔슈. 어여 들어가요. 아이고, 이 머리 젖은 것 좀 보게. 우산도 안 쓰고 이게 뭐여그래."

"보슬비라서 그냥 걸어왔더니……."

"가랑비에 옷 젖는다는 말도 몰라유?"

"제가 원래 비 맞는 걸 좋아해요. 스트레스 쌓일 때 비를 맞으면 기분이 한결 나아져요. 빗소리가 좋아서 녹음기에 담아 다니기도 해요."

"빗소리를?"

"네, 비 오는 날 녹음했어요. 가슴이 답답할 때 그걸 들으면 소화 제를 먹은 것처럼 좀 풀려요."

"별시런 사람이네. 철부지가 따로 없구믄. 얼른 이 옷으로 갈아 입어유. 감기 걸려서 늙은이 귀찮게 하지 말고."

내 눈에는 마은숙이 좀 이상해 보였습니다. 마음속에 숨겨둔 무언가를 들키지 않으려고 억지로 말을 많이 하는 느낌이랄까요. 어딘지 모르게 불안정해 보이고, 공연히 분위기를 띄우려는 것 같고, 그런 행동이나 표정 사이사이에 될 대로 되라는 듯한 체념 또한 얼룩져 있었습니다. 아닌 밤중에 홍두깨 격으로 불쑥 나타난, 비에 젖은 마은숙을 보니까 내가 한껏 예민해져서 의심병이 발동했는 지도 모르지만 아무튼 평소와는 뭐가 달랐습니다. 늙으면 죄다 퇴화하는데 육감만큼은 발달해요. 몸이 어떤 상태를 재깍 알아차리는데, 흐물흐물해진 육체가 뭔가를 귀신같이 감지한다는 사실이 신기합니다. 마은숙이 몸부터 씻어야겠다며 욕실로 들어갔습니다. 고개를 푹 숙이고 걸어가는 마은숙의 뒷모습이 마음에 걸리데요. 사람이든 고양이든 버드나무든 비를 맞으면 다들 처량해 보이듯 마은숙도 그냥 그런 경우라고 생각하기로 했습니다.

머리를 감고서 내가 건네준 허드레옷으로 갈아입고 앉아 있는 마은숙의 모습은 아까보다 한결 생기로워 보였습니다. 수돗물과 빗물은 보기에는 다 같은 물처럼 보여도 희한하게 달라요. 수돗물에 헹군 머리는 개운한 인상을 풍기는 반면 빗물에 젖은 머리는 궁상맞게 보이니 말입니다. 수건으로 젖은 머리를 털고 있는 마은숙을 보니까 내 마음이 좀 편해지데요.

"어머니, 저 밥 좀 주세요."

비를 맞은 뒤끝이라 감기라도 걸릴까 싶어 생강홍차를 먹이려 했는데 마은숙의 입에서 '밥'이 튀어나왔습니다.

"지금 시간이 몇 신디 여즉 저녁밥을 안 먹었댜?"

"점심도 걸렀어요."

"그럼 왼종일 굶은 기유?"

"중간에 물만두 한 개 먹었어요. 마트에 갔는데 아주머니가 시식해보라고 권해서요. 알사탕처럼 생긴 물만둔데 얻어먹고 돌아서기가 머쓱해서 한 봉지 샀어요."

"그걸 뭘 사. 마트에 가면 이 음식 저 음식 으레 집어 먹는걸."

"손님이 저밖에 없었거든요. 초록색 이쑤시개로 물만두를 찍어서 주는데 받아먹기만 하려니 찔려서요."

마은숙이 가방에서 물만두를 꺼냈습니다. 한 봉지가 아니라 두 봉지였는데, '1+1'이라는 글자가 빨갛게 새겨진 테이프로 한데 묶여 있었어요.

"어머니, 이거 내일 점심때 쪄 먹어요. 지금은 물만두보다 밥이 되게 먹고 싶어요."

"아무럼 내가 쫄쫄 굶은 사람헌테 물만두를 먹일까 봐? 쫌만 기다려유. 내가 얼른 밥 차릴게."

때마침 냉동실에 꽃게가 있어서 재빨리 탕을 끓였습니다. 옛날부터 부엌에서 놀았던 사람이라 밥상을 차리는 건 일도 아니었죠. 순식간에 준비한 밥상을 내놓자 마은숙도 그걸 잽싸게 먹어치웠습니다. 금세 비운 밥그릇에 나는 오곡밥을 더 담았습니다. 평상시 우리 집에서 밥을 먹을 때면 맛있다, 맛있다를 연발하던 마은숙이 너무 허기져서 그런지 부지런히 수저질만 했습니다. 호박을 넣고 끓인 꽃게탕이 모짝모짝 줄었습니다. 꽃게를 야무지게 발라 먹고, 된장을 넣고 버무린 고추에 자주 손이 갔습니다. 그 왕성한 식욕을 보고 있으려니 나도 덩달아 배가 고파서 한술 떴지요. 그날 나도 온종일 밥을 먹는 둥 마는 둥 했으니까요. 마은숙의 의욕적인 식사는 단순히 배를 채우는 행위가 아닌 것 같았습니다. 동물들이 어디에 상처가 나면 혀로 그 부위를 계속 핥기도 하고 본능적으로 치료에 도움이 되는 풀을 뜯어 먹기도 하잖아요. 내 눈에 마은숙의 '밥 먹기'도 그런 일종의 본능적인 치료로 보였습니다. 자기도 모르게 상처에 유용한 약을 찾아 헤매다 여기까지 흘러왔다면, 내 밥이 기력을 되찾게 해주기를 바랐지요. 마은숙은 밥을 먹고는 사흘 동안 거의 뜬눈으로 밤을 지새웠다면서 스스럼없이 드러누웠어요. 감기약을 먹으면 졸음이 밀려오는 것처럼 그 '밥 치료제'가 배 속에 들어가니 눈꺼풀이 내려앉는 모양이었습니다. 장롱에서 베개와 이불을 꺼내놓고 돌아보니 그새 곯아떨어졌데요.

다음 날 새벽, 나는 혼자 새벽 예배를 보러 갔습니다. 새벽이면 오뚝이처럼 발딱 일어나 나랑 함께 집을 나서 교회로 향하던 마은숙이, 그날은 옆에서 내가 부스럭거려도 깨어나지 않았거든요. 예배를 드리고 돌아왔더니 그때까지도 가는 코를 골면서 자고 있었습니다. 아침 열시가 넘어서도 마은숙은 꿈나라에서 돌아올 생각을 하지 않았어요. 그사이 나는 텃밭에서 달래를 캐고, 그녀가 벗어놓은 옷과 양말을 빨았습니다. 세탁기는 놔두고 손빨래를 했어요. 어떤 사연이 있어 밥도 굶은 채 헤매다 늙은이의 집에 깃을 내렸는지 모르겠지만 내 손으로 옷이라도 빨아 입혀야 마음이 편할 것 같았습니다. 마당의 수돗가에 쭈그리고 앉아 옷가지를 헹구며 생각해보니 나는 마은숙에 대해 아는 게 없었습니다. 이름 석 자만 알 뿐 나이도 잘 몰랐죠. 식성은 대충 파악했어요. 매주 적어도 두 끼는 함께 밥을 먹었으니까요. 마은숙은 뭐든 해주는 대로 잘 먹는데 잡채와 호박잎쌈을 유독 좋아했습니다. 호박잎이야 우리 집 텃밭에 흔해서 내려올 때마다 먹게 해줬지요. 묻는 사람은 마은숙이고, 나는 대답하는 입장이니까 한쪽만 상대방에 대해 훤히 알고 있는 것이 당연하지만 그래도 내가 너무 무관심했어요. 마은숙한테 관심이 없었다기보다 내 과거지사에 스스로 푹 빠져서 상대방의 사생활을 챙길 겨를이 없었던 게지요. 내 자서전을 위한 대화였다고 해도 일방적으로 내 이야기만 늘어놓은 것 같아 뒤늦게 후회스럽데요. 수돗가에 앉아 그런 생각을 곱씹다 보니 마은숙이 몇 살이고, 뭘 해서 먹고살며, 어미는 어떤 사람인지 몹시 궁금해집디다.

19

우리 동네가 '개발'의 옷으로 갈아입으면서 낡고 오래된 것들이 자취를 감춰 마냥 허전했지만 편리해진 건 사실입니다. 우리 집 앞에 깔린 2차선 도로를 건너면 은행, 동사무소, 치과, 변호사 사무실, 보험회사 등등이 사이좋게 자리 잡고 있으니까요. 마은숙이 아니면 그날 굳이 은행에 갈 필요가 없었어요. 늙은이의 육감으로 알아차린 그녀의 상한 마음을 어떤 식으로든 달래주고 싶어서 집을 나섰죠. 옷을 빨아주고, 밥을 해 먹이고, 집을 나설 때 차비를 건네주는 것이 내가 할 수 있는 위로의 방법이었으니까요. 달래된장국을 끓여놓고서 은행에 다녀왔더니 마은숙이 마침내 잠에서 깨어 방 한가운데 우두커니 앉아 있었습니다. 오랫동안 단잠에 빠져 있다가 깨어나면 머릿속이 하얗게 비어 있잖아요. 잠들기 전에 무슨 일이 있었는지 가물가물하고요. 나도 그런 경험을 해본 적이 있어요. 시집와서 단 하루도 쉬지 않고 중노동에 버금가는 집안일을 하다가 딱 한 번 드러누웠습니다. 그날 새벽녘에도 자동적으로 눈이 떠지긴 했으나 누가 테이프로 내 몸을 친친 감아놓은 듯 꼼짝할 수가 없었어요. '드디어 내 몸이 고장 났구나, 당최 작동이 안 되네.' 속으로 그리 중얼거리면서도 밥은 누가 하나 싶어 걱정이 태산이었지만 에라 모르겠다, 하고 그대로 눈을 감아버렸습니다. 그러고는 꼬박 하루를 잤어요. 어느 순간 저절로 눈이 떠졌는데 그저 멍할 뿐 아무 생각도 나지 않습디다. 방금 깨어난 마은숙도 그런 상태 같았습니다.

"실컷 잤슈?"

"아, 네, 어머니…… 정말 죄송해요, 벌써 아침 열시가 넘었네요."

"죄송허긴 뭐가 죄송하댜. 얼른 씻고 와유, 밥 먹게. 먹어야 근력이 생기거든. 그게 얼매나 양약이 된다구. 혼자 먹으면 근력도 안 나요. 나랑 맛있게 아침밥 먹읍시다. 달래된장국을 좋아하는가 모르겠네."

마은숙이 냉큼 몸을 움직였습니다. 나도 얼른 밥상을 차렸어요. 그리고 둘이 오붓하게 앉아 모처럼 밥을 달게 먹었습니다. 평소 까끌까끌했던 입안이 그날은 기름을 바른 것처럼 매끄러웠어요.

"어머니, 식사하고 인터뷰 시작해요."

"무신 인터뷰를 한댜. 오늘이 목요일도 아니구먼."

"저번 주 목요일에 결석했으니까 대신 오늘 하게요."

"인터뷰 빵구 난 걸 메우려고 우리 집에 왔남? 마음이 이쪽으로 쏠려서 왔으믄 편히 쉬었다 가유. 흉 안 볼 테니께 잠도 더 자구. 그깟 인터뷰 안 하믄 어뗘."

진심이었습니다. 밤늦게 연락도 없이 찾아와 먹고 자는 게 민망하니까 인터뷰 운운한 속내를 내가 모를 리 없지요. 마은숙은 두말 않고 승늉으로 입가심을 했습니다.

새벽까지 내리던 비는 그쳤지만 정오가 지나서도 하늘은 거뭇거뭇했습니다. 한 번 더 비를 뿌릴 기세였어요. 마은숙이 늦잠을 자는 바람에 아침밥을 늦게 먹었더니 그만큼 시간이 빨리 흘렀습니다. 밥과 과일을 먹고 나니까 어느덧 오후 한시가 넘었어요. 그날은 웬일인지 마은숙이 손님 같지 않데요. 학교에서 시험을 치르고 일찍 귀가한 막내딸처럼 여겨져 나는 평소대로 집안일을 했습니다. 마은숙도 이심전심이었는지 "텃밭에 다녀올 테니께 잠을 자든지 티비를 보든지 마음대로 해유"라고 말하자 "네, 어머니" 하면서 안방으로 들어갔습니다.

나는 마늘 저장고의 문을 활짝 열어놓고 텁텁한 공기를 정화시켰습니다. 공간이 상당히 넓은 저장고에 들어서면 내 키가 부쩍 작아진 느낌이 듭니다. 옛날에는 저장고에 마늘이 가득했는데, 지금은 이런저런 농기구나 온갖 잡동사니만 쟁여져 있을 뿐이라 공간이 더욱 넓게 느껴집니다. 사실 마늘 저장고에서는 딱히 할 일이 없었어요. 마은숙을 잠시나마 혼자 있게 해주고 싶어서 기어든 겁니다. 한때 효자 노릇을 했던 마늘 장사는 벌써 맥이 끊겼습니다. 남편이 죽고서 애들과 내가 달라붙어 마늘 저장고의 명줄을 이어갔는데 힘에 부쳐서 손을 놓아버렸어요. 남편이 숨을 거두기 직전까지 살뜰히 챙긴 일인 만큼 기태가 끝까지 책임져주기 바랐지만, 출판사와 마늘 장사를 병행할 수 있나요. 일을 하다 보면 한쪽이 소홀해지고 그럼 결국 탈이 생기지요. 내가 볼 때 수익을 따져보면 마늘 장사가 훨씬 낫지만, 출판사에 한창 미쳐 있는 기태한테 아버지의 살아생전 일터를 물려받으라고 강요할 수는 없잖습니까. 그래서 마늘 저장고에는 먼지만 켜켜이 쌓아두고 있어요.

시아버지가 경제적 기반을 잡아놨고, 그 실팍한 터전 위에서 남편이 어물전·배 사업·염전·돌 공장·마늘 유통업 등등을 꾸려가며 집안을 더욱 탄탄하게 만들었습니다. 작은마누라가 많아서 탈이었지 남편이 가장으로서의 역할만큼은 완벽하게 해냈어요. 남편의 경제적 그늘이 이승에 넓게 자리하고 있어서 덕분에 자식들이 사람 노릇을 하고 삽니다. 남편은 오십 줄에 들어서면서 실치배를 처분하고 마늘 유통업에 손을 댔습니다. 마늘 장사를 호구지책으로 삼은 친구를 서산에서 우연히 만났다가 말년의 돈벌이로 그일을 택한 거지요. 제주도에서 올라온 마늘을 저장고에 넣어두고서 전국 각지에 팔았습니다. 일꾼 열다섯 명을 데리고 시작한 마늘유통업은 이십 년 동안 별 탈 없이 이어졌습니다. 마늘을 까고, 다듬고, 포장하는 기계와 마늘 저장고가 우리 집에 있어서 날이 밝으면 일꾼들이 몰려들었습니다. 나는 그들의 밥을 챙기면서 마늘 작업을 도왔어요. 갑작스레 남편이 운명하고 나서도 나는 실의에 빠질 새가 없었습니다. 망자가 벌여놓은 일에 힘을 보태야 했으니까요. 남편의 미완성 사업인 마늘 유통업을 깔끔하게 매듭지어야 한다는 일념이 나를 사별의 늪에서 건져냈는지도 모릅니다. 남편이 죽은 지 칠 년 만에 마늘 저장고의 문에 열쇠가 채워졌습니다.

마늘 저장고를 오랜만에 눈여겨보며 남편의 흔적을 쫓다가 마당으로 들어서니 주방의 커다란 유리문에 마은숙의 뒷모습이 얼비쳤습니다. 가스레인지 앞에서 뭔가를 하고 있었어요.

"뭐 한댜?"

"물만두 먹으려고요. 어머니 찾으러 나가려고 했는데 마침 들어오시네요. 다 됐어요, 찬물에 헹구기만 하면 돼요."

마은숙이 냄비를 들어 올려 개수대에 미리 준비해둔 채반 위에 만두를 쏟았습니다. 하얀 김이 그녀의 얼굴을 가리더니 이내 흩어졌습니다. 콸콸 쏟아지는 수돗물이 열기를 금세 몰아냈어요. 마은숙의 두 손이 생기롭게 움직였습니다. 기운을 좀 차린 모습이었죠. 나는 물만두를 주문한 손님처럼 식탁에 다소곳이 앉아 음식이 나오기를 기다렸습니다.

초록색 접시에 소복이 담긴 만두가 식탁 가운데 놓였습니다. 잔디밭에 하얀 꽃이 피어난 것처럼 보여서 군침이 돌았어요. 동글동글한 만두가 입안에서 살살 녹았습니다. 우리는 말없이 물만두를 먹었습니다. 물만두가 하나둘 없어지면서 접시의 초록색 공간이 늘어났습니다. 기태가 대학 다닐 때 용돈을 모아서 사 온 접시인데 초록색이 얼마나 싱그럽고 예쁜지 몰라요. 갈색으로 변한 사과조차 그 접시에 담으면 대번 맛깔스럽게 보입니다. 내구성까지 좋아서 내가 두 번이나 떨어뜨렸는데도 멀쩡해요. 이름도 어여쁜 '모란시장'에서 팔려 우리 집에 머무른 지 어느덧 삼십 년이 지났는데도 한결같은 모습입니다. 그런 접시가 마은숙과 나 사이에 있으니 우리 관계가 더욱 단단해지는 것 같았어요.

그때였어요. 마은숙의 앉아 있는 폼이 좀 이상해 보였습니다. 물만두를 입에 넣고서 고개를 숙이고 있는데 그 시간이 어째 길더란 말이죠. 손가락의 거스러미를 뗀다거나 옷에 묻은 양념을 지운다거나 하는 행동도 하지 않고 목석처럼 가만히 있었어요. 물만두를 입안에 담아두고서요. 이상하다 싶어서 그녀를 슬쩍 쳐다봤습니다. 눈을 감고 있더라고요. 어떤 감정을 애써 억누르고 있는 낯빛이었습니다. 무슨 말로 마은숙의 수상한 침묵을 깨울까, 나는 안절부절못했습니다. 그녀를 잘못 건드렸다간 팽팽히 부풀어 오른 풍선이 빵! 하고 터지듯 평온이 깨질 것 같았거든요. 잠시 동태를 살폈습니다. 줄기차게 물만두를 찍었던 포크는 이미 내 손에서 벗어나 있었어요. 마은숙의 신변에 무슨 일이 생긴 게 틀림없는데 언제까지 침묵할 수는 없어서 내가 먼저 말을 걸어보기로 했습니다.

"속이 안 좋은가, 왜 그러고 있댜."

그래도 잠자코 있었습니다.

"무슨 일 있슈?"

재차 물어도 숨만 쉬고 있었어요. 이거 보통 일이 아니구나 싶데요. 더 이상 물어보는 건 실례 같아서 나 또한 묵묵히 앉아 그녀의 대답을 기다렸습니다. 그리고 오 분쯤 지났을까요. 마은숙이 입안에 있던 물만두를 그제야 씹어 삼키더니 헛기침을 하며 목을 가다듬었습니다. 우리가 껄끄러운 침묵을 이어가는 동안 물만두의 물기가 말라버려 집 안까지 건조하게 느껴졌습니다.

20

"저희 아버지가 돌아가셨다네요."

뜻밖의 부음 소식보다 마은숙의 심드렁한 말투가 오히려 놀라웠습니다. 그녀의 태도는 음색에 걸맞게 침착했지요. 그 슬픔의 진액을 마음속 깊이 저장해두느라고 고개를 숙인 채 말문을 닫고 있었나. 굴곡 많은 삶에 어지간히 단련이 되었고, 또 나이를 이만큼 먹으니까 세상이 시답지 않게 보이는데 딱 한 가지, 남을 위로하는 일은 언제라도 난감하고 어려워서 나는 그저 '아이고……'를 덧붙이며 한숨만 내쉴 뿐이었습니다.

"지난주 목요일에 어떤 여자한테 전화가 걸려 왔어요. 아버지

집에서 청소와 식사를 도맡아 했던 도우미라고 하대요. 그러더니 대뜸 아버지가 돌아가셨다는 거예요, 두 달 전에. 저를 애타게 찾았는데 연락이 안 됐다면서 우여곡절 끝에 장례를 치렀다고 일간 만나재요. 전해줄 게 있다나. 낯선 사람들이 아버지의 장례식을 치렀다니……."

나는 그냥 입을 다물기로 했습니다. 작심하고 흘린 말을 추측해보면 마은숙의 가정사는 우중충했고, 그 내막은 스스로 털어놔야 한다고 생각했으니까요. 보리차에 꿀을 타서 마시고 싶었는데 내가 잠시라도 자리를 뜨면 마은숙이 고백을 멈출까 봐 참았죠.

"전화를 끊고 생각해보니까 아버지를 멀리한 세월이 십 년이 넘데요. 그사이 열 번쯤 통화했나. 무작정 강릉으로 내려갔어요. 근데 고향집이 없어졌더라구요. 어디서 숨을 거뒀는지 알 수가 없어……."

"그럼 어쩐댜."

"저한테 전화 건 여자한테 물어보면 알겠죠. 그런데 그 도우미를 만날 생각을 하니 머릿속이 복잡해져 강릉 바다을 마구 쏘다녔어요. 거기서 열아홉 살 때까지 살았는데, 몰라보게 변했데요. 제가 자주 거닐었던 철길, 골목길도 없어지고 헌책방은 휴대폰 매장으로 바뀌었고, 그 많던 책은 어디로 갔을까……."

마은숙이 마당을 바라보며 혼잣말하듯 중얼거렸습니다. 포크로 물만두를 찍어 입에 넣으면서요. 소가 되새김질하는 것처럼 그녀는 물만두를 천천히 씹으면서 말꼬리를 이었습니다.

"이미 장례는 끝났는데 제가 굳이 누군가를 만날 필요가 있을까요?"

마은숙이 그제야 나를 똑바로 쳐다보면서 물었습니다. 당신이 시키는 대로 하겠다는 듯이요. 어처구니가 없었습니다. 평소 나한테 살갑게 굴던 마은숙의 입에서 그렇게 모진 말이 나오니까 어리둥절했습니다.

"그걸 지금 말이라고 한댜? 아무리 웬수 같은 부모라도 돌아가셨다는데 가봐야지. 대신 장례를 치러준 사람들한테도 인사를 허는 게 도리고. 어머니는 어디 계시댜? 형제는 없슈?"

"엄마가 돌아가시고 나서 강릉을 떴어요. 산에 미친 아버지가 지긋지긋해서 서울로 도망쳤어요. 저는 무남독녀예요. 남편이란 사람이 허구한 날 산만 쫓아다니는데 언제 또 아이를 만들었겠어요. 아니, 그런 장돌뱅이 같은 남편이랑 사랑을 나누고나 싶었겠어요? 저는 술김에 얻은 자식이래요. 둘이 술을 마시면서 티격태격하다가 사고를 쳤다나 어쨌다나."

이제는 마은숙이 피식피식 웃기까지 하면서 가족사를 솔직담백하게 털어놨습니다. 술김에 얻은 자식이란 대목에서 나도 모르게 웃음을 흘렸어요. 남편이 생각나서요. 바람둥이였지만 천만다행으로 생활력은 강해서 이 고장 저 고장 돌아다니며 돈벌이를 하다보면 술을 마시는 일이 잦았는데, 이따금 만취 상태로 내 방에 들어와 수작을 부렸죠. 내가 쉬엄쉬엄 집안일을 했다면 소실을 거느리고 사는 인간의 희롱을 정색하고 뿌리쳤을 텐데, 온종일 일에 얽매여 날뛰다가 잠자리에 들면 바로 곯아떨어지는 판이라 남편이 무슨 짓을 하는지도 몰랐어요. 그렇게 술김에 잠결에 '사고를 쳐서' 아이가 생기고 또 생긴 겁니다.

느닷없이 찾아온 유족(遺族)은 초록색 접시의 물만두를 마저 먹으면서 두서없이 떠들어댔습니다. 자기 집안 이야기를 하다가 대뜸 바둑이한테 점심밥을 줬느냐고 물어보고, 휴대전화를 받기도 하면서요. 다시 원점으로 돌아가 아버지의 죽음을 입에 올릴 때면 그래도 핏줄인지라 표정이 어두워졌어요. 마은숙의 집안 사정을 듣다 보니 내가 마치 인터뷰를 이끄는 것 같았습니다. 입장이 바뀌어서 내가 자서전을 대필하려고 의뢰인을 만난 것처럼요. 나도 모르게 그런 기분에 젖다 보니 머릿속이 분주해지면서 마은숙한테 색다른 호기심이 생기데요. 그녀의 자서전을 어떤 문장으로 시작하면 좋을까, 아버지의 죽음은 어느 위치에 놓으며, 마은숙이 즐겨 걸었다던 철길과 골목길은 어떻게 묘사할까…… 나는 그녀의 독백을 귀여겨들으며 머릿속으로는 상상의 나래를 펼쳤습니다. 그 옛날 온갖 소설책을 베끼면서 누렸던 쾌감을 오랜만에 맛본 겁니다.

"어머니, 저 하룻밤 더 자고 가도 돼요?"

머릿속의 글자들이 순식간에 흩어졌습니다. 하룻밤이 아니라 열 밤을 더 자고 가도 되지만, 얼른 아버지한테 달려가야 할 때 여기서 더 머무르려 한다는 게 의아해서요. '이 장면에 어울리는 대사가 아니여.' 나는 속으로 그렇게 중얼거리면서도 마은숙의 청을 들어줬습니다. 부친상을 당한 당사자의 태도가 담담하니까 나도 덩달아 그래져서 우리는 별다른 감정의 동요 없이 대화를 이어갔지요.

"오후 여섯시가 넘었네요."

"벌써 그리 되았어? 밖이 훤하니께 시간 가는 줄을 모르겠네."

"어머니, 죄송한데, 저 조금만 더 잘게요. 자꾸 잠이 쏟아져요."

"어제 비 맞고 와서 감기 걸린 거 아녀? 집에 종합감기약 있으니 먹고 자려우?"

"아니에요, 그냥 한숨 자고 일어나면 돼요. 오늘은 작은방에서 잘게요."

휘파람만 불어도 넘어질 것 같은 마은숙이 작은방으로 터덜터덜 걸어갔습니다. 자서전 인터뷰를 하러 매주 우리 집에 오면 그녀는 꼭 안방에서 나랑 잤습니다. 어쨌든 손님인지라 작은방에 깨끗한 이불을 펴놔도 마은숙은 내 곁에서 잠을 청했어요. 불을 끄고 누워 우리는 오랜만에 만난 피붙이처럼 도란도란 이야기꽃을 피웠는데 생각해보면 그게 일의 연장이었던 것 같아요. 한 이불을 덮고 있으면 어떤 경계가 허물어지면서 아무 말이나 하게 되잖아요. 나의 속내를 자세히 들여다보려고 마은숙이 동침을 원한 겁니다.

마은숙이 작은방으로 들어가고서 나는 식탁 의자에 우두커니 앉아 있었습니다. 웬일인지 몸이 움직여지지 않았어요. 옆자리가 허전하고, 무슨 황망한 일을 겪은 것처럼 뒤숭숭해서 초록색 접시만 만지작거렸습니다. 그러고 있는데 뒷집 안주인이 불쑥 들어와 하소연을 토해냈어요. 작은딸이 누구 보증을 섰는데 그게 탈이 나서 집안이 발칵 뒤집혔답니다. 사위가 이혼 운운하면서 날뛴다며 한숨을 쏟아냈어요. 집집마다 돈이 화근입니다.

"누가 다녀갔슈? 포크가 두 개네."

"큰손자가 학원 가는 길에 들렀길래 물만두 쪄줬구먼. 만두 좀 주까?"

"만두가 뭐유, 물이나 간신히 넘기는 판인데. 자식이 아니라 웬수여, 웬수. 지 주제에 누굴 돕고 무신 보증을 선댜. 개뿔도 없으면서 오지랖만 넓어가지고."

이웃사촌의 푸념을 들으면서도 내 신경은 온통 작은방에 쏠렸습니다. 마은숙이 나올까 봐서요. 그 이웃사촌도 마은숙의 존재를 알고 있었습니다. 바닥이 워낙 좁은 만큼 소문도 빨리 났는데, 부러움과 시샘이 반반씩 섞인 표정으로 동네 사람들이 자서전을 입에 올리면 나는 바로 무안해져서 말머리를 돌리곤 했습니다. 살아오면서 무슨 대단한 일을 했다고 자서전을 만드나! 스스로 생각해도 꼴같잖은 일이었거든요. 그래서 포크의 임자가 큰손자라고 둘러댄 겁니다.

이웃 여자가 돌아가고 나서도 나는 그 자리에 붙박여 있었습니다. 해가 기울어 집 안이 침침했어요. 눈곱이 낀 것처럼 사물이 뿌옇게 보여서 더 그렇게 느껴지기도 했을 겁니다. 의자에 오래 붙어 있었더니 감각이 무뎌져서 팔다리가 내 몸 같지 않데요. 마음속으로 아버지의 장례를 치르고 있을 상주에게 저녁밥을 먹여야 하나 어쩌나 망설이고 있는데 어디선가 비둘기 울음소리가 들려요. 가만히 귀 기울여보니 그건 작은방 쪽에서 들리는 소리였습니다. 이게 무슨 소린가 싶어 작은방으로 가만가만 걸어갔습니다. 작은방이 가까워질수록 명치께가 시렸습니다. 그 비둘기 울음소리의 정체를 알았기 때문입니다. 그건 비둘기가 아니라 마은숙이 내는 소리였습니다. 이불 속에서, 아니면 뭔가로 입을 막고서 흐느끼는 소리가 비처럼 집 안에 젖어 들었지요. 나는 작은방으로 바싹 다가서지 못하고 마루의 중간쯤에 섰습니다. 그리고 어둠이 짙어지는 마루에서 줄줄 새어 나오는 곡소리를 대책 없이 듣고 있었어요.

21

나는 머릿속에 떠오르는 생각을 곧잘 공책에 적곤 했는데요, 배움의 깊이가 얕은 위인이 그만한 재주를 부릴 수 있었던 건 순전히 필사 덕분이었습니다. 마음 붙일 곳이 없어서 노상 밤하늘만 바라보며 친정 식구들을 그리던 시절, 시동생이 아끼던 라디오가 우연히 내 손에 들어왔고, 나는 그 가전제품을 벗 삼아 울적한 마음을 달래곤 했어요. 내 마음속에서 철썩이는 감정의 물결을 글로 표현하고 싶은데, 밥만 하던 손이라 엄두를 내지 못했습니다. 그때 라디오에 나온 작가가 내 고민을 해결해주었어요. 아무 책이나 필사를 해보면 자기 글도 쓰게 된다고. 그 무렵 교회를 제집처럼 드나들며 목회자를 꿈꾸던 셋째 딸이 성경책을 구해줬고, 나는 그날부터 공책에 성경 말씀을 새겼습니다. 성경책을 갖다 주면 평생 십자가에 의지해서 살겠다는 셋째 딸과의 약속도 지키면서요. 물론 그 약속을 처음부터 제대로 지킬 수는 없었습니다. 허구한 날 집안일에 치여 사는 처지인데 꼬박꼬박 하나님을 만나러 갈 수 있었겠습니까. 딸과의 약속이라고 하찮게 여길 수도 없고요. 그래서 당분간은 짬을 낼 수 있을 때만 예배에 참석하겠다고 셋째 딸에게 양해를 구했죠. 딸애가 지 엄마의 분주한 일과를 훤히 알고 있었기에 말이 통했습니다. 여기까지는 저번에 이미 구구절절 털어놓은 사연이지요. 어쨌든 나는 딸과의 약속을 지키기 위해 교회를 다니기 시작했다가 지금까지 십자가를 가까이 두게 된 겁니다.

내게는 글쓰기 교본이나 마찬가지였던 성경책을 딸애는 잠언이나 시편부터 읽으며 베끼라고 했지만, 나는 창세기부터 필사했습니다. 처음에는 글자를 보고 그리는 수준이었죠. 한글을 읽을 줄은 알았지만 그때까지 살면서 글씨를 쓸 기회는 도통 없었기에 처음에는 연필 쥐는 것부터가 생소했답니다. 노상 밥하고 빨래만 하던 손으로 연필을 쥐니 어색하기도 했지만, 한편으론 무슨 대단한 감투를 쓴 것처럼 우쭐한 기분도 들었어요. 해가 버티고 있을 때는 그럴 짬이 없기도 했지만, 필사는 남몰래 시작해서 끝맺기로 다짐했기에 한밤중에만 공책을 폈어요. 성경책을 필사한답시고 집안일을 소홀히 할 수는 없어서 평소보다 더 부지런히 일하면서 공책의 칸을 메웠습니다. 나는 밤에만 필사할 수 있었는데, 집안일을 마치고 나면 대개 자정이 넘어서 쫓기는 기분이 들기도 했어요. 처음에는 창세기 한 줄을 읽고 쓰는 데만도 시간이 오래 걸려 한 문단을 다 옮기고 나면 어느새 새벽 두시가 넘곤 했거든요. 읽는 일 자체가 생소해서 쓰는 손도 제대로 작동하지 않았습니다. 그렇게 새벽 늦게까지 글자를 수놓다가 겨우 두세 시간 눈을 붙이고서 부엌에 나가면, 몸은 찌뿌드드해도 웬일인지 마음은 가벼웠어요. 그게 글의 힘일까요? 설마 남의 글을 베낀다고 없던 글솜씨가 생길까, 작가 양반이 책을 읽게 하려고 던진 말을 곧이곧대로 믿고서 생고생을 하는 게 아닌가, 다 늙어서 이게 무슨 주책이야, 하는 생각이 들기도 했습니다. 솔직히 ㄱ, ㄴ, ㄷ이나 ㅏ, ㅔ, ㅠ를 끼워 맞추는 것에 몰두하다 보니까 하나님의 말씀이 제대로 이해되지 않아 그냥 포기해버릴까, 하는 생각이 불쑥불쑥 떠오르곤 했죠. 어린 시동생과 방을 함께 쓰는 처지였기에, 아무리 시동생이 잠든 시간에 공책을 편다고 해도 언제든 들킬 염려도 있었습니다. 그럼 시동생은 집안 식구들한테 떠들고 다닐 테고, 나는 망신을 당할 게

뻔했습니다.

그럼에도 불구하고 나는 꾸준히 연필을 놀려 성경책을 베꼈습니다. 글을 쓰고 싶다는 열렬한 내 욕망이 기댈 데라곤 성경책밖에 없었으니까요. 시간이 지나니까 공책의 페이지가 넘어가긴 합니다. 내 손으로 그린 글자들이 빼곡하게 들어찬 공책을 보면 배꼽에서부터 산뜻한 기운이 올라왔어요. 처음에는 베끼는 데만 급급해서 띄어쓰기가 엉망이고 글씨도 어수선했는데 달포쯤 지나니까 제법 틀이 잡히데요. 창세기나 신명기의 내용도 조금씩 머릿속에 들어오고 말입니다. 손에 탄력이 붙으니 필사가 재밌습데다. 쓰면서 내용을 음미하니까 눈앞에 그 장면이 그려지기도 하고요. '암사슴이 시냇물을 찾듯 이 몸은 간절히 당신을 찾습니다'라는 문장 중 '간절히'를 '애타게'로 고쳐 써보기도 했습니다. 창세기를 다 옮겨 적는 데 한 달 가까이 걸렸습니다. 성경책의 맨 끝까지 가려면 해를 몇 번이나 넘겨야 할까. 밥 먹고 필사만 한다면 까짓것 후딱 끝내버릴 수 있지만 나는 최씨 집안의 충직한 '소'였으므로 스스로에게 할애할 수 있는 시간이 턱없이 부족했습니다.

하늘의 임금이라는 분이 내릴 벌이 무서워서라기보다 딸과의 약속을 지키느라고 나는 성경책을 필사한 지 석 달 만에 예배당에 나갔습니다. 남편이 실치배를 처분하자 부엌일이 조금 줄어들어서 짬을 낼 수 있었지요. 그렇다고 그 짬이 충분하지는 않았기에, 식구들이 저녁밥을 먹고 나면 막내딸을 들쳐 업고서 예배당으로 달려가 잠깐 목사님의 설교만 듣고 왔지요. 그것도 예배 중간에 들어가서 말입니다. 시어머니에게 예배당에 간다고 밝히지는 않았습니다. 눈치를 살피며 예배당에 가게 해달라고 부탁하는 것 자체가 싫더라고요. 부탁해봤자 흔쾌히 승낙할 분도 아니었습니다. 평생 잔병에 시달렸던 시어머니는 잠시라도 큰며느리가 보이지 않으면 건짜증을 부리기 일쑤였으니까요. 시어머니를 깍듯이 모시면서도 나는 일정한 거리를 두고 살았어요. 이 '거리 두기'는 비단 시어머니한테만 향한 게 아니었습니다. 시댁 식구 모두에게 그런 경계선이 자연스레 그어졌기에 나는 최씨 집안의 큰며느리면서도 타인 같은 기분으로 매일 아침을 맞았습니다. 시댁에서 꾸준히 앓은 그 향수병 비슷한 지병은 말할 것도 없이 남편의 무관심이 싹틔운 겁니다.

22

밤마다 성경책을 붙들고 한 해를 보낸 뒤부터는 다른 책들도 구해서 베꼈습니다. 막내 빼고는 자식들이 다 성장해 있어서 집 안 여기저기에 가지각색의 책이 굴러다녔지만, 그 애들이 방에 고이 모셔놓은 책들은 일절 건드리지 않았습니다. 마루나 마당 구석, 또는 쓰레기통 안에서 홀대받고 있는 책들만 챙겨 나만의 책장에 담아났어요. 내 책장은 3단 서랍장이었는데 책을 안전히 보관하기 위해 큰맘 먹고 구입했습니다. 열쇠가 달려 있어서 그 안에 무엇이 들어 있는지 아무도 몰랐어요. 성경책을 필사하다가 지루해지면 딸들이 버린 책을 꺼내 베꼈습니다. 잡지의 경우에는 광고 문구까지 공책에 적었어요. 잡지에는 텔레비전에서 흔히 보는 사람들의 사생활이 소상히 실려 있었는데, 그중 눈물겨운 사연이 나오면 나도 덩달아 코끝이 찡해지고, 죽도록 고생한 경험담이 나오면 묘하게도 위로받는 기분이 들었습니다. 성경책을 선두로 하여 아무 책이나 닥치는 대로 베끼다 보니, 글을 쓰는 데 무슨 규칙이 있는 건 아니겠지만 그래도 어떤 형태가 어렴풋이 잡힙디다. 적어도 머릿속의 단상을 글로 표현하고 싶을 때 높다란 벽에 부딪친 것처럼 막막하지는 않았어요. 필사한 지 햇수로 삼 년 만에 나타난 결과였는데 어찌나 신기하고 뿌듯한지 라디오에서 글쓰기 방법을 알려줬던 작가한테 갈비탕이라도 한 그릇 대접하고픈 심정이었답니다.

기태가 서울로 전학가면서 나만의 책장에 책이 늘었습니다. 외동아들을 서울에서 공부시키고 싶다는 남편의 바람에 따라 기태는 동대문 상인의 집에서 숙식하며 학창 시절을 보냈습니다. 어릴 적부터 구슬이나 딱지 대신 책과 친했던 기태는 방학을 해서 고향 집에 내려올 때면 책을 한 보따리 싸 들고 왔어요. 방학 내내 집에 있으면서 공부는 멀리하고 노상 책만 붙들고 있었습니다.

"밥 먹으라고 내가 몇 번이나 불렀냐. 또 책 봐? 대학교도 가야 허는디 그렇게 책만 읽고 있으믄 어쩐다냐. 아버지가 벼르고 있으니께 조심혀."

"이게 공부하는 거지 뭐여. 책 속에 길이 있다는 말도 모르나?"

"책이 그렇게 재밌냐?"

"책이 밥보다 훨씬 맛있어."

"어찌 밥보다 맛있댜, 별시럽네. 근데 이건 무신 책이냐?"

"소설책. 도, 스, 토, 예, 프, 스, 키, 라고 세계적으로 유명한 작가가 쓴 소설인데 가난한 법대생이 전당포 노파를 죽이는 이야기야."

"법대생이라믄 법 공부하는 사람 아녀? 그런 사람이 어쩌케 사람을 죽인댜."

"책을 읽다 보면 법대생이 왜 노파를 죽였는지 공감이 가. 그래서 소설이 밥보다 맛있다는 겨. 엄마도 읽어볼텨?"

나는 입에 담기도 어려운 작가의 이름을 또박또박 알려주면서 기태가 반쯤 읽은 소설의 내용을 들려주었습니다.

"이 소설책 말고 다른 책도 빌려줄라냐? 엄마도 니 덕분에 책 많이 읽어서 똑똑해져보게."

"그려그려. 대환영여. 내가 서울 갈 때 엄마한테 책을 다 줄 테니까 읽어. 겨울방학 하면 또 가져올게."

기태가 그렇게 책 인심을 후하게 써서 나만의 책장에 책이 차곡차곡 쌓인 겁니다. 그때부터 소설책을 읽었고요. 기태가 골라주는 책을 일단 읽고 나서 공책에 옮겼어요. 그러니까 책을 두 번 읽는 셈이지요. 기태는 책을 빌려주면서 작가의 생애에 대해서도 일러줬어요. 그런데 외국 작가 이름은 다른 나라 말이고 대체로 길어서 그런지 외워지지가 않았어요. 그 사람의 소설 내용은 훤히 기억나는데도요. 반면에 우리나라 작가들의 이름은 눈에 쏙 들어오고 쉽게 외워지는데 그 양반들이 어떤 소설을 썼는지는 가물가물해요. 어쩌랴, 이게 무식쟁이의 한계인걸. 외우면 좋고 아니면 말고! 이런 생각으로 집안일을 요령껏 줄이면서 읽고 베끼는 데 몰두했습니다.

과연 기태 말대로 책이 밥보다 맛있었습니다. 소설책은 성경책과 전혀 다른 맛이었어요. 요리 방법 자체가 다르니 당연히 그렇겠지요. 다채로운 저마다의 인생이 소설 속에 녹아 있었습니다. 내가 신혼 초부터 소설책을 가까이했더라면 숱한 밤을 눈물로 지새우지는 않았을 텐데! 그래도 뒤늦게나마 소설책과 친해졌으니 얼마나 다행인가. 그 옛날, 식구들 몰래 돼지를 키워 돈을 벌었을 때처럼 소설책이 곁에 있어 든든했습니다. '돼지 키우기' 부업이 물질적인 비상구였다면, '소설책 읽기'는 정신적인 비상구였어요.

나는 성경책과 소설책을 읽고 베끼는 일을 게을리하지 않았습니다. 어떤 일을 오래 하다 보면 질리고 재미가 없어지기 마련인데 오로지 나만을 위한 '일거리'는 그렇지 않았어요. 오히려 하면 할수록 더 깊게 빠져들고 야릇한 보람 내지는 자부심까지 느껴졌습니다. 어떤 자리에 내가 굳이 끼지 않아도 되면 냉큼 빠져나와서 책장을 펼쳤습니다. 그 무렵 남편이 또 외간 여자와 나돌아 다니는 눈치였지만 그러거나 말거나 무시해버렸어요. 아주 자연스럽게 그래졌습니다. 소설 속에서 다양한 인물들과 사건들을 접하니까 이해의 폭이 넓어졌달까, 아무튼 원망과 절망으로 꽉 조여 있던 마음이 느슨해졌어요. 아이가 걸음마를 하듯, 한글을 익히고 나서 구구단을 외우듯 나는 글쓰기의 요령을 조금씩 터득했습니다. 무엇보다 '글쓰기' 하면 차오르던 두려움이 없어진 게 큰 수확이었지요. 두려움이 방해하지 않으니까 뭐든 쓸 수 있을 것 같았습니다. 시간은 강물처럼 흘러 내 필사 공책이 삼백여 권에 달했고, 책과 연애하는 동안 어느덧 내 나이는 육십 하고도 중반을 넘어섰습니다.

남의 글을 부지런히 베끼다 보니 상상력을 동원해 뭔가를 써보고 싶은 욕심이 한 뼘 한 뼘 자랐습니다. 창작 공책을 따로 마련해두고서 순간순간 떠오르는 단상들을 메모하듯 적었어요. 알이 굵은 감자를 캐면서 느낀 보람이랄지, 누가 내팽개친 타이어를 주워서 그 동그란 공간에 흙을 채워 호박씨를 심은 날의 풍경, 독감에 걸려 끙끙 앓고 있는데 무뚝뚝한 남편이 돈 봉투를 툭 던지고 나갔을 때 젖어 들던 연민의 감정들이 문장으로 변해 내 창작 공책에 탑을 쌓았지요. 나는 여름을 가장 좋아합니다. 더위에 약한 체질이라서 여름이면 맥을 못 추는데도 그 뜨거운 계절이 기다려져요. 신혼 때부터 그랬습니다. 내가 여름을 반기는 이유는 딱 한 가지, 바로 매미 때문입니다. 잎이 풍성한 나무 아래 서서 요란한 매미 울음소리를 듣고 있으면 뭐랄까요, 몸이 붕 뜨는 느낌이에요. 매미들이 나를 에워싸고서 일제히 찌르르르르, 하고 우는 그 경이로운 순간! 그 울음소리가 어느 순간 뚝 그치면 눈이 번쩍 떠지면서 머릿속이 맑아져요. 여름이 오면 나는 벚나무나 감나무의 품에 안겨 매미 소리에 장단을 맞추며 한 해를 버틸 에너지를 충전하곤 했습니다. 땅속에서 수년을 굼벵이로 지내다가 매미로 탈피해서는 고작 일주일을 살면서 그악스럽게 울어대는 매미의 기구한 삶 또한 내 감정선을 건드렸습니다. 곰곰 생각해보면 창작의 불씨를 내 마음속에 떨어뜨린 게 매미였는지도 모릅니다. 나는 매미의 울음소리를 들을 때마다 그 처절하면서도 황홀한 곤충의 목소리를 글로 표현해보고 싶은 마음이 간절했으니까요.

나는 당진 토박이지만 필사하면서 서울말을 익혔고 전라도와 경상도 사투리도 배웠습니다. 촌스럽고 느려빠진 내 고향 사투리를 쓰다가도 연필을 쥐면 표준어가 술술 나왔어요. 나는 글을 쓸 때 젊음을 만끽했습니다. 머리를 염색하거나 화사한 옷을 걸치거나 화장으로 검버섯을 감출 때가 아니라, 반듯한 문장들이 내 손에서 흘러나오는 순간에 나이를 까맣게 잊곤 했지요.

23

살다 보면 누구에게나 글로든 사진으로든 남기고 싶은 삶의 얼굴이 있기 마련입니다. 내 경우에는 남편의 사연 있는 부재가 그것이었어요. '남편만 살아서 돌아오게 해주면 어떤 고통이나 고난도 달게 받을게요.' 나는 밤마다 그렇게 빌었습니다. 남편에 대한 애정이 마음속 깊이 숨어 있는 줄은 나도 미처 몰랐습니다. '빨갱이'의 시체를 구경했다는 이유로 남편이 쫓기던 그해, 인민군이 우리 동네를 활보하고 다녔습니다. 전쟁 중이었지만 당진은 지리적인 위치 덕분에 참혹한 피해는 입지 않았어요. 전쟁이라는 폭풍이 휘몰아쳐 나라가 너덜너덜해졌지만 우리 고장은 원래 상태를 웬만큼 유지한 겁니다. 남과 북이 전쟁의 주도권을 잡았다 빼앗겼다 해서 복장이 다른 양쪽 군인들이 번갈아 드나들 뿐이었습니다. 바로 그 시절 남편이 불미스러운 사건에 휘말려 졸지에 쫓기는 신세가 되었고, 그로부터 며칠 뒤에 인민군들의 횡포가 시작되었습니다. 우리 동네에 주둔한 인민군들이 무슨 훈련을 한다면서 평수가 작은 집에는 열 명, 큰 집에는 열다섯 명, 더 큰 집에는 스무 명씩 들어앉아 숙식을 해결했습니다. 인민군 백여 명을 우리 동네에 풀어놓고, 집 안에 있는 가축들을 제멋대로 잡아먹으며 저녁에는 훈련

하고 낮에는 늘어지게 잤어요. 우리 집은 마당이 넓어서 인민군이 스무 명 넘게 진을 치고 있었는데, 날마다 그들이 먹을 밥을 해대느라 삭신이 녹아내리는 것 같았어요. 게다가 남편이 쫓기고 있는 판이라 나는 날마다 협박에 시달렸습니다.

"니 남편 어디 갔어. 확 죽여버리기 전에 빨리 안 불어?"

"서산으로 성냥 사러 갔슈."

"성냥 사러 간 새끼가 며칠이 지나도 안 나타나? 이년이 어디서 허튼수작이야. 오늘 나한테 뒈져볼래?"

"나는 신랑 얼굴이 어찌케 생겼는지 잘 몰라유. 남남이나 진배없슈. 서산으로 성냥 사러 갔다니께 그런 줄 아는 거쥬. 죽일 테면 죽여유. 지긋지긋한 인생, 나도 미련 없으니께."

험상궂게 생긴 인민군이 기다란 총을 내 옆구리에 대고 윽박지르면 숨이 멎을 것만 같았습니다. 사실 우리 식구들은 단단히 입을 맞췄어요. 인민군이 남편의 행방을 물으면 서산으로 성냥 사러 갔다고 말하기로 말입니다. 그놈들은 저녁마다 총으로 내 옆구리를 푹푹 찌르면서 남편을 찾아내라고 겁을 줬습니다. 한번은 큰어머니하고 잠을 자는데 인민군이 냅다 들어와서는 "몇 명이 자?" 하며 소리쳤어요. 큰어머니가 두 명이라고 대답하자 군홧발로 이불을 걷어차면서 귀싸대기를 갈겼습니다. 나는 허리를 걷어차였어요. 날만 새면 인민군들이 총으로 쏴 죽인다고 협박하고, 욕설을 퍼붓고, 폭력을 휘둘렀습니다. 그렇게 석 달을 살았어요. 저게 인간인가 싶게 포악을 부리는 놈들의 밥을 해대는 것도 고역인데 남편을 찾아내라며 괴롭히니 차라리 죽는 게 소원이었죠. 당시에는 딸린 자식이 있나, 남편이 아껴주길 하나, 친정 부모님과 동기간이 마음에 걸리긴 했으나 어차피 나는 출가외인이었습니다.

하지만 목숨을 끊고 싶을 때마다 흔들리는 마음을 붙잡는 게 있었어요. 그건 바로 남편의 그림자였습니다. 그날 점심을 먹고 대청마루에서 잠시 누워 있다가 황급히 달아난 남편이 선명한 그림자로 내 머릿속에 남아 있었죠. 허기진 배를 채우고서 깜박 잠이 든, 그 토막잠마저 놓쳐버린 남편이 생각할수록 안쓰러웠어요. 대청마루를 닦고 또 닦아도 지워지지 않는 남편의 그림자. 부부라는 끈으로 묶여 있기 때문에 보이고 느끼는, 어느 누구의 눈에도 띄지 않을 미더운 환영이었습니다. 남편의 그림자는 자나 깨나 내 머릿속에서 둥둥 떠다녔습니다. 나는 울면서 잠이 들고 깨어나면 또 흐느꼈습니다. 남편만 살아서 돌아온다면 내게 어떠한 시련이 닥쳐도 이겨내겠다고 다짐했지요.

그해 여름, 저녁이면 소나 돼지를 잡아먹고 퍼질러 자던 인민군들이 갑자기 짐을 쌌습니다. 분위기가 심상치 않았어요. 다음 날 새벽, 인민군들이 당진 밤절고개에 구덩이를 파고서 사람들을 오십 명씩 몰아넣고 총살하는 참변이 벌어졌습니다. 남한과 북한의 전세가 바뀐 것 같았어요.

"며늘아, 둘째 데리고 잠시 친정에 가 있거라. 아무래도 또 난리가 날 모양이다."

"저더러 피난을 가란 말씀이세유? 아버님, 어머님은 어쩌구유. 식구들 밥은 누가 한대유?"

"너도 참, 지금 그깟 밥이 문제냐. 얼른 떠나. 가다가 비행기 뜨면 구덩이에 얼른 숨고, 알았지?"

시아버지의 갑작스러운 명령에 나는 어린 시동생을 데리고 떠밀리듯 집을 나섰습니다. 살아 있는 사람을 구덩이에 파묻고 총살하는 인민군들의 만행이 섬뜩했지만 길을 떠나는 게 도무지 내키지 않았어요. 하지만 시아버지의 엄명이었으므로 나는 어린 시동생의 손을 꽉 잡고서 억지로 발걸음을 뗐습니다. 전쟁 중이라는 현실이 무색하게 벼들이 노란 빛깔로 물들어가고 있었습니다. 내 몸까지도 노랗게 물드는 것 같았죠. 긴박한 상황만 아니라면 시동생과 함께 어린애처럼 폴짝폴짝 뛰어놀고 싶었어요. 이따금 비행기가 하늘을 날카롭게 가르면서 날아갔고, 그때마다 우리는 황급히 구덩이에 몸을 숨겼습니다. 나는 친정에 다다를 때까지 '밥' 걱정만 했어요. 굉음이나 총성은 안중에도 없었습니다. 시부모님의 밥상은 누가 차리나, 식구들의 배가 든든해야 일을 할 텐데, 그냥 시댁으로 돌아갈까. 나는 발걸음을 멈추고 서서 시댁으로 향하는 길을 하염없이 바라봤습니다.

그렇게 친정에서 내키지 않는 피난살이를 했습니다. 실로 오랜만에 친정어머니한테 받아먹는 기름진 밥이 목구멍으로 넘어가지 않았어요. 대문 밖에서 인기척이 들리면 누군가가 남편의 사망 소식을 들고 왔나 해서 간이 콩알만 해졌습니다. 나는 어린 시동생의 손을 잡고서 황금빛 들녘을 밟으며 시댁으로 가는 날을 손꼽아 기다렸어요. 깜깜한 허공에 매달려 있는 기분으로 하루하루를 보내던 어느 날, 시댁 큰아버지가 친정으로 찾아왔습니다. '드디어 올 것이 왔구나!' 나는 남편의 죽음을 떠올리며 발끝에 힘을 줬어요.

"질부, 큰조카가 살아서 돌아왔어. 어여 집에 가세. 자기가 그동안 마누라한테 잘못해서 도망 다니는 벌을 받은 거라고 후회하더먼. 내가 그 소리를 듣고 너무 기뻐서 달려왔네."

시댁에서는 벌써 잔치를 벌이고 있었습니다. 나는 일단 남편부터 찾았어요. 그러나 남편은 어디에도 없었습니다. 우리 동네에는 호두나무가 많았는데, 시아버지가 천식을 앓은 터라 호두기름을 짜서 항상 준비해놔야 했어요. 살아 돌아온 아들 때문에 화색이 돌아 집 안을 휘젓고 다니던 시어머니가 친정에서 실컷 놀았으니 밀린 일을 하라며 호두를 한 보따리 안겨줬습니다. 남편은 그새 무관심 병이 도졌는지 해가 저물도록 코빼기도 비치지 않았습니다.

"삼촌, 나랑 호두 까자. 삼촌은 학교에서 글씨를 써야 하니께 이 작은 몽둥이로 깨쳐. 나는 껍질을 벗길게."

친정으로 함께 피난 갔던 시동생과 나는 사이가 좋았습니다. 우리는 도란도란 이야기를 나누며 새벽까지 호두를 깠어요. 호두 바구니를 저만치 밀쳐놓고서 잠이 들었는데 누가 문을 열고 들어왔

168

습니다. 그와 동시에 시동생이 잽싸게 튀어 나갔어요. 아! 내 앞에 남편이 서 있었습니다. 와락 안기고 싶었지만 몸이 따라주지 않았어요. 나는 방구석에 서서 오돌오돌 떨고만 있었습니다.

"왜 그렇게 떠냐. 앉기나 좀 혀봐."

다시 만나면 살갑게 굴겠다고 다짐했는데 막상 남편을 보니까 지난 세월이 눈앞을 가려 눈물만 나왔습니다. 야속한 남편은 그런 아내를 보듬어주지도 않고 그대로 쓰러져 잤어요. 새벽에 일어나 보니 남편은 벌써 일을 하러 나가고 없었습니다.

끔찍한 고비를 넘긴 후 집안은 평온을 되찾았고 우리도 평상시처럼 목석같은 부부로 지냈습니다. 전쟁의 기운이 아직 사방에 뻗쳐 있어서 세상이 뒤숭숭했어요. 언제 끝날지 모르는 전쟁, 금방이라도 불길한 일이 벌어질 것 같은 예감에 젖어 살던 무렵 남편에게 두 번째 시련이 찾아왔습니다. 전쟁터에서 싸울 군인이 부족하여 장정들을 모두 노무대로 끌고 간다는 소문이 파다했습니다. 시아버지는 민첩하게 움직였어요. 최씨 집안의 장손을 전쟁터로 보낼 수는 없었기 때문입니다. 시아버지는 남편을 대구로 피난시킬 계획을 세웠습니다. 느닷없는 결정이었어요. 나는 허둥지둥 남편의 피난 봇짐을 챙겼습니다. 검정 바지저고리와 쌀 석 되를 볶아 만든 다식과 미숫가루를 쌌지요. 대구까지 걸어서 한 달이 걸린다고 했습니다. 그때는 한겨울이었어요.

남편이 남몰래 어둠 속으로 사라진 지 사흘째 되던 날, 눈이 억수로 쏟아졌습니다. 얼마나 퍼부어댔는지 눈이 무릎까지 쌓였어요. 내 심정도 몰라주고 눈은 그칠 줄을 몰랐습니다. 이웃집을 가는데도 삽으로 눈을 떠서 치우며 걸어야 했죠. '남편이 눈 속에 파묻혔겠구나. 피난길에 만난 눈사태를 무슨 재주로 당하겠어. 남편이 꼼짝없이 죽은 거다.' 이런 확신이 들자 내 머릿속이 눈밭처럼 하얘졌습니다. 아무래도 나는 남편과 백년해로를 하지 못할 팔자인 것 같았어요. 부엌에서 밥을 지을 때도, 호롱불 밑에서 옷을 꿰맬 때도 나는 반쯤 정신이 나가 있었습니다. 반찬이 짜든 말든, 옷의 솔기가 삐뚤어졌든 말든 집안일을 소홀히 하며 허수아비처럼 지냈습니다. 신세한탄도 부질없었죠.

시아버지는 오후 다섯시면 일꾼들과 술을 마셨습니다. 그날 오후 두부 한 모를 부쳐 술상을 차렸습니다. 바위처럼 무겁게 느껴지는 술상을 들고 시르죽은 얼굴로 사랑방 앞으로 갔습니다. 그런데 이게 웬일입니까? 내가 저녁마다 정성 들여 닦았던 남편의 구두가 댓돌 위에 놓여 있었어요. 스타킹에 구두약을 묻혀서 반짝반짝 광을 냈던, 내 손에 길들여진 남편의 구두가요. 이게 왜 사랑방 댓돌에 놓여 있단 말인가. 너무 상심한 나머지 헛것이 보이나? 나는 술상을 내려놓고서 친근하면서도 생소한 남편의 구두를 골똘히 쳐다봤습니다.

그때 사랑방 문이 벌컥 열렸어요. 이럴 수가! 내 앞에 구두의 임자가 의젓하게 앉아 있었습니다. 눈이 커지고 말문이 막혔어요. 눈속에 파묻혀 죽은 줄만 알았던 남편이 나를 쳐다보고 있었습니다. 세상에 이보다 더 황홀한 일이 어디 있을까. 내 몸이 풍선처럼 떠올랐어요. 나는 기쁨을 애써 감추면서 떨리는 손으로 술상을 놓고 부리나케 나왔습니다. 그러고는 저녁마다 남편의 구두를 닦게만 해준다면 그가 정을 주거나 말거나 개의치 않고 살아 있는 자체를 감사히 여기며 살겠다고 맹세했습니다.

그날 밤 나는 비로소 편안한 마음으로 화로 앞에서 바느질을 했어요. 그 순간만큼은 내가 세상에서 가장 행복한 여자 같았습니다. 내 몸을 옭아맸던 긴장이 풀려 달콤한 잠이 밀려왔습니다. 어떤 고운 빛깔이 얼기설기 얽혀 있는, 그러나 형체가 분명치 않은 환영을 쫓다가 나는 불현듯 눈을 떴습니다. 남편이 내 손을 낚아채듯 붙잡고 있었어요. 나는 놀랍고 부끄러워 고개를 숙였습니다. 남편이 단단한 팔로 나를 감싸 안았어요.

"왜 옷도 갈아입지 않구 꾸벅꾸벅 졸고 있어. 편히 누워서 자. 내가 미안혀, 당신한테 모질게 굴어서."

남편의 정겨운 말이 맑은 물처럼 내 안으로 흘러 들어와 원망과 미움을 씻어내는 것 같았습니다. 그날 밤 첫딸이 생겼습니다. 결혼한 지 오 년 만의 임신이었어요.

24

아무도 몰래 통장에 모아둔 돈을 헐어야 할 때가 왔다고 생각했습니다. 물론 자식들은 짐작하고 있겠지요. 어미가 분명 딴 주머니를 차고 있다는 사실을 말입니다. 그동안 정신없이 살다 보니 새끼들 입에 밥이나 제때 넣어주고 옷이나 빨아줬을까, 걔들이 무슨 생각을 하며 지내고 어떤 꿈을 품고 있는지 잘 몰랐어요. 자식들도 마찬가지일 겁니다. 자식들 앞에서는 고생으로 얼룩진 평생 동안 내가 무슨 마음을 품고 살았는지 함구했으니까요. 내가 오래전 식구들 몰래 돼지를 키워서 돈을 챙긴 사실도 남편과 당숙모만 압니다. 나는 최씨 집안의 큰며느리로 살면서 가족이나 이웃과 되도록 말을 섞지 않았습니다. 뭐든지 말이 화근이라는 사실을 진작 깨우쳤으니까요.

아무튼 내 통장에는 목돈이 있습니다. 남편이 죽기 전에 그동안 애썼다면서 건네준 현금까지 합해서 액수가 꽤 커요. 남편이 내게 남긴 돈이 있다는 것도 애들은 몰라요. 남편이 누구한테도 발설하지 말라고 했습니다. 머리가 하얘졌을 때 나를 지켜주는 건 자식이 아니라 돈이라고, 그것을 챙겨둬야 몸이 아프면 간병인도 부르고 교회에 헌금도 내고 여행도 다닐 수 있다며 절대 애들한테 나눠주지 말라고 신신당부했습니다. 여자 문제로 속을 썩이긴 했어도 생활력이나 책임감이 강한 남편이었기에 나는 옛날부터 그의 말을 별로 거역한 적이 없어요. 특히 죽음의 문턱에 다다른 남편의 당부였기에 무조건 따르기로 했답니다. 세월의 나이테가 늘어갈수록 역시 남편의 판단이 옳았다는 생각이 듭니다. 혹여 자식들이 나를 내팽개친다 해도 무서울 건 없지요. 돈이 나를 보호해줄 테니까요.

그날, 그러니까 마은숙이 제 아버지의 임종 소식을 전한 다음 날 그녀는 아침밥을 먹으면서 난감한 표정으로 이런 말을 했어요. 아버지의 도우미가 만나자고 하는데 도무지 혼자서는 못 가겠다고 말입니다.

"반드시 만나야 할 사람이긴 한데 내키지 않아요. 이럴 때 동기간이 있으면 얼마나 좋아."

마은숙이 젓가락으로 멸치조림을 집었다 놨다 하면서 푸념을 내뱉었어요. 그러다가도 어느 순간 '내가 지금 누구한테 투정을 부리고 있는 거야' 하는 표정을 지으며 자세를 가다듬곤 했습니다. 솔직히 우리가 그런 사적인 이야기를 허심탄회하게 나눌 사이는 아니지요. 우리는 엄연히 일 때문에 만났고, 자서전 작업이 끝나면 자연히 멀어질 관계니까요. 하지만 자기도 모르게 튀어나오는 푸념을 어쩌겠습니까. 한편으론 일상에서 어떤 암초에 부딪쳤을 때 속내를 드러낼 사람이 나밖에 없나 싶어 안쓰럽기도 했어요. 우리 집에서 이틀을 지낸 마은숙은 떠날 채비를 했습니다. 마지못해 가방을 챙기는 눈치였어요. 그 마음 상태를 훤히 읽었으면서 모른 체할 수 없었습니다. 솔직히 마은숙이 원한다면 언제까지고 보듬어주고 싶었어요. 엄마도 아빠도 훨훨 날아가버린 둥지에 홀로 남은 어린 새니까요.

"이왕 왔으니께 하루 더 묵으면서 인터뷰를 하면 어쩌까. 들어봐야 구질구질헌 얘기 후딱 끝내버리게."

마은숙을 눌러앉히기 위한 구실이었습니다. 자서전이야 순전히 아들이 내고 싶어서 안달하는 책일 뿐 나는 관심 밖이니까요. 텔레비전에서는 책을 읽지 않는다고 야단인데도 사방에 책이 넘쳐나지요. 이런 판국에 나까지 책을 낸다면 그게 노망이지 뭡니까. 저마다의 삶이 다 특별한데 자기만 대단한 삶의 철로를 밟은 것처럼 책으로 증거를 남기려는 작태 자체가 우스운 것인데, 아무리 아들의 고집 때문이라지만 내가 바로 그 짓을 하고 있으니 한심하기 짝이 없지요.

어쨌든 내 말에 마은숙은 "그럴까요? 인터뷰할 시간도 얼마 남지 않았으니까요" 하면서 바로 녹음기를 꺼냈습니다. 인터뷰 기간을 대략 한 달로 잡았는데 그때가 3월 마지막 목요일이었어요. 시간이 촉박하기도 했습니다. 3월 초에 시작한 인터뷰를 4월 초쯤 끝내야 했으니까요. 상쾌한 기분이 아니라서 케케묵은 이야기를 꺼내기가 마뜩지 않았지만, 내가 '일'을 핑계로 그녀를 붙잡았기에 마지못해 입을 열었습니다. 마은숙이 부친상을 당한 처지였으므로 이번에는 남편이 덜컥 병에 걸려 시름시름 앓다가 영영 눈을 감아버린 사연을 들려주기로 했어요. 그게 말주변이 없는 내가 할 수 있는 위로의 방법이었습니다.

25

남편의 죽음을 떠올리면 언제라도 눈시울이 뜨거워집니다. 깨밭의 김을 매는 일이 뭐가 그리 중요하다고 병원에 늦게 갔을까. 한시라도 빨리 올라갔으면 임종을 앞둔 양반과 눈으로라도 오래 대화를 나눴을 텐데. 정말 나는 바보천치예요. 남편 인생을 생각하면 그저 가엽기만 합니다. 소실을 거느리고 살고 거기서 자식까지 본 인이라 해도요. 남편은 손발이 닳도록 그러모은 돈을 제대로 써보지도 못하고 숨을 거뒀습니다. 평생 일만 하다가 마감한 삶이었지요. 남편은 열네 살 때부터 자전거를 타고 다니며 돈이 나올 구멍을 찾아다녔습니다. 떠안은 일이 많아서 제때 밥을 먹을 수가 있나, 가까운 유원지로 놀러 갈 수가 있나, 잠을 충분히 잘 수가 있나. 젊을 때는 밥을 먹고 뒤돌아서면 배가 고픈 법인데 대충 끼니를 때우고 허둥지둥 일터로 갔으니 그 인생이 딱합니다. 무슨 기계처럼 온종일 몸을 가동시키는 남편이 안쓰러워서 나는 항상 갓 지은 밥으로 상을 차렸습니다. 옷도 정성스레 다림질하고 구두도 날마다 깨끗이 닦았어요. 그런 식으로 고단한 일상을 어루만져주고 싶었습니다.

"죽을 때 자식들한테 빚 남기지 말아유."

남편 못지않게 무뚝뚝한 내가 남편에게 자주 했던 말입니다. 그가 숨을 거두기 서너 해 전부터 기운이 없다, 어지럽다, 하면서 툭하면 드러누웠어요. 병원에 가서 링거라도 맞으라고 잔소리를 해도 아침이면 일터로 향하기 바빴습니다.

"나 좀 봐, 나 좀 봐, 손이 이렇게 비틀려 돌아가네. 잘 쥐어지지도 않고."

어느 날 남편이 걱정스러운 표정으로 손을 이리저리 움직였습니다. 나는 그저 노환 증세려니 여기며 굳이 병원으로 등을 떠밀지 않았어요.

"자네 당부대로 빚 다 갚았네."

그제야 남편은 병원으로 떠날 채비를 했습니다. 자신의 건강에 빨간불이 켜진 사실을 미리 간파하고서 뒷정리를 말끔히 해놓고 병원에 가기로 생각했던 모양이에요.

남편을 데리고 병원에 갔더니 의사가 얼른 큰 병원으로 모시라고 했습니다. 위급한 소식을 접한 자식들이 금세 달려와 의사가 시키는 대로 서둘러 움직였습니다. 병명은 '재생불량성빈혈'이었습니다. 그 병은 대개 백혈병으로 발전한다고 했어요. 하늘이 무너지는 것 같았습니다. 재생불량성빈혈 환자는 고단백 음식을 정해진 양대로 먹이고 그릇을 끼니때마다 소독하면서 돌봐야 합니다. 까다로운 병간호지요. 나는 일꾼들의 밥을 챙겨야 했기에 환자를 보살필 여유가 없었습니다. 어쩔 수 없이 간병인을 두기로 입을 모았지요.

환자는 서울대학교병원에서 팔 개월 동안 투병 생활을 했습니다. 병세가 악화되자 기구를 통해 몸속으로 흘려보내는 약물에 의지해 살았어요. 숟가락으로 떠 주는 물도 제대로 넘기지 못하는 환자의 상태가 너무도 가련했습니다. 뼈만 앙상하던 남편을 생각하면 곧장 눈앞에 아른거리는 장면이 있습니다. 무엇보다 식구들이 건강해야 병간호를 할 수 있기에 어느 날 나는 보신탕을 만들어 병실을 찾았어요. 자식들이 병실 뒤쪽에서 보신탕을 먹는데 남편이 자꾸 이거 가져와라, 저거 가져와라, 하며 성가시게 했습니다. 나는 그 꼴을 묵묵히 지켜보다가, 자식들 밥 좀 먹게 내버려두지 왜 그렇게 사람을 성가시게 하느냐며 핀잔을 줬습니다. 병실 안에 보신탕 냄새가 솔솔 풍기니 그 기름진 음식을 얼마나 먹고 싶었으면 심술을 부렸을까. 훗날 생각해보니 내가 환자를 앞에 두고 무슨 짓을 했나 싶데요.

"엄마, 아버지가 위독해. 오늘 밤 열한시가 고비래."

기태가 전화기를 붙잡고 흐느꼈습니다. 깨밭의 김을 매고 시아버지 제사도 지내며 집에 있던 나는, 그제야 부랴부랴 서울로 올라갔어요. 제사야 어쩔 수 없다 해도 그깟 깨밭이 뭐가 중요하다고 뭉그적거렸는지 생각하면 한숨만 터져 나와요.

병원에 도착하니 기태가 제 아버지를 집으로 옮기려는 준비를 서두르고 있었습니다. 삭막한 병원에서 아버지와 이별하기 싫다고 했습니다. 긴박한 소리를 매달고 달리는 앰뷸런스에 환자를 싣고 내려가는데 가슴이 찢어졌습니다. '앰뷸런스를 타는 사람이 따로 있는 줄 알았더니 지금 내가 여기에 몸을 싣고 있구나!' 내 입술이 바짝바짝 타들어갔습니다. 뒷좌석에 앉은 자식들이 훌쩍거렸고, 나는 속으로만 통곡했습니다.

작은방 침대에 환자를 뉘었습니다. 친척들이며 이웃 사람들이 저승길을 밟으려는 환자와 마지막 인사를 나눴어요. 마침내 밤이 깊었습니다. 생명줄이 점점 짧아지는 환자가 애처로운 눈빛으로 주변을 살폈어요.

"두 애들이 오지 않아서 눈을 못 감지유, 당신? 아무 걱정 말어유, 내가 책임지고 보살필게. 지금까지 살면서도 내가 당신한테 헐 만큼 혔는디 그 소원 하나 못 들어주겠슈? 당신이 나 아니면 누굴 믿는다. 그러니까 아무 염려 말고 편히 가유."

소실의 두 아들이 임종 직전까지 나타나지 않아서 남편이 차마 눈을 감지 못한 겁니다. 당신만 믿겠다는 듯 고개를 힘없이 끄덕이더니 남편은 이내 죽음의 계곡으로 들어갔어요. 남편이 숨을 거둔 날 장대비가 억수로 쏟아졌습니다. 장마가 지루하게 이어지던 그 해, 우리는 가장의 초상을 치렀어요. 장례 일꾼들과 문상객들에게 나눠줄 우비며 우산, 장화도 잔뜩 구입했죠. '하나님, 두 시간만 비를 그치게 해주셔유. 아무리 죄가 많은 인간이라도 산에는 묻어야 하잖아유. 두 시간만 비를 잠재워주시믄 남편의 죗값은 지가 치를 게유.' 나는 마음속으로 이렇게 애원했습니다. 남편이 비를 맞으며 머나먼 길을 떠나는 모습만큼은 보고 싶지 않아서요.

기적처럼 내 기도가 통했습니다. 남편의 관을 상여에 실으니까 신기하게도 비가 그치더란 말이에요. 상여가 집에서 출발하여 산소에 관을 묻기까지 하늘은 잠잠했습니다. 그래도 이승에서 게으름 피우지 않고 두루두루 나눠주며 열심히 살았다고 하나님이 은혜를 베풀었나 봐요. 시아버지와 남편의 장례식에는 조문객이 줄을 이었습니다. 두 양반한테 정신적, 물질적으로 도움을 받은 사람들이 진심으로 고인의 명복을 빌었어요. 우리 집 마당에서 큰 대문까지 조화가 넘쳐났지요. 시아버지와 남편이 축복을 받으며 하늘로 떠나서 내 슬픔의 수위가 한결 낮아졌습니다.

26

"더 이상 할 얘기가 없슈. 남편이 죽었으니 이야기도 거기서 끝이지, 뭐. 환갑이 지나면서부터는 먹고, 자고, 밭에서 채소 뜯고, 경로당 아니믄 예배당에 가는 게 일이라 할 얘기가 있깐. 그래서 늙으믄 따분하고 서럽다는 게지."

"그래도 여기서 인터뷰를 마무리하기엔 아쉬운데요."

"뭐시 아쉬워. 사람 사는 거 거기서 거기지. 살을 붙여서 책을 맹글든지 말든지."

식탁 의자에 장시간 앉아 있었더니 허리가 뻣뻣하기도 하고, 내 과거지사가 아니라 내가 짠 계획을 얼른 털어놓고 싶어 분위기를 바꿀 겸 안방으로 건너갔습니다. 마은숙이 커피 잔을 들고 따라왔습니다.

"운전할 줄 알어유?"

"네, 지난해까지 승용차를 가지고 다녔는데 처분했어요."

마은숙이 한쪽 다리를 뻗더니 주먹으로 허벅지를 두드리면서 대꾸했습니다.

"부탁이 있는데……."

"저한테 무슨 부탁을."

"차 한 대 사요."

"차를요?"

마은숙이 눈을 동그랗게 뜨고서 되물었습니다. 길게 뻗은 한쪽 다리를 재깍 오므리면서요.

"돈은 내가 줄 테니 지금이라도 당장 알아봤으믄 좋겠는데, 중고루다. 큰 차 말고."

"어머님이 운전하시게요?"

"늙은이가 무신 운전을 헌다. 돈은 내가 댈 테니께 운전은 그쪽에서 하라는 게지."

도대체 무슨 소리냐는 의문이 마은숙의 얼굴에 가득했습니다. 내가 생각해도 엉뚱한데 마은숙은 오죽했겠어요.

"내가 문상을 갈 데가 많어유. 전국 각지에서 수시로 부고 문자 메시지가 날아오는데 버스나 기차를 이용하려니께 엄두가 안 나고, 같이 갈 사람도 없고, 그냥 문자만 받고 말자니 께름칙허고. 그쪽이 나를 차에 싣고 다니면 원이 없겠는디. 내가 사례는 섭섭지 않게 헐 테니께. 우리 기태한테 언제까지 인터뷰헌다고 했슈?"

"4월 둘째 주까지요."

"그럼 그때까지 나랑 돌아댕깁시다. 직장에 매인 몸이면 할 수 없구."

"어디에 매인 몸은 아니에요."

"그럼 잘되았네. 늙은이 소원 좀 들어주구랴. 경비 걱정은 허지 말구."

여전히 의문이 가득한 얼굴로 마은숙이 마른침을 삼켰습니다. 충분히 예상한 반응이었어요.

"노인네가 차를 타고서 콧바람을 쐬고 싶은가 부다, 이렇게 편하게 생각해유. 심각할 거 하나도 없네. 차를 장만하면 그 도우미부터 만나러 갑시다. 아버지의 시신을 수습했다는 도우미 말이유."

"진심이세요?"

"내가 세상에서 못하는 게 딱 두 가지 있는데 그게 애교 부리는 거랑 거짓말이유."

"최 사장님도 허락한 일이에요?"

"지가 뭔데 허락허구 말구여. 내가 하고 싶으면 하는 게지. 우리 기태는 몰라유. 딸들도 그렇구. 말이야 둘러대면 되겄지. 솔직히 말해도 상관없는데 딸년들이 꼬치꼬치 캐물어싸니까 귀찮아. 승용차 얘기, 우리 기태한테 절대 말허지 마우. 그 약속만 지켜주면 되어."

'도우미' 미끼에 마은숙이 재깍 걸려들었습니다. 솔직히 차를 구입하기로 결심하는 데 마은숙의 딱한 사정이 어느 정도 역할을 한 게 사실입니다. 생면부지의 여자한테 돌아가신 아버지의 살아생전 근황을 들으러 가는 심정을 짐작하고도 남았으니까요. 피붙이와 동행하면 죄의식 내지는 상실감이 덜하련만 마은숙은 지금 천애고아가 아닙니까. 불효자로 살아온 과거는 덮어두고 현재 마은숙의 처지만 헤아리기로 했기에 나는 그 심적 부담감을 함께 나누고 싶었습니다.

마침내 마은숙의 몸에 생기가 올랐습니다. 별안간 명랑해진 그녀의 모습에 나도 덩달아 설렜지요. 이게 다 통장에서 쌔근쌔근 잠자고 있는 돈 덕분이라고 생각하니 남편이 새삼 고마웠어요. 자식들에게 이 눈치 저 눈치 봐가며 용돈을 받아 쓰는 처지였다면 무슨 재주로 내가 승용차를 구입합니까. 나는 서너 해 전부터 이제

죽을 때가 됐으니 뒤늦게나마 베풀며 살기로 했습니다. 신앙인으로서 천국과 지옥을 염두에 둔 다짐은 아니었고 그게 인생의 수순이라 여겼지요. 교회에 가면 주보에 예배 순서가 적혀 있잖아요? 그것처럼 우리네 인생에도 차례차례 해야 할 일들이 있는데 노년, 그러니까 '삶의 식순'의 맨 끝자락에는 베풂이 자리해야 한다고 생각했지요. 베풀며 사는 때가 정해져 있는 건 아니지만 솔직히 젊은 시절에는 그게 좀 어렵지 않습니까. 내 가정부터 안정을 찾고 봐야 하니까 딱한 이웃들을 눈여겨볼 경황이 없지요. 그런데 그 안정의 기준이 저마다 달라서 결국 이기적인 삶을 사는 겁니다. 물론 젊을 때부터 봉사 활동에 기꺼이 참여하고, 또 기부하면서 선의를 베푸는 사람도 많지요.

우리 시아버지와 남편도 선행을 실천하며 살았어요. 저번에도 말했듯 '우리 집 안에 들어온 사람에겐 반드시 밥을 먹여 보내라'는 시아버지의 엄명은 시댁의 가훈이나 마찬가지였어요. 눈이 오나 비가 오나 시아버지는 사시장철 대문을 활짝 열어놨습니다. 그러니까 그 엄명 속에는 '배고픈 사람들은 언제든지 우리 집으로 오라'는 인정이 숨어 있었던 게지요. 지금처럼 음식이 흔해터진 시대도 아닌데 그런 마음 씀씀이를 갖기가 어디 쉽습니까. '밥 주는 집'이라고 인근 동네에까지 소문이 나서 우리 집은 그야말로 배곯는 사람들의 쉼터였습니다.

자식들은 부모의 사고방식과 행동을 알게 모르게 답습하지요.

그게 바로 가정교육이고요. 어릴 적부터 시아버지의 선행을 보고 자란 남편도 베푸는 것을 당연시 여겼습니다. '밥 보시' 가훈을 따르는 것은 물론이고, 오지랖까지 넓어 위험에 처해 있거나 사정이 딱한 이웃들을 그냥 지나치지 못했습니다. 크리스마스 새벽에는 집집마다 돌면서 예수 탄생의 기쁨을 나누는 교회 청년들을 기다렸다가 그들에게 돈 봉투를 건네주곤 했습니다. 남편이 중병을 앓았던 당시엔 우리 동네에 교회가 없어서 사람들이 이웃 마을까지 걸어 다녔는데, 남편이 그 불편을 헤아려 우리 집 뒤편에 있는 땅을 교회 신축 부지로 내놓고 하늘의 부름을 받았습니다.

베푸는 방법이 모두 같을 수야 없지요. '선행'이라는 알맹이는 똑같아도 겉모습은 각양각색일 겁니다. 시아버지나 남편과 달리 나는 먼 길 떠나는 망자들을 배웅하면서 노잣돈을 보태주기로 했습니다. 홀로 쓸쓸히 숨을 거둔 고인이라면 내 발걸음이 값질 테고, 한평생을 평탄하게 지내다 여러 사람의 배웅을 받으며 떠난 망자라도 상관없었어요. 살아생전에 부자였던 가난뱅이였든 이미 죽은 '나'는 모두 고독하니까요. 그래서 번호가 바뀐 내 휴대전화로 꾸준히 날아오는 부고 문자메시지에 마음이 쓰인 겁니다.

마은숙은 어느새 노트북을 켜놓고 뭔가를 살펴보고, 수첩에 전화번호를 적기도 했어요. 인터넷에 있는 중고차 매매 시장을 훑어보는 거라고 하더군요.

"중고차는 얼마믄 산댜?"

"천차만별이에요."

"안전도 생각혀서 너무 구닥다리는 말고 쓸 만헌 걸로 알어봐유."

"차종은 아반떼 정도면 괜찮을까요? 아니면 모닝?"

"늙은이가 차 이름이 뭐가 뭔지 어찌케 안댜. 너무 크거나 작지 않은 걸로 허지, 뭐."

"작은 차가 실속 있어요. 통행료도 깎아주고, 주차하기도 편하고, 여러모로 장점이 많아요. 작은 고추가 맵다고들 하잖아요."

"운전하는 사람 마음대로 하슈."

"음…… 이게 괜찮겠어요. 2010년도에 나온 찬데 상태가 양호하네요."

마은숙은 신속하게 움직였습니다. 비록 늙은이라도 동행할 사람이 생기니까 아버지의 도우미를 빨리 만나고 싶은 모양이었어요. 나도 마음이 급하긴 마찬가지였습니다. 그 전날 오후에 부고 문자메시지를 받았는데 이틀 후가 발인이었거든요. 지역이 전라남도 담양이었습니다. 되도록 서둘러서 거기로 가고 싶은데 중고차가 슈퍼에서 바로 살 수 있는 과자도 아니고 가능할까 싶었지요. 어쨌든 마은숙의 동작이 빨라서 마음이 놓입니다. 딸애들과 캐나다로 생애 첫 해외여행을 떠나기로 했을 때보다 훨씬 설레고 즐거웠어요.

27

마은숙이 중고차를 끌고서 우리 집에 나타나기까지 닷새가 걸
렸습니다. 중고차 구입비로 380만 원을 썼어요. 이래저래 쓴 돈을
합하면 500만 원 가까이 됩니다. 내가 예상했던 금액과 얼추 맞아
떨어졌습니다. 오로지 나를 위해서 큰돈을 써보기는 처음이었어
요. 전혀 돈이 아깝지 않았습니다. 오히려 묘한 쾌감을 느꼈지요.
차를 며칠 빌려 쓰면 훨씬 경제적이었을 겁니다. 하지만 이것저것
따지지 않고 마음이 시키는 대로 하고 싶었습니다. 지금까지 살면
서 내 뜻대로 뭔가를 해본 기억이 별로 없으니까요. 그야말로 수
동적이고 소극적인 삶이었죠. 승용차를 구입해! 라는 목소리가 내
안에서 또렷이 들려왔습니다. 그래서 꽁꽁 묶어둔 통장의 매듭을
풀어버린 겁니다.

그날은 4월 5일이었습니다. 지금은 아는 사람만 아는 식목일,
완연한 봄날이었어요. 우리의 옷차림이 산뜻했습니다. 다소 상기
된 표정도 닮아 있었고요. 딸들이나 기태한테는 아무 말도 내비치
지 않았습니다. 고속도로를 달리고 있는데 딸이나 아들한테 전화
가 걸려 오면 경로당이나 복지 회관에 있다고 둘러대면 그만이니
까요. 내가 초저녁잠이 많은 줄 알고 애들이 저녁 여덟시 이후에

는 가급적 전화하지 않으니 어느 도시에서 하룻밤 묵으면 어떻습니까. 새벽같이 일어나 밭으로 나가는 걸 알고 있으니 설령 애들이 아침 일찍 전화했는데 받지 않으면 텃밭에서 일하나 보다, 생각할 겁니다. 마은숙이야 독신이라 거리낄 게 없으니 우리의 계획은 순조롭게 진행될 것 같았습니다.

"그 양반은 어디서 만나기로 했슈?"

"서울에 도착하면 전화한다고 했어요. 신림동에서 만나자네요. 아버지가 살았던 동네래요."

마은숙이 차에 시동을 걸면서 나직나직 대답했습니다. 벌써부터 긴장감이 서린 목소리였어요. 왜 그렇지 않겠습니까. 내 가슴도 살살 떨리는데요. 승용차는 당진을 벗어나 고속도로로 진입해서 서울 가는 방향으로 몸을 틀었습니다. 마은숙의 운전 솜씨가 능숙했어요. 평일이라 고속도로가 한산해서 내 마음까지 확 트이는 것 같았습니다. 차는 벽돌색이었고, 이름은 프라이드라고 했습니다. 지인들을 동원해서 아주 저렴하게 구입했다며 마은숙이 기뻐했죠. 예전 주인이 승용차를 곱게 타고 다녀서 중고차인데도 새것 같았습니다.

"차 안에서 못다 한 이야기를 할까요?"

"자서전 말이유? 뭔 얘기를 또 헌다."

"드라이브하면서 구름이나 산을 보면 어떤 장면이 떠오를지도 몰라요. 혼자 추억에 잠겨 있지 마시고 저한테도 들려주세요."

"떠오를 추억이 뭐가 있댜. 죄다 물거품처럼 사라졌는걸."

"근데 어머니, 전국 각지에서 왜 부고 문자메시지가 날아와요? 예전에 아버님이 여러 사업에 손을 대셨다더니 그 인연들을 아직까지 어머니가 관리하는 거예요?"

저절로 웃음이 나왔습니다. 마은숙도 덩달아 미소 짓데요. 나도 주책이지, 잘못 배달된 부고 문자메시지에 마음이 이끌리다니. 그래서 장례식장 순례에 나서게 된 사연은 비밀로 하려 했는데, 우리는 길동무이니 마음을 열기로 했죠.

"망자들이 정말로 어머니를 부르는지도 몰라요."

내막을 들려주자 마은숙의 반응이 의외로 미지근했습니다.

"전화번호를 바꾸면 옛날 주인을 찾는 문자는 몇 번 오고 마는데, 어머니한테는 계속 이어지잖아요."

"엊그제도 문자가 왔슈. 어떤 시인이 죽은 에미를 청주참사랑병원에 모셨드만."

"상을 당한 사람들이 모두 작가라고요."

"우리 딸이 그러데, 옛날 주인이 작가여서 그런가 보다고. 작가가 쓰던 전화번호를 물려받았으니 나더러 영광으로 알랍디다. 깡패가 쓰던 것보다야 낫겠지."

마은숙이 웃음을 터트렸습니다. 그 웃음이 하품처럼 내게 전염됐어요. 마은숙이 웃는 걸 보니까 집을 나선 내 마음이 한결 가벼워졌습니다.

"아이고, 또 왔다!"

문자메시지가 배달됐다는 신호음이 울려서 휴대전화를 열었더니 때마침 부음 소식이었습니다. 중고차에 몸을 실은 구실이 분명해져서 그게 누군가의 죽음을 알리는 것인데도 나는 즐거웠어요.

"동화작가 박희오 회원이 장모상을 당했다는구먼. 원주세브란스기독병원. 발인 날짜가 7일이니께 내일모레네. 화창한 봄날에 떠났으니 얼매나 좋아. 나도 새끼들 고생 안 시키려믄 이런 날 가야 할 낀데……. 오늘 저녁이나 내일 장례식장에 들르믄 되겠다."

현재 상을 당한 처지라서 그 부고가 실감 나는지 마은숙은 묵묵히 운전대만 잡고 있었습니다. 몇 시간 후면 만날 아버지의 도우미가 뒤늦게 떠올라 착잡하기도 했겠지요. 때마침 500미터 전방에 죽전 휴게소가 있다는 표지판이 보였고, 나는 음료수나 마시자면서 마은숙을 그리로 이끌었습니다. 갈증이 났다기보다 분위기를 바꾸고 싶어서요. 마은숙이 애써 상냥하게 대꾸하며 우측 차선으로 차를 몰았습니다. 하늘에 떠 있는 뭉게구름이 어찌나 탐스러운지 건드리기만 해도 단물이 뚝뚝 떨어질 것 같았어요. 마은숙의 기분이 어떻든 나에게는 다시 오지 않을 싱그러운 봄이었습니다.

28

상가와 좌판이 어수선하게 어울려 있는 도로를 돌고 돌아 오래된 아파트 근처에 다다랐습니다. 도로가 사방으로 뻗쳐 있어 무질서한 인상을 풍기는 동네였어요. 행인이며 장사치들로 북적거려서 더욱 산만하게 보였습니다. 마은숙이 편의점 앞에 차를 세웠습니다. 차들이 발악하듯 경적을 울려서 신경질이 저절로 일었습니다. 마은숙이 도우미에게 전화를 걸더니 동산아파트 입구의 편의점 앞에 있다고 나직이 말했습니다.

"203동 705호요? 네, 곧 찾아뵙죠."

전화를 끊고서 잠시 정면을 응시하던 마은숙이 다시 차를 움직였습니다.

"집으로 오라는 가베."

"동산아파트 203동 705호가 아버지가 머물던 집이라네요."

"나는 차 안에 있는 게 좋으까?"

"아니에요, 함께 가요. 제가 큰이모라고 둘러댈게요."

혹시 내가 있으면 불편할까 싶어 물어봤더니 마은숙이 내 팔을 붙잡으며 간절한 눈빛을 보냈습니다.

동산아파트 정문으로 들어서는 순간 시끌벅적한 소리가 사라지고 사방이 고요해졌습니다. 한껏 들떠 있는 도심을 벗어나 산사에 발을 내디딘 기분이랄까요. 한순간에 분위기가 달라져서 어리둥절했죠. 마침내 시동이 꺼졌고, 우리는 서로의 얼굴을 잠깐 바라본 후 차에서 내렸습니다. 그리고 203동 출입문을 향해 사뿐사뿐 걸었어요.

"아유, 어서들 오세요. 동네가 좀 복잡한데 잘 찾아오셨네요."

육덕이 좋은 여자가 우리를 반겼습니다. 체구가 작고 말랐을 거라는, 근거 없는 상상에서 벗어난 외모여서 좀 당혹스러웠어요. 혼자 살기에 적당한 아파트였습니다. 낮인데도 집 안에 햇살이 비치지 않아 다소 음산한 기운이 감돌았지만 아늑한 맛은 있었어요. "아버님이 항상 앉아 계시던 자리예요" 하면서 도우미가 우리를 소파로 안내했습니다. 그곳을 마은숙이 물끄러미 쳐다보더니 거실 바닥에 몸을 부렸습니다. 얼떨결에 내가 마은숙 부친의 소파에 앉게 되었어요.

집 안은 지나치게 단정했습니다. 살림살이도 그대로 있었고요. 일단 장례만 치르고 망자의 물건에는 손대지 않은 것 같았습니다. 아버지의 물건을 딸이 직접 치우라고 도우미가 마은숙을 부른 모양이데요. 아무리 살가운 도우미였어도 가족도 아닌데 고인의 유품을 함부로 정리할 수는 없었겠죠. 마은숙과 나는 동시에 벙어리가 됐습니다. 동산아파트에서는 내가 마은숙의 큰이모니까 어른으로서 무슨 말이든 꺼내야겠는데 도무지 입이 떨어지지 않았어요. 시댁에서 수십 년을 살면서 어떤 일이든 속으로만 삭이다 보니 누군가에게 내 뜻을 전할 때면 보통 망설여지는 게 아니에요. 그날은 특히 더 그랬습니다. 사실 나는 고인과 생판 남이니까요. 어쨌든 시신을 수습해준 사람이니 무슨 말이든 내뱉어야 하건만 계속 우물쭈물했어요. 그동안 인터뷰를 하며 내 성격을 파악한 마은숙은 그냥 가만히 앉아 있으시기만 하라고 미리 일렀지만 그래도 어떻게 그럴 수 있습니까. 그 도우미는 나를 마은숙의 큰이모로 알고 있는데요. 다행스럽게도 도우미가 "케이크가 있는데 좀 드실래요?" "오늘은 날씨가 화창하네요" "편안하게 다리 쭉 뻗고 앉으세요" 하며 서글서글하게 말을 붙여서 분위기가 꽝꽝 얼어붙지는 않았습니다.

"우리 대신 큰일을 해주셨어유. 이 신세를 어쩌케 갚으야 할지⋯⋯."

내가 기어들어가는 목소리로 간신히 말을 꺼냈습니다. 마은숙이 나를 흘낏 쳐다봤어요. 무슨 말부터 꺼낼까, 자기도 이리저리 머리를 굴리고 있는데 내가 먼저 입을 여니까 고마워하는 눈치였습니다.

"마 신령님 장례를 치르기 전에 몸이 달은 생각을 하면 지금도 뒷목이 뻣뻣해져요."

"마 신령이라니요?"

마은숙이 톡 쏘듯이 물었습니다.

192

"마정렬 선생님이요."

도우미의 말투에 마은숙의 아버지 '마정렬'에 대한 애정이 진하게 묻어 있었습니다. 마은숙에게 아버지는 고등학교 졸업식을 하자마자 상경한 후 남으로 생각할 만큼 만정이 떨어지는 사람이었지만, 도우미가 아는 '마정렬'은 차원이 다른 인물이었습니다.

"마 신령님이 돌아가신 다음 날 불현듯 따님 전화번호가 떠올랐어요. 사람이 죽을 때가 되면 무슨 느낌이 오는지 돌아가시기 석 달 전쯤 마 신령님이 저한테 따님 전화번호를 알려줬거든요. 그 번호가 때마침 생각나서 계속 전화를 걸었는데 받지 않더라고요. 우리 산악회 회원들이 마 신령님의 장례를 치르려 했는데 가족의 동의를 받아야 한다니 답답한 노릇이죠. 따님 말고 다른 가족은 아무도 없더라고요. 그렇게 시간을 끌다가 우리 산악회 총무가 난리를 쳤어요. 전화 통화가 안 되는 딸을 언제까지 기다리느냐고, 우리 산악회 회원들은 가족이나 마찬가지라고, 나중에 법적으로 문제가 생기면 자기가 대표로 책임을 지겠다면서 각서까지 쓰겠다고 덤볐어요."

"그때 한국에 없었어요. 휴대폰은 잃어버렸고요."

"저는 전화번호를 바꿨나 했어요. 아무튼 마 신령님을 그렇게 떠나보내고 저도 친정에 일이 생겨서 한동안 아무 정신이 없었어요. 그러다 엊그제 모처럼 산을 타는데 마 신령님이 떠올라 따님한테 다시 한 번 전화해본 거예요."

'마 신령'의 유일한 가족인 딸과 연락이 닿지 않아 가슴 졸였을 사람들의 한숨 소리가 들려오는 듯했습니다. 그러나 마은숙은 자신을 애타게 찾은 사연을 들으면서도 좀체 냉정을 잃지 않았어요.

"마 신령님은 진정한 산악인이었어요. 그야말로 온몸을 바쳐 산을 사랑했으니까요. 그분은 살아 있는 산신령 같았어요. 마 신령님이 이끄는 대로 산을 다니다 보면 육체의 병도, 마음의 병도 씻은 듯이 나았어요. 우리는 고민거리가 생기면 꼭 마 신령님을 찾아갔어요. 평생 산의 기운을 받으며 사신 분이라서 그런지 마 신령님이 시키는 대로 하면 고민이 풀렸답니다. 그래서 우리가 마 신령님, 마 신령님, 하고 불렀어요."

마은숙이 피식 웃었습니다. 도우미가 다소 언짢은 표정으로 마은숙을 쳐다봤어요. 누가 봐도 그건 비아냥 섞인 웃음이었으니까요. 잠시 마 신령한테 취해 있던 도우미가 입맛을 다시고는 다시 말꼬리를 이었습니다.

"그렇게 갑자기 떠나시다니, 정말 하늘도 무심해요. 우리 산악회는 어쩌라고……."

"무신 병이었나유?"

"지병이 있단 말은 못 들었어요. 얼마나 건강하셨는데요. 환갑도 한참 넘으신 양반이 산에 가면 펄펄 날아다녔어요. 한번은 봉화산에 갔다가 발을 헛디뎌서 한동안 절룩거렸는데, 그런 몸을 이끌고도 산에 올랐다니까요. 괜히 마 신령이 아니에요."

도우미가 '마 신령'을 입에 올릴 때마다 왠지 웃음이 나왔어요. 물론 그 웃음을 내비치지는 않았지요. 도우미는 진지한 얼굴로 회상에 잠겨 있는데 웬일인지 그 모습이 시답잖아 보이고, 자기들끼리 똘똘 뭉쳐서 무슨 교주처럼 마 신령을 열렬히 떠받드는 느낌이랄까. 가정과 처자식을 내팽개친 무능력하고 무책임한 가장의 실루엣이 머릿속에 드리워져 있어서 줄곧 그런 느낌이 들었는지도 모르겠습니다.

"사정이 있어서 일주일 동안 여기에 못 왔거든요. 제가 끓인 순댓국을 마 신령님이 좋아하셔서 재료를 사가지고 왔더니……."

도우미가 말끝을 흐리며 고개를 숙였습니다. 북받쳐 오르는 설움을 참는 것 같았어요. 마 신령의 활약에 대해서는 무심하던 마은숙이 그 죽음의 정황만은 듣고 싶었는지 도우미를 유심히 쳐다봤습니다. 도우미가 한숨을 길게 내쉬면서 머리를 매만졌어요.

"제가 하루만 일찍 왔어도 마 신령님은 생명을 건졌을지도 몰라요. 내가 구하지 못했다는 죄책감 때문에 너무 괴로워요."

"그럼 건강한 양반이 집에 혼자 있다가 그런 변을 당한 거예요?"

"파자마 차림으로 욕실 변기 옆에 쓰러져 있었어요. 넘어지면서 머리를 다친 모양인데 피가 안으로 흘러서 목숨을 잃었대요. 피가 밖으로 흘렀으면 생명을 건질 수 있었나 봐요. 그렇게 쓰러진 채로 사흘 동안이나 방치되어 있었으니 마 신령이 아니라 마 신령 할아비라도 깨어날 수 없었을 거예요. 마 신령님 팔뚝에 생채기가 많았어요. 살려고 발버둥 친 흔적 같아요. 누구한테든 전화하려고, 거실로 나오려고 얼마나 몸부림쳤겠어요."

"다리를 절룩거리면서도 산을 탔다는 양반이 욕실에서 거실이 얼마나 된다고 발버둥 치다가 말아……."

마은숙의 건조한 목소리가 집 안 가득 울렸습니다.

"타고난 명이 거기까진 게지. 하늘의 뜻이 그렇다면 천하장사라도 별수 있남."

혼잣말처럼 나온 말이었습니다. 이만큼 나이를 먹고 보니 젊은 시절 잠깐이고, 늙는 건 순식간이고, 죽음은 한순간인 걸 알겠습니다. 그 지당한 깨달음이 머릿속에 자욱이 피어올라 나는 인생사 속절없다는 푸념을 입안에서 굴리고 있었습니다.

"따님 이름이 '매고'죠?"

도우미가 허리를 곧추세우며 마은숙을 향해 입을 뗐습니다. 마은숙이 다소 당황한 기색으로 도우미와 시선을 맞췄습니다. 마은숙이 정면에 앉아 있어서 그녀의 몸짓이며 표정이 한눈에 들어왔어요. 매고, 매고…… 그 요상한 호칭의 정체가 무엇일까 궁금했습니다.

"마 신령님이 매고 씨 얘기를 종종 하셨어요. 산 정상에 올라가서 오이를 먹을 때면 어김없이 매고 씨를 떠올리더라구요. 지금도 오이를 좋아하세요?"

마은숙이 못마땅한 표정을 지었습니다. 도우미가 '매고'라는 별

칭을 알고 있다는 사실이 불쾌한 것 같았어요.

"누가 오이를 좋아한다고…… 오이는 냄새만 맡아도 역겨워요."

마은숙이 거칠게 대꾸했습니다. 제 아버지의 장례를 치러준 여자니까 억지로라도 깍듯이 대해야 하건만 마은숙은 그걸 망각했습니다. 마은숙의 되바라진 대답에 말문이 막히는지 도우미가 씁쓸히 웃데요.

"이 아파트에 대해서 알고 싶은데요."

"뭘요?"

"아버지의 집은 당연히 아닐 테고, 전세든 월세든 지금 이 집이 어떤 상태인지 알고 싶어요. 살림살이도 정리해야죠. 집주인의 뜻이 뭔가요?"

"무슨 말이에요? 이 집에 마 신령님의 살림살이는 하나도 없어요. 물론 이 아파트도 마 신령님과 전혀 상관이 없고요. 산악회 회원 중에 집을 여러 채 갖고 있는 여사님이 계세요. 그분이 이 아파트의 주인이에요. 마 신령님의 사정이 딱하다고 빌려줬어요. 원래는 여기서 여사님의 딸이 살았는데 호주로 유학 가면서 비우게 됐죠. 마 신령님이 고시원에서 숙식하는 걸 여사님이 아시고 은혜를 베푼 거예요. 마 신령님이 고시원에서 생활하고 계실 줄은 꿈에도 몰랐어요. 여기 있는 소파며 옷장, 세탁기, 냉장고, 이거 다 여사님 딸이 쓰던 거예요. 마 신령님은 옷만 가지고 들어왔어요."

이렇게 살아갈 수도 있구나, 이것도 비상한 재주다! 신기하기도, 기막히기도, 한심스럽기도 한 기분으로 마은숙한테 눈길을 돌렸습니다. 의외로 마은숙의 얼굴은 잔잔했어요. 원래 그런 양반이라는 듯, 내가 오죽하면 집을 뛰쳐나왔겠냐는 듯.

"저는 일주일에 두 번씩 이 집에 왔어요. 그때마다 마 신령님이 드실 반찬을 만들어놓고, 옷도 빨고, 청소도 했어요. 마 신령님은 고등어구이랑 소시지부침을 가장 좋아했어요. 빨래는 헹굴 때 섬유 유연제를 넣지 않으면 잔소리를 하셨어요. 일 년 넘게 마 신령님을 보살폈죠. 산악회 회원들이 회비에서 제 월급을 주겠다고 했지만 그 돈만큼은 마 신령님이 해결했어요. 사실 월급이래야 얼마 되지도 않아요. 집을 공짜로 빌려주는 여사님도 있는데 그 돈을 받으려니 손이 부끄러웠지만 제가 벌어야 우리 애들을 키우거든요."

"마 신령님인지 뭔지 그 양반의 식성이나 취향 따위는 조금도 궁금하지 않아요. 저를 만나자고 한 용건이나 말해주세요."

마은숙이 노골적으로 불쾌한 감정을 드러냈습니다. 당장이라도 뛰쳐나갈 기세였어요.

"사람이 죽을 때가 되면 뭐가 보이는지 서너 달 전부터 마 신령님이 제게 당부했어요. 당신이 죽으면 화장해서 어디든 뿌려달라구요. 옷가지며 소지품은 태워버리라고 했어요. 그러면서 봉투 하나를 주셨는데 거기에 370만 원이 들어 있었어요. 그게 전 재산이래요. 장례 비용으로 쓰라고 하데요. 평생 산밖에 몰랐던 사람의 전 재산을 받는 기분이 묘했어요. 새로 장만한 배냇저고리를 만지는 기분이랄까. 그 무렵 매고 씨 얘기를 자주 했어요. 이승에서 부녀지간으로 맺어진 사인데 한 번도 같이 산에 오르지 못해서 한스럽다고요. 산에 죄를 짓고 가는 기분이래요."

"먹이고 가르치지 못해서 한스러운 게 아니라 같이 산에 오르지 못해서 한스럽대요?"

몸을 옆으로 틀면서 마은숙이 발끈했어요. 마은숙의 반박에 할 말이 없는지 도우미는 이마에 맺힌 땀이나 닦고 있었습니다. 아까부터 도우미의 훤히 드러난 이마며 두툼한 콧잔등에 자주 땀이 배었습니다. 어느 순간 도우미가 벌떡 일어나 주방 쪽으로 걸어갔어요. 어디서 뭔가를 꺼내는 듯 부스럭거리는 소리가 들리는가 싶더니 종이 다발을 들고 왔습니다. 분량이 꽤 많았어요.

"마 신령님이 이걸 매고 씨한테 전해주라고 했어요. 그래서 만나자고 한 거예요."

"이게 뭐죠?"

"마 신령님이 젊은 시절부터 줄기차게 오르내린 산에 대해 쓴 글이에요. 제가 대충 훑어봤는데 우리나라 산은 물론이고 외국에 있는 산 이야기도 숱해요. 사진도 얼마나 많은지 몰라요. 이건 신문이나 잡지에 실렸던 글을 모아둔 거래요. 모두 산에 관한 이야기예요. 마 신령님은 돌아가시기 전까지 글을 쓰셨어요. 산이 곧 직장이었고, 산에 가지 않는 날은 산에 대한 글을 쓰시고…… 그러니까 마 신령님은 진정한 산사람이었어요. 매고 씨의 전화번호를 알려주시면서 그동안 번호가 바뀌었을지도 모른다고 걱정하셨는데…….
그게 언제라도 좋으니 이걸 꼭 책으로 엮어달라고 하셨어요."

29

동산아파트에서 나온 우리는 바로 원주로 향했습니다. 동화작
가 박희오 회원 장모상이 치러지는 원주세브란스기독병원으로요.
도우미와 한 시간 남짓 나눈 대화가 텔레비전의 재방송 프로그램
을 반복적으로 시청한 것처럼 몹시 지루하게 느껴졌습니다. 몸도
마음도 지쳐 서울에서 하룻밤 잘까 하다가 그냥 원주로 방향을 틀
었어요. 마은숙은 아버지의 유품을 별수 없이 들고 나왔습니다. 아
버지의 장례를 치러준 '가족 같은' 산악회 회원들을 일간 찾아뵙겠
다는 약속을 남기고서요. 망자의 옷가지와 함께 이 물건도 불태워
달라는 분노가 얼굴에 가득했는데도, 마은숙의 손은 어느새 원고
뭉치를 챙기고 있었어요. 그게 애물단지가 아니고 무엇이겠습니
까. 저녁을 먹고 가라며 도우미가 진심으로 우리를 붙잡았지만 거
기서 밥알이 목구멍으로 넘어갈 리가 있나요.
　뜻밖의 유품을 떠안은 마은숙이 트렁크를 열면서 뭐라고 중얼
거렸습니다. 꼭 누구랑 전화 통화를 하는 듯한 모양새였지요. 화병
을 이기지 못해 일찌감치 하늘로 거처를 옮긴 엄마한테 푸념을 쏟

아냈는지도 모르지요. 아버지가 운명한 집에서 묻은 잡다한 감정들을 지우려는 듯 두 손으로 얼굴을 비비기도 했습니다. 다음 목적지를 원주로 정하고서 이정표를 따라가는데 마은숙이 자기 이야기를 두서없이 꺼냈어요. 엄마가 담긴 힝아리를 절에 모신 후 상경하여 일자리부터 물색했답니다. 일 년 동안 숙식을 해결해주는 갈비집에서 손님 시중을 들며 돈을 모았대요. 서울 생활의 첫 번째 목표가 원룸을 얻는 거였고, 그 욕심을 채운 뒤에는 전문대학이라도 들어가기 위해 시간과 돈을 쪼개 쓰며 공부했대요. 결국 전문대학 야간 학과에 합격했고요. 낮에는 부지런히 일하고 밤에는 공부하느라 친구들과 놀러 다닐 짬도 없었대요. 그 이중생활이 너무 고달플 때면 부모에게 불만의 화살을 쏘아댔는데 그런 후에는 속이 더 뒤틀려서 원망 따위 멀리 던져버렸답니다.

"전문대학을 졸업하니까 밤에 할 일이 없더라구요. 퇴근하면 저도 모르게 학교로 막 달려가는 거예요. 강의 시간에 지각하지 않으려고 이 년 내내 뛰어다닌 습관 때문이에요. 전철을 바꿔 타다가 '아차, 나 졸업했지' 하고는 발길을 돌린 게 한두 번이 아니에요. 초저녁에 집에 들어가면 남아도는 시간을 주체할 수 없고. 그래서 편입하기로 결심했어요. 제가 죽어라 파고드는 거 하나는 잘해요. 그래서 편입 시험도 한 번에 붙었어요. 등록금을 대줄 사람이 없으니까 공부를 안 할 수가 없어요. 계속 장학금 타고, 졸업생 대표로 상도 받고, 그래봐야 좋아해주는 가족도 없고…… 그래서 저는 무슨 상을 받을 때면 기쁘면서도 슬퍼요. 편입 시험을 치러 다시 들어간 대학교를 졸업하고 계속 글을 썼는데 공모전에 덜컥 당선됐어요. 작가로 살고 싶은 꿈이 이루어진 날이었어요. 어머니, 저 이래 봬도 소설가예요. 아직은 자기 책 한 권 없는 무명 소설가지만 쥐구멍에도 볕 들 날이 있겠죠, 뭐."

유난히 밝은 목소리로 마은숙이 지나온 날들을 펼쳐놓았습니다. 그럴 기분이 아닐 텐데도 꾸준히 조잘거렸어요. 아버지를 향한 애증의 감정에 사로잡힌 스스로를 위로하는 방식인가 보다 생각하며 나는 "고생 끝이 낙이 오는 게 세상 이치유" "내가 소설가 양반을 몰라봤구먼" "남의 돈 공으로 먹을 생각 허지 말고 정직허게 살믄 살 길이 트이는 뱁이여" 따위의 말들을 건넸습니다. 마은숙이 원주로 향하는 내내 절망감에 빠져 있으면 어쩌나 싶어 내심 걱정했는데 의식적으로라도 명랑하게 굴어서 천만다행이었습니다.

초저녁 무렵 원주에 닿았습니다. 휴게소에 들러 튀김우동도 먹고 주유소에서 기름도 넣고 하다 보니 시간이 그리 되었어요. 나는 미리 봉투 다섯 개를 준비했습니다. 언제 또 부음 문자메시지가 날아올지 몰라서 부조금을 여러 개 챙겼죠. 봉투 겉에는 일부러 아무것도 쓰지 않았습니다. 원주세브란스기독병원도, 박희오 장모의 장례식장도 찾기 쉬웠습니다. 마은숙은 그냥 차 안에 있겠다고 했어요. 내가 내리고 타기 쉽게 장례식장 가까이 차를 세웠습니다. 장례식장으로 들어가고 나오는 문상객들은 무덤덤하거나 무표정했어요. 생판 모르는 사람의 명복을 빌어주러 가려니 솔직히 좀 떨리데요. 박희오 장모의 장례식장은 한산했습니다. 화환도 많지 않았고요. 하긴 그게 뭐 이상한가요. 살아 있는 사람도 잊고 지내는 판인데 누가 죽었다고 우르르 달려갈까요. 이해관계가 얽혀 눈도장을 찍어야 하는 경우가 아니라면 그 양반이 죽었다네, 자식새끼들 때문에 어지간히 애를 태우더니 눈이나 제대로 감으셨나 몰라, 이렇게 말로 문상을 하면 그만이지요. 그러니까 누군가의 머릿속에 반짝 떠올랐다 스러지는 게 고인일 테지요.

장례식장 입구에 마련된 길쭉한 통에 부조금을 넣고 들어가자 사위 아니면 아들 같은 남자가 나를 맞이했습니다. 검은 상복을 입은 삐쩍 마른 여자가 해쓱한 얼굴로 정중히 고개를 숙였어요. 나도 정중히 허리를 굽히고서 영정 사진 앞으로 걸어갔지요. 가지런히 놓여 있는 국화꽃 한 송이를 집어 영정 사진 앞에 놨습니다. 수더분하게 생긴 노파와 잠시 눈을 맞추고서 머리를 조아렸습니다. 이 날을 대비하여 영정 사진을 미리 찍어놨는지 고인의 얼굴이 공허해 보이면서도 참했습니다. 영정 사진도 사진이니까 잘 찍으려고 표정 관리를 했겠죠. 깊이 잠들었네유, 여기까지 오느라 고생 많았슈, 정말 세월 잠깐입디다, 나도 곧 뒤따라가니께 내 얼굴 잘 봐둬유, 나도 그쪽 얼굴 기억할 테니께유.

"저희 어머님하고 어떻게 아는 사이세요?"

아까 입구에서 인사를 나눈 여자가 공손히 말을 건넸습니다.

"경로당에서 사귄 친구예유."

"경로당이요? 아, 네…… 엄마가 경로당에 다녔군요. 금시초문이에요. 그래서 집을 자주 비우셨구나. 이렇게 와주셔서 고맙습니다."

"인정 많고 착한 분이었응게 좋은 곳으로 가셨을 거유."

집에서나 밖에서나 뒤로 물러서서 혼잣말이나 지껄일 줄 아는 위인인데 장례식장에서는 거짓말이 술술 잘도 나왔습니다.

그날 우리는 원주에서 잠을 잤습니다. 내 고향 당진으로 돌아갈 시간은 충분했지만 내키지 않았어요. 원주세브란스기독병원 근처 해장국집에서 저녁을 먹고 있는데 서울에 사는 둘째 딸이 전화를 했데요. 마늘이 떨어졌다고 보내달랍디다. 마늘이나 고추장, 된장, 아니면 돈 달라는 말 외에 나한테 무슨 용건이 있겠습니까. 집에 전화를 했더니 받지 않더라면서 지금 어디 있느냐고 묻기에 경로당에서 텔레비전 본다고 했어요. 다행히도 꼬치꼬치 캐묻지 않아서 외박 계획이 순조롭게 이루어졌어요. 얼큰한 맛도 감칠맛도 없는 콩나물해장국으로 허기를 메우고 나니까 피로가 한꺼번에 몰려왔습니다. 도우미의 입에서 끊임없이 쏟아지던 '말'이 아직도 귓가에 맴돌아 피로감이 더했어요. 운전수 노릇까지 떠맡은 마은숙의 피로야 말할 것도 없겠지요.

"오늘은 여기서 자까? 온종일 운전혔는디 언제 또 당진까지 간댜."

"그래도 될까요?"

"혼자 사는 몸인디 누가 뭐랴."

우리는 '황금장'에 방을 잡았습니다. 장례식장 주변에는 묵을 곳이 마땅치 않다며 마은숙이 번화가로 차를 몰아 찾은 곳이었습니다. 이름과 걸맞게 황금장의 이불이며 베개, 벽지는 금색으로 통일되어 있었습니다. 그 '황금'이 화려하다기보다 허황되게 보였어요. 피붙이가 아닌 누군가와 모텔에 투숙하는 게 난생처음이라 기분이 묘했습니다.

"어머니 먼저 씻으세요."

"난 좀 쉬었다 씻을라네. 몸이 돌덩이 같어. 오늘 운전하느라 고생했슈. 몸도 마음도 힘들 것인디 어여 씻고 자."

"운전을 해서 피곤하지는 않아요. 운전하면 오히려 마음이 편해져요. 작년까지 고물 차를 가지고 다녔어요. 어느 날 새벽에 눈이 떠졌는데 갑자기 어디론가 떠나고 싶은 거예요. 차를 몰고 무작정 달렸어요. 사흘 동안 운전하며 부산, 울산, 경주를 돌아다녔는데 몸이 가뿐해지데요. 어머니, 제가 머리 감겨드릴까요?"

"아이고, 됐슈. 무슨 머리를 감겨준댜."

"이리 와보세요. 따뜻한 물로 머리를 감으면 피로가 싹 풀리거든요. 제가 머리 마사지도 해드릴게요."

그러더니 마은숙이 나를 욕실로 데리고 갔습니다. 순식간에 일어난 일이라 얼떨결에 끌려갔어요. 누가 내 머리를 감겨주다니, 평생 살면서 그런 호사를 누려본 기억이 없어서 가슴이 쿵쿵 뛰었어요. 흠모하는 남자의 손에 이끌려 가는 것처럼 말이에요. 할망구가 주책이죠. 마은숙이 욕조에 물을 받았습니다. 나는 민소매 차림으로 앉아서 다소 긴장한 채 그 모습을 지켜보고 있었어요.

콸콸콸콸…… 수돗물 소리가 경쾌했습니다. 오로지 나만을 위해 움직이는 마은숙의 몸짓과 소리가 욕실에 생기를 불어넣으니 벌써부터 피로가 가시는 것 같았습니다. 마은숙이 시키는 대로 나는 욕조 가까이 앉았습니다. 고개를 숙이자 따스한 물이 머리카락 사이로 스며들었어요. 나는 부드럽게 진저리를 쳤습니다. 물이 얼마나 따스한지 온몸이 녹아내리는 것 같데요. 마은숙이 다정스러운 손길로 머리를 구석구석 매만져주었어요. 장미 향기가 사방으로 퍼졌습니다.

"어머님 머리통이 아담하고 예쁘네요."

"할망구헌티 별소릴 다 허네."

고개를 숙이고 있었으므로 내 목소리가 낮고 불분명하게 들렸습니다. 나는 아기처럼 머리를 마은숙에게 맡긴 채 눈을 꼭 감고 있었어요. 내 머리통을 어찌나 정성스레 다루던지 평생 찌들어 딱딱해진 피로의 껍질이 홀러덩 벗겨지는 기분이었죠. 모텔이라는 낯선 공간과 생소한 감정 때문인지 마은숙의 서비스만으로도 평생 동안 바친 내 노고에 대한 보답은 충분하다는 생각까지 엉겨붙더라고요. 마은숙이 내 머리를 깨끗이 헹구고 목덜미까지 씻겨주더니 새하얀 수건으로 젖은 머리통을 감쌌습니다. 나는 그녀의 품에 안기고 싶은 충동을 애써 억눌렀어요. 그 순간만큼은 마은숙이 지아비 같았습니다.

"참말로 오이를 좋아했냐?"

"막 걸음마를 배우기 시작한 아기한테 오이를 쥐여주면 온종일 울지도 않고 잘 놀았대요. 그게 저예요. 어릴 때 좋아했던 다른 음식들은 시간이 지나면서 싫어졌는데 오이만큼은 질리지 않았어요. 오이만 있으면 만사 오케이였어요."

"아까 오이 냄새만 맡아도 역겹다드니?"

"지금은 역겨워요. 엄마가 중환자실에 있을 때도 아버지는 산에 미쳐서 방방곡곡 돌아다녔어요. 흥! 진정한 산악인 좋아하시네, 정신병자지. 어느 날 엄마 병간호를 하다가 옷을 갈아입으려고 집에 갔더니 그 마 신령이라는 사람이 집에 있더라고요. 산을 얼마나 탔는지 얼굴에 숯가루를 묻혀놓은 것 같았어요. 나를 본체만체하면서 무슨 걸신들린 사람처럼 식사를 하는데, 가만 보니까 오이를 제멋대로 썰어서 고추장에 찍어 먹고 있더라고요. 볼이 미어터지게요. 그 오이를 보는 순간 구역질이 났어요. 그 뒤로 오이는 냄새도 맡기 싫어요."

마치 눈앞에 오이가 가득 있는 것처럼 마은숙이 눈살을 찌푸리며 도리머리를 흔들었습니다.

"오래 묵은 쌀을 신문에 펼쳐놔도 쌀벌레들은 죄다 밖으로 나오지 않고 가만있어. 쌀 안이 집이께. 집 나가믄 굶어 죽으께. 하물며 벌레도 집을 벗어나지 않는데 인간이…… 그깟 산이 뭐라고……."

"쌀벌레만도 못한 마 신령."

"그나저나 이름이 두 갠가 봐? 우리 손자도 집에서 부르는 이름, 밖에서 부르는 이름이 따로 있는디."

"어릴 때 아버지가 지어준 별명이에요. '매서운 새끼 고양이'를 줄여서 매고. 초등학교 3학년 때까지 아버지가 세상에서 제일 좋았어요. 제가 원하는 건 뭐든지 해줬거든요. 아버지랑 장난치고 놀면서 제가 앙탈을 곧잘 부렸는데 그때마다 매서운 새끼 고양이라고 놀렸어요. 그러다가 언젠가부터 매고야, 매고야, 하고 부르더라고요. 주책맞은 양반, 지금 우리 사이에 매고라는 애칭이 가당키나해?"

그게 원망이거나 비난일망정 마은숙이 아버지에 대한 감정을 적나라하게 드러내서 내 마음이 오히려 편했습니다. 마은숙이 도우미를 만나 아버지의 유품인 원고를 넘겨받고부터 침묵을 고집했다면, 아마도 우리들의 여행은 바로 막을 내렸을 겁니다. 누군가의 죽음에서 비롯된 단단한 침묵을 무엇으로 깨트릴 수 있을까요. 혼자 있게 해주는 것 말고는 방법이 없지요. 그러니 마은숙이 침묵 대신 불평을 일삼는 게 얼마나 고마웠는지 몰라요. 저승에 자리를 잡은 그녀의 아버지도 아마 나와 같은 심정이었을 겁니다. 원망, 불평, 비난도 관심이 있어야 하니까요.

"우리 부녀는 마지막 순간까지 겉돌았네요. 가족이나 마찬가지인 산악회 회원들이 저를 찾았을 때 저는 일본에 있었어요. 일본 가기 전날 밤 길을 걷다가 휴대폰을 잃어버렸는데, 그 순간 지금까지 살아온 시간에 무슨 막이 드리워지는 느낌이었어요. 다시 시작하기 위해 일단 떠났죠. 그때 아버지의 죽음이 내 주변을 맴돌고 있었다니……. 어머니, 가족이 뭘까요?"

마은숙이 시선을 허공에 고정시킨 채 무미건조한 목소리로 물었습니다.

"밥이지, 뭐. 따뜻하면 따뜻한 대로 차가우면 차가운 대로 먹는 밥. 차가운 밥이라고 버리냥? 따순 물에 말아 먹든가 비벼 먹든가 하지. 가족도 그렇잖어. 가족이 어디 따뜻허기만 혀? 차가워도 보듬고 살아야지."

"가족이 밥과 같아서 그렇게 평생 밥에 얽매여서 사셨어요? 날개도 한번 펴지 못하고……."

"가족이 밥으로 보이지 않았으믄 내 팔자가 달라졌을지도 모르지."

"후회스러우세요?"

"후회하고 말고가 어딨냐. 평생 죽어라 밥 지어서 바쳤으면 그만이지."

"저한테 가족은 그림자 같아요. 빛깔도 냄새도 촉감도 없으면서 평생 나를 따라다니는 존재."

오늘의 대화는 여기까지라는 듯 마은숙이 돌아누웠습니다. 몸이 녹작지근한데 도통 눈이 감기지 않았어요. 마은숙도 이심전심인지 몸을 자주 뒤척였죠. 캄캄한 방에서 억지로 잠을 청하는데 마치 내게 말을 붙이듯 죽은 딸애가 모습을 드러냈습니다. 실로 오랜만에 나타난 딸이었죠. 잠을 자기는 글렀고 마은숙이 듣든 말든 나는 그동안 숨겨온 딸의 이야기를 마지막으로 들려주기로 했습니다.

30

하나님은 남편의 여자가 낳은 자식들을 주시고는 내 딸을 데려 갔습니다. 속정이 깊어 나를 챙기고 아껴주던 다섯째 딸이었어요. 그 애는 시아버지 환갑 날 세상에 나왔습니다. 시아버지의 환갑을 맞아 쌀 세 가마로 술을 빚어 열흘 동안 잔칫상을 차렸습니다. 다들 충분히 마시고도 술이 남아서 이웃집에 나눠줬는데 그만 초상 집까지 보내고 말았어요. 옛날에는 아이 낳은 집에서는 초상집을 멀리했습니다. 부정이 탄다는 이유로요. 옛말대로 부정한 기운이 옮아 붙었는지 아이가 매일같이 울어댔습니다. 밤에는 울음의 강도가 더욱 셌죠.

"저 지지배 울음소리 때문에 시끄러워서 살 수가 없다! 한밤중에 새로 지은 밥 세 그릇과 물 세 그릇을 마당에 놓고 삼신할아버지, 삼신할머니, 지신께 빌어라. 부디 이 죄인을 용서해주시고 노여움을 푸시라고. 빌고 나서는 밥과 물을 죄다 먹어야 혀."

시어머니가 언성을 높이며 미심쩍은 처방전을 내놨습니다. 내가 죄인이라서 아이가 울며 보챈다니 시어머니의 명령을 따를 수밖에요. 당신이 시키는 대로 했지만 아이의 울음소리는 오히려 심해졌습니다. 다섯째는 이렇듯 어릴 때부터 울보라서 구박을 받으며 컸어요. 내 젖가슴이 말라서 젖도 제대로 얻어먹지 못했습니다. 그 딸애가 중학교 다닐 때 남몰래 사다 준 호빵의 맛이 오랜 세월이 흐른 지금까지도 혀에 남아 있습니다. 아버지가 준 용돈을 아껴서 사 온 것이었지요.

"엄마, 아파서 밥도 못 먹었지? 내가 막내 데리고 아랫방으로 갈 테니께 호빵이라도 먹어봐. 여기 물도 있어."

내가 어쩌다 몸살이 나서 일어나지 못하면 그 애는 그렇게 식구들 몰래 호빵을 사 들고 오고, 나 몰래 밥을 지어놓기도 했습니다. 그런 딸이 몹쓸 병에 걸렸습니다. 오래전부터 목이 아팠는데 엄마가 속상할까 봐 말하지 않고 혼자 끙끙 앓으며 마이신만 먹었나 봐요. 정신없이 집안 살림에 매달리다 보니 새끼 몸에 병이 생긴 줄도 몰랐습니다. 뒤늦게 딸의 병을 알고 입원시켰지만 상태가 심각했어요. 목구멍에 종양이 생겨 약물과 주사로 연명했지요. 그렇게 딸이 병원에서 병마와 사투를 벌이는데도 나는 집안일에 손발이 묶여 자주 들여다보지 못했습니다. 딸애가 기력을 회복해서 퇴원하던 날은 열 일 제쳐두고 병원으로 달려갔어요.

초췌한 딸애를 데리고 옷 가게부터 들렀습니다. 딸애의 얼굴에 작은 조명등이 켜지는 듯했어요. 음식점에서 삼계탕도 먹이고, 좋아하는 솜사탕도 사줬어요. 공교롭게도 그날이 4월 초파일이었습니다. 어느 절로 들어가는 입구에 알록달록한 연등 수십 개가 가지런히 걸려 있었는데 무슨 꽃밭 같았어요. 때마침 스님들과 신자들이 연등을 들고서 엄숙한 표정으로 행진했습니다. 종교는 다르지만 부처의 자비가 떠오르면서 마음이 숙연해졌어요.

"엄마랑 이렇게 다니니까 좋다. 참말 좋다."

"엄마도 너랑 바람 쐬니게 좋다. 풍선처럼 훨훨 날아갈 것 같아. 저 연등 좀 봐라. 참 예쁘지? 저이들은 무슨 복이 많아서 연등을 손에 들고 초파일을 즐긴댜. 나도 너희들 손잡고 교회 다니면서 성경 공부나 하며 살고 싶은디……."

얼마 후 나은 줄 알았던 딸의 병이 재발되더니 급격히 악화됐습니다. 결국 가망이 없다는 최종 진단을 받았어요. 목이 통통 부어올라 물조차 넘기지 못하고 링거에 의지한 채 생사를 넘나들던 딸은 삭정이나 진배없었습니다. 나는 저승의 문턱에 다다른 딸을 데리고 청계산 기도원으로 향했어요. 청계산을 올라가는데 비가 억수로 쏟아졌습니다. '우리 딸이 죽을 때가 돼서 하나님이 저리도 슬피 울어주시는구나.' 빗소리가 흐느낌으로 들려 가슴이 미어졌습니다. 딸애가 절대 울지 말라고 신신당부해서 나는 애써 입술을 깨물었어요. 기도원 근처에 작은 방을 얻어 딸과 함께 지내면서 수시로 기도원에 가서 예배를 드렸습니다. 차라리 죄 많은 어미를 데려가라고 하나님께 매달렸습니다. 하지만 내 기도는 물거품이 됐어요. 사흘째 밤에 딸은 내내 덜덜 떨더니 다음 날 새벽녘에 숨을 거뒀습니다. 어쩐 일인지 눈물은 한 방울도 나오지 않고 몸만 새우처럼 구부러졌습니다.

피붙이의 임종 소식을 듣고 허겁지겁 달려온 남매들이 싸늘히 식은 시체를 장례식장으로 옮겼습니다. 청계산에 온 이후로 물이나 겨우 먹었던 나는 기력이 바닥나 장례식장으로 가지 못하고 그 작은 방에 멍하니 계속 앉아 있었어요. 탈진 증세까지 나타났을 때, 참외 한 개가 눈에 띄었습니다. 딸에게 먹이려고 구입한 참외였어요. 샛노란 그 과일을 보자 그제야 눈물이 쏟아졌습니다. 두 개의 참외 중 시들시들하고 약간 썩은 것을 먼저 딸에게 먹인 사실이 불현듯 떠올라서요. 과일이든 뭐든 알짜배기는 집안 어른들부터 드시게 했던 습관 탓이었습니다. '어째 썩은 참외는 자식 먹여 보내고 성한 참외를 내가 먹고 있냐, 이게 에미냐.' 나는 흠집 하나 없이 싱싱한 참외를 씹으면서 흐느꼈습니다. 자식들이 극구 말려서 화장터에 가지 않았어요. 남은 식구들의 저녁밥을 챙겨주고 뒷방에 홀로 앉아 있는데 나도 모르게 눈물이 뚝뚝 떨어졌습니다. 어느 순간 내 온몸의 뼈가 전기를 쐰 것처럼 뜨거워지더니 한 줌 재로 변하는 것 같았어요. 아마도 그 시간에 딸이 화장장에서 활활 타고 있지 않았을까. 엄마와 자식은 한 몸이니까요. 열여덟

살 내 딸은 엄마의 가슴에 깊은 구멍을 파놓고 구름 저편으로 사라졌습니다.

31

중고차 프라이드를 타고 다니며 마은숙과 여드레를 지냈습니다. 하루나 이틀 밤을 보낸 것 같은데 날짜를 헤아려보니 그랬어요. 시간이 유수 같다는 말이 제대로 실감되었죠. 그사이 큰딸과 넷째 딸, 그리고 기태가 전화를 했는데 적당히 핑계를 대서 외박한 사실을 감췄습니다. 인근에 사는 딸은 "요즘 엄마 얼굴 보기 힘드네" 하면서 슬쩍 나를 떠보기도 했지만 무시해버렸어요. 기태는 마은숙을 우리 집에 파견한 후부터 인터뷰에 방해될까 봐라는 핑계를 대며 발걸음이 뜸해졌지만, 아무려나 나는 편했습니다. 이제는 자식새끼라도 누가 왔다 가는 게 귀찮아요. 누구를 거둬 먹이는 것이 몸에 뱄는데 습관도 세월이 흐르면 숨이 죽어 없어지나 봅니다. 작년까지만 해도 동네 사람한테든 외지에서 찾아오는 손님한테든 아구찜이랄지 꽃게탕 따위를 해 먹이면 그렇게 흐뭇하더니 올해부터 그 재미가 싹 가셨어요. 완벽하게 늙었다는 증거겠지요.

마은숙과의 여행 중에 부고 문자메시지가 뜸해지면 내심 초조했습니다. 부음 소식이 계속 날아와야 여행을 연장시키는 명분이 생겨 마은숙을 편하게 데리고 다닐 수 있으니까요. 아무 이유 없이 자기를 끌고 다니면 노인네가 눈치도 염치도 없다고 비웃지 않겠어요? 결국 부고 문자메시지는 마은숙을 붙잡는 구실이었지요. 어쨌든 나는 예상 밖으로 길어지는 마은숙과의 여행이 가슴 설레도록 즐거웠습니다.

앞서 말한 원주 황금장에서 잔 다음 날엔 느지막이 일어났어요. 새벽 네시 이십분이면 눈이 떠지는데 오전 열시가 넘어서까지 숙면했지 뭡니까. 잔다란 꿈조차 꾸지 않고 늦잠을 잔 거죠. 마은숙이 욕조에 받아놓은 따스한 물로 몸을 오랫동안 감싼 후 나갈 채비를 하고 보니까 내 구두가 반들반들했어요. 내가 옛날에 광을 냈던 남편의 구두처럼요. 그것도 마은숙의 서비스였습니다. 마은숙의 그런 잔정을 더 받고 싶어서 썰렁한 나의 보금자리로 돌아가기가 싫어졌을 겁니다. 눈치를 보니까 마은숙도 서둘러 돌아갈 이유가 딱히 없는 것 같아 내심 기분이 좋았습니다. 나는 부고 문자메시지가 도착하기를 간절히 바라는 마음으로 휴대전화를 자꾸 들여다봤어요. 그래야 마은숙과 하루라도 더 같이 있을 테니까요. 아침으로 조기구이 백반을 먹고서 집이 아니면 갈 곳이 없다는 사실이 한심스러워서 흐느적흐느적 발걸음을 옮기는데, 마은숙이 차도 있으니 드라이브를 하자고 제안했습니다. 내 반응은 당연히 뜨거웠지요. 그게 정처 없는 드라이브의 시작이었습니다. 그때 마은숙과 어디를 순례했느냐고 물으면 나의 대답은 궁해요. 주로 국도를 이용하면서 어떤 마을 어떤 바닷가인지도 모른 채 서로 시답잖은 이야기를 주고받으며 낮과 밤을 맞이했으니까요. 국도의 이정표에 찍힌 고장의 이름들이 생소하데요. 대부분 이 나이 먹도록 처음 들어보는 이름이었어요. 갓길에 세워져 있는 트럭에서 뻥튀기나 술빵을 사서 먹고, 깊은 계곡에서 얼굴도 씻고 하며 돌아다녔습니다. 어느 날은 별이 가득한 간판이 마음에 든다며 마은숙이 한 찜질방을 숙소로 잡았어요. 아, '서암정사'라는 외양이 독특한 절을 구경하기도 했네요. 동굴처럼 생긴 기도소에 들어가니까 부처님이 새겨진 거대한 벽이 한눈에 들어왔고, 그 주위로 촛불 수십 개가 탐스럽게 빛나고 있었습니다. 내가 모시는 신은 아니지만 시주함에 돈을 넣고 기도를 올렸어요. '살아생전에 서암정사의 부처님을 뵈는 건 오늘로 끝이겠지유. 인간들이 편을 가르는 게지 부처님은 내 편 니 편이 없지유? 좋은 세상에서 너무 오래 살고 있어유, 감사헙니다. 그리고 우리 애들 잘 부탁헙니다.'

이런 '무작정 여행' 중에 막내딸한테 전화가 걸려 오자 나는 속리산에 있다고 거짓말을 했습니다. 속리산에는 우리 둘째 언니가 살아요. 같이 늙어가는 처지의 언니가 재작년부터 부쩍 외로움을 많이 탑니다. 저러다 생명줄을 놓으면 어쩌나 싶게요. 늙으면 의식적으로라도 바보가 되어서 잘 먹고 잘 자야 합니다. 그게 장수의 비결이에요. 고독감에 젖어 밥도 싫다, 텔레비전도 싫다는 언니가 암만해도 불안해서 계절이 바뀌면 나는 의무감을 안고 속리산에 가곤 했어요. 딸들이 나의 그런 속뜻을 잘 알고 있어서 속리산을 팔아먹은 겁니다. 마은숙도 누구한테 몇 차례 전화를 받았는데 일하러 지방에 내려왔다고 하더군요. 자서전 작업을 의미하는 것 같았습니다. 날씨가 눈부셨습니다. 국도 주변에는 봄꽃이 활짝 피어 있고 하늘은 맑았어요. 달리는 차 안에서 한 폭의 풍경화 같은 경치를 감상하니까 가슴속으로 맑은 물이 졸졸졸 스며드는 것 같았어요. 마음의 시냇물을 따라 달리는데 마침내 휴대전화에 문자 메시지가 찍혔습니다. '수필가 이상태, 조모상, 발인 4월 13일, 충북대학장례식장 특2호.' 나는 흥에 겨워 문자메시지를 마은숙한테 보여줬어요. "충북대학교가 청주에 있어요. 넉넉잡아 세 시간이면 도착해요." 마은숙이 사내처럼 씩씩하게 핸들을 꺾었습니다.

청주라는 도시를 나는 처음 가봤습니다. 톨게이트를 빠져나가자 가로수가 끝도 없이 늘어서 있었는데 멋있다, 싱그럽다, 라는 말이 저절로 나왔지요. 이상태라는 남자가 유명한 수필가인지, 아니면 지방 유지인지 장례식장에 사람이 바글바글했습니다. 이번에도 마은숙은 차 안에 있겠다고 했어요. 나는 차에서는 내렸지만, 그 많은 문상객들 틈에서 뜨내기 문상객인 게 탄로 날까 봐 조마조마해서 접착제를 바른 듯 입이 딱 붙으면서 머뭇거려졌습니다. 그래도 여행의 원래 목적이 문상이었으므로 용기를 냈지요. 문상객 대열에 끼어 영정 앞에서 가볍게 인사했습니다. 사람이 많으니까 잠시 서서 고인에게 말을 건네기도 눈치가 보이데요. 사실 그

문상객들은 명복을 빈다기보다 '나 왔어요!' 하고 눈도장을 후딱 찍듯 잠깐 고인을 대하고는 수필가 이상태임이 분명한 중늙은이 한테 다가가 굽실거리며 실실 웃었습니다. 그런 상황을 두고 염불보다 잿밥이라고 하나요. 하여간 다들 이상태의 조모보다 이상태에게 관심을 쏟았습니다. 그 대머리 중늙은이가 지역에서 힘깨나 쓰는 남자인가 봅디다.

"아이고, 사람도 많다. 죽은 이가 살아생전에 덕을 많이 쌓았나 어쨌나. 영정 사진도 제대로 못 보고 나왔네. 무슨 만남의 장소 같어. 모친상도 아닌 조모상에 문상객이 왜 저렇게 많댜."

"요즘 장례식장이 다 그렇죠, 뭐. 문상객들이 죽은 사람 만나러 가나요? 살아 있는 사람 만나러 가는 거지. 결혼식장이나 장례식장이나 똑같아요. 신랑 신부나 고인은 조연에 불과해요. 그러고 보면 우리 아버지는 장례식장에서 주연 노릇을 톡톡히 했을 거예요. 산악회 사람들이 마 신령님의 명복을 진심으로 빌었을 테니까요."

문상객이 꾸준히 드나드는 장례식장을 바라보며 마은숙은 나직나직 말했습니다. 복잡한 머릿속을 정리한 듯한 말투였어요.

"아 참 어머니, 저 지금 서울 올라가야 해요. 급히 만나야 할 사람이 있어요."

가슴이 철렁, 눈앞이 뿌예졌어요. 어디론가 한없이 돌아다닐 생각은 없었지만 맥이 풀리고 마은숙이 굳게 맺은 약속을 깨기나 한 것처럼 서운하데요. 어떤 표정을 지어야 할지 몰라 나는 헛기침을 했습니다.

"제가 댁까지 안전하게 모셔다 드릴 테니 걱정하지 마세요."

"걱정은 무신 걱정, 내가 어린앤가. 급한 일인가 본디 어서 가유. 나는 여기서 버스 타면 되니께."

"오늘 안으로 만나면 돼요. 약속 시간을 어기더라도 어머님은 모셔다 드려야죠."

"아이고, 됐다니께. 나 땜에 그럴 거 없슈. 누구한테 부담 주는 거 딱 질색인 사람이유, 내가."

"어머니랑 조금이라도 더 있고 싶어서 그러죠. 자, 출발합니다."

마은숙의 고집을 꺾을 수도 없고 꺾기도 싫었습니다. 당진까지 함께 가는 그 몇 시간을 기억 속에 고이 담아두고 싶었으니까요. 갑자기 여행에 마침표를 찍으니까 길을 잃어버린 듯 갈팡질팡했어요.

"인터뷰는 끝났으니까 저는 이제부터 글을 쓸게요. 한동안은 어머니를 못 보겠어요. 그래도 시금치쌈이나 실치국이 먹고 싶으면 어머니 집으로 달려갈 거예요."

차를 몰고 좌측으로 갔다 우측으로 갔다 하면서 마은숙이 마지막 인사 같은 말들을 줄줄이 꺼냈습니다. '그 말을 누가 믿을 줄 아남!' 나는 속으로 툴툴거렸고요.

"내 책 말고 아버지 책이나 맹글어유. 그게 진짜배기 책이겠구면. 온갖 산을 돌아댕기면서 사시사철 변하는 산의 얼굴을 그대로 옮겨놓은 글일 테니께."

"마 신령은 죽은 게 아니라 이제야 비로소 제 곁으로 돌아온 거예요. 뻔뻔스럽게 책의 모습으로⋯⋯."

마은숙이 안전벨트를 매고 속력을 냈습니다. 그 행동거지가 자식이기 때문에 감당할 수밖에 없다는 애증의 몸짓으로 읽혔습니다. 애초부터 마은숙의 몫으로 생각한 중고차를 어떻게 전달해야 할지 나는 계속 머리를 굴리고 있었습니다.

32

특별나지도 않은 사연들을 두서없이 털어놓고 보니 어느새 정오가 가까워옵니다. 어제 빨아 널은 차렵이불이 하늘하늘 움직이네요. 어디서든 이불을 볼 때면 시어머니가 어김없이 떠오릅니다. 이른 새벽부터 밤늦게까지 집안일에 치여 살던 시절, 피로에 절은 몸을 이끌고 방으로 들어가면 시어머니가 항상 이불을 깔아놨어요. 따뜻하게 데워진 이불 속에 몸을 맡기면 피로뿐만 아니라 설움까지도 녹아내리는 듯했습니다. 며느리의 이부자리를 날마다 챙겨주는 시어머니가 어디 그리 흔할까요. 지금 생각해보면 말수가 적고 냉랭하던 시어머니가 며느리에 대한 애정을 그런 식으로 표현한 것 같아요. 오늘처럼 추억에 젖을 때면 바쁘다는 핑계로 시부모님을 명승지나 유원지로 자주 모시지 못한 것이 후회스러워요. 자식들의 생일 때 미역국조차 제대로 끓여주지 못한 세월까지 떠올라 가슴속에서 찬바람이 붑니다.

그날 마은숙은 정말로 나를 당진 우리 집 현관문 앞에까지 바래다줬어요. 중간에 휴게소에서 잠시 숨을 돌렸는데 거기서 무엇을 먹고 무슨 이야기를 나눴는지는 가물가물해요. 마은숙과 나만의 축제가 오늘로 막을 내린다는 섭섭함 때문에, 나는 아마 멍한 상태였을 겁니다. 마은숙한테, 3월 초입에 우리 집 대문으로 들어선 그 불청객한테 어느 사이에 그렇게 정이 흠뻑 들었는지 알다가도 모를 일이에요. 그녀가 우리 집에 발을 내딛는 목요일이 오면, 아니 그녀를 떠올리기만 해도 가슴이 기분 좋게 두근거렸어요. 고백하자면 그런 감정은 태어나서 처음이었고, 그런 감정으로 인해 내 몸에 미미하게 남아 있던 엔도르핀이 증식을 거듭하여 나를 젊은 날의 '심명자'로 되돌려놓은 기분이었어요. '목요일의 인터뷰' 전날부터 나의 몸과 마음은 바빠졌습니다. 노인네 특유의 퀴퀴한 냄새가 풍기지 않을까 싶어 아침저녁으로 몸을 씻고, 옷장 깊숙이 넣어두고서 잊어버린 화장품을 꺼내 바르고, 속옷도 새것으로 갈아입었습니다. 마은숙이 덮고 자는 이불을 깨끗이 빨아 향긋한 섬유 유연제를 넣고 헹구는 것은 기본이고요. 마은숙한테 사로잡힌 날에는 누가 공연히 트집을 잡아도 그냥 웃어넘겼습니다. 뉴스에서 흉악범이 나오면 '저이도 그럴 만한 사정이 있었지' 하면서 이해심을 발휘하기도 했고요. 어떤 일에든 마음이 너그러워졌습니다.

  볕 좋은 아침, 텃밭에 쭈그리고 앉아 달래를 캐는데 '첫사랑의 감정이 이럴까'라는 생각이 삐쭉 돋아납니다. 나는 부모한테 떠밀려 족두리를 썼기 때문에 첫사랑이랄지 연애의 감정을 잘 몰라요. 게다가 남편이 바깥으로 나돌아서 그런 달달한 감정이 움트지 않았습니다. 어쨌거나 나는 저승을 눈앞에 둔 나이에 마은숙을 만나 첫사랑, 그 밤하늘의 불꽃놀이 같은 귀한 감정을 경험했습니다. 행운이지요. 젊은 애들이 낙지처럼 엉겨 붙어서 걸어가는 모습을 보면 눈살이 찌푸려졌는데, 이제는 그 기분을 알겠습니다.

  더 이상 마은숙과 함께 지낼 수 없는 목요일과 금요일이 오면 나는 상실감에 젖습니다. 오래도록 동네를 지키고 있던 방앗간에 붙은, '폐업'을 알리는 안내문을 접했을 때의 기분이랄까요. 함께 지낸 시간이 고작 한 달 남짓인데 내가 왜 마은숙의 그늘 속에서 허우적대고 있을까? 홀로 지내는 하루하루가 망망대해 같을 때면 마당을 거닐며 계속 그런 질문을 합니다. 마은숙은 자서전 대필 작업 때문에 어쩔 수 없이 내 얘기를 듣고 있다는 태도를 한 번도 보인 적이 없어요. 그 눈빛은 진심으로 물들어 있었습니다. 입은 거짓말을 해도 눈은 절대 사람을 속이지 않아요. 그녀의 진실된 눈빛이 가슴속 깊이 묻어둔 내 삶의 희로애락을 끄집어낸 겁니다. 남편도 자식들도 모르는 그 알록달록한 이야기들을요. 그녀에게 마음이 쏠린 이유가 또 한 가지 있습니다. 마은숙은 내 삶을 부정하거나 한심스러워하지 않았어요. 대개의 사람들은 내가 가부장적이고 보수적이고 남성 우월주의적인 세계에 미련스럽게 순종했다고, 평생 한집에 붙박여 아이들 낳고 소처럼 일만 하며 살아온 내 인생을 깎아내려요. 당신은 자존심도 없느냐고, 그렇게 살아서 뭘 얻었느냐고 비아냥거리면서요. 그런 비난이 귀에 꽂힐 때면 세상 사람들은 제 목소리를 내며 풍작의 삶을 살고 있는데, 나만 겉돌면서 고구마 한 개도 수확하지 못한 밭을 바라보는 것처럼 주눅이 들곤 했어요. 시아버지가 무일푼으로 일으킨 집을 내가 고스란히 지켰다는 자부심을 미미하나마 간직한 인생이었음에도 불구하고요. 그러나 마은숙은 인터뷰를 하는 내내 단 한 번도 지나치게 소극적이고 수동적이고 순종적이었던 내 삶에 불만을 내비치지 않았어요. 남편이 소실을 여럿 뒀다는 대목에서는 발끈했지만, 그건 지금 생각해보면 처자식을 멀리한 채 산에 미쳐 떠돌아다닌 제 아버지에 대한 반발 심리였던 것 같아요. 내 남편은 작은마누라를 여럿 뒀든 어쨌든 집안과 처자식만큼은 죽는 날까지 지켰으니, 나는 그 양반한테 면죄부를 주렵니다. 남편의 그 '강인한 생활력' 덕분에 얻은 것도 많으니까요.

여드레 동안의 나들이에 마침표를 찍은 초저녁, 마은숙은 운전석을 쉬이 떠나지 못하고 두서없이 말을 꺼냈습니다. 막상 나랑 헤어지려니 자기도 섭섭했던 모양이에요. 잠시 뜸을 들이더니 인터뷰 소감을 말하듯 차분히 입을 열었습니다.

"어머니는 삶이 지긋지긋했는지 몰라도 저는 어머님의 인생사를 들으면서 마음이 조금은 편해졌어요. 일종의 위로랄까. 우리 가족은 일찍부터 뿔뿔이 흩어져 살았어요. 아버지의 방랑기를 빌미 삼아 이때다 하고 서로 외면했지요. 그래서 제게는 고향이 타향이나 다를 바 없어요. 고향에 누가 있어야 말이죠. 어머니처럼 우직하게 집을 지키는 누군가가 있었다면 제 인생이 달라졌을지도 몰라요. 어머니는 최씨 집안의 연결고리예요. 어머니가 고목나무처럼 이 자리에 계시니까 자식들에게 진정한 고향이 있는 거죠."

욕먹고 다니지 마라, 어쨌거나 살면서 부모 욕보이지 마라, 내가 쌀 한 가마 줄 테니 언제 한번 와라, 마음이 깍두기처럼 삐뚤어지면 안 된다, 기도해라……. 나이 어린 사람한테 들은 칭찬, 그게 빈말일 것이라 생각하면서도 싫지 않아서 나도 마지막 인사말처럼 한평생 살며 터득한 깨달음을 들려주었습니다.

"어머니, 궁금한 게 있어요."

"뭐랴?"

"작은방, 아버님 영정 사진 앞에 성경책을 펼쳐놓으셨잖아요. 저번에 우연히 보니까 거기서 성경책을 읽으시던데 매일 그렇게 아버님을 보면서 성경을 낭송하세요?"

"그걸 또 언제 봤누. 남편 장례를 치르고 나니께 무지 허전허데. 남편이 구천을 떠돌아댕기지 않을까 마음이 놓이지 않구. 성경책을 펼쳐놓으믄 좀 나아질까 싶어 그리했더니 마음이 한결 편해지

드문. 새벽 예배를 드리고 와서 내 손이 닿는 대로 성경책을 펼쳐
놔유. 그러고는 점심나절에 남편헌테 성경 말씀을 읽어주지. 내 손
이 펼쳐주는 대로 시편도 읽고 누가복음도 읽고 고린도전서도 읽
고. 그렇게 매일 두 페이지씩 성경책을 읽으니께 남편이 죽은 사람
같지 않더라구."

"어머니가 영정 사진 앞에서 성경책 읽는 소리를 두 번인가 들
었어요. 조용하고 일정한 톤으로 읊조리는데 그게 꼭 죽은 사람들
에게 바치는 의식 같아서 저까지 무덤 안에 누워 있는 기분이 들
데요. 고요하고 편했어요."

마은숙은 얼룩도 생채기도 후회도 눈물도 많았던, 그러나 더러
기쁜 날도 있었던 내 인생을 어떻게 요리하고 있을까요. 신선하지
않은 재료로 맛을 내다가 지루해지면 마 신령의 산을 오를지도 모
르겠습니다. 마 신령은 죽은 게 아니라 책의 모습으로 돌아왔다는
자식으로서의 체념을 곱씹으면서요. 마은숙의 방 어딘가에 늠름
히 놓여 있을 원고 다발, 그 마 신령의 산이 눈앞에 아른거립니다.
나의 요리사 마은숙은 집 안에 산을 들여놓았으니 그 정기로 생을
이어갈 겁니다. 이제 냉수를 한 잔 마시고 텃밭으로 나가야겠습니
다. 땡볕에 맥을 못 추는 텃밭의 채소들에게도 어서 물을 먹여줘
야지요. 내가 여러분의 머릿속에도 한 사발의 약수를 놓아주겠습
니다.

작가의 말

정확히 일 년 삼 개월 동안 소설을 쓰지 못했다. 무슨 고시 공부하듯 해마다 중편소설 1편, 단편소설 3편을 꼬박꼬박 썼던 나에게는 그야말로 '사건'이다. 소설을 쓰지 못한 사건의 중심에는 하루가 한 시간처럼 흘러가는 일터가 자리 잡고 있다. 지난해 가을 초입, 나는 대학교에 발을 디뎠다. 학생이 아닌 선생의 신분으로 말이다. 소설과 인연을 맺고 십여 년 만에 얻은 직장이었다. 그건 달리 말하면 소설가가 되고서 십여 년 동안 경제적으로 불안정한 생활을 했다는 뜻이기도 하다. 내가 하루의 대부분을 보내는 공간은 이공계 성향이 강하다. 멀티미디어공학과, 원자력융합공학과, 나노바이오의과학과, 에너지공학과 등등 그쪽 출신의 교수나 직원들이 활발히 움직이고 있다. 비극, 우울, 절망, 불안, 고독 따위의 단어들과 친숙한 나에게는 너무나도 생소한 공간이다. 그들이 구사하는 말들은 마치 외국어처럼 낯설고, 내가 떠안은 일들 또한 '기계적인' 냄새가 물씬 풍겨서 날마다 몸과 마음이 어수선했다.

막연하고 불투명한 소설가의 삶에 지쳐갈 즈음 굴러 들어온 일

자리를 나는 덥석 잡았고 그곳에서 미운 오리 새끼가 되지 않기 위해 최선을 다했다. 그러다 보니 일 년 삼 개월 동안 소설을 멀리 한 것이다. 조직 생활에 의외로 빨리 길들여지는 스스로를 우두커니 바라보며 갈등의 구름다리를 타기도 했다. '나의 본업은 소설가인데 내가 지금 여기서 뭘 하고 있는 거지?' '그깟 돈을 벌겠다고 소설을 등한시해?' '이쯤에서 그만 직장 생활을 접자' 이런 생각들이 꼬리를 물고 이어질 때면 신기하게도 통장에 월급이 들어왔다. 소설을 쓰기 위해 일터에서 과감히 벗어나려는 내 발목을 단단히 붙잡듯이. 그렇게 나는 조금만 더, 조금만 더, 하면서 조직과 한 몸이 됐다.

베이비부머, 고령화, 결혼크레바스, 양극화, 반퇴시대, 고독사, 하우스푸어, 가족해체, 청년실업. 이번 학기 강의 시간에 학생들과 살펴본 한국의 어두운 현실이다. 나는 강의할 때마다 시대를 제대로 읽어 주관이 바로 서야 참다운 일꾼이 될 수 있다며 목청을 돋우곤 했다. 학생들이 사회현상에 대해 너무 무관심하다는 생각에 개설한 강좌였지만, 시간이 지날수록 그건 결국 나를 위한 수업이었다는 사실을 깨달았다. 강의를 통해 시대의 그늘을 깊숙이 들여다보면서 머릿속으로나마 소설의 집을 꾸준히 지었기 때문이다. "문학은 삶에 뿌리를 내리되 읽어서 즐거워야 한다"는 노학자의 지당한 말씀도 더욱 빛을 발했다.

나는 현재 두 개의 이름을 번갈아 사용하며 즐거이 노를 젓고 있다. 직장에서는 '김수진'으로, 문우들 사이에서는 '김설원'으로 불린다. 일과 문학을 양손에 쥐고 있는 셈이다. 어느 한쪽이 반드시 기울기 마련이지만 아무쪼록 균형을 잘 유지해서 '삶에 뿌리를 내린, 읽어서 즐거운' 소설을 써보자고 스스로를 격려한다. 내 이름을 앞세운 책이 모두 그렇지만 『나의 요리사 마은숙』은 특별히 귀하다. 숨이 끊어진 환자가 기적적으로 눈을 뜨듯 올봄 '죽었다 살아난' 소설이기 때문이다. 『나의 요리사 마은숙』에게 숨을 불어넣어준 그, 『나의 요리사 마은숙』을 구석구석 살피면서 교정 작업에 임한 그녀, 그리고 꼼꼼히 매만져 멋진 옷을 입혀준 나무옆의자

편집부 식구들에게 감사의 마음을 전한다.

2015년 오래된 둥지에서

김설원

나의 요리사 마은숙

초판 1쇄 발행 2016년 3월 4일
초판 3쇄 발행 2019년 5월 27일

지은이 김설원
펴낸이 이수철
본부장 신승철
주 간 하지순
교 정 고나리
디자인 오세라
마케팅 안치환
관 리 전수연

펴낸곳 나무옆의자
출판등록 제396-2013-000037호
주소 서울시 마포구 성미산로1길 67 다산빌딩 301호 (03970)
전화 02) 790-6630 팩스 02) 718-5752

페이스북 www.facebook.com/namubench9
인쇄 제본 현문자현 종이 월드페이퍼

© 김설원, 2016
ISBN 979-11-86748-60-2 03810